黒い雨に撃たれて 下

二つの祖国を生きた日系人家族の物語

MIDNIGHT *in* BROAD DAYLIGHT

パメラ・ロトナー・サカモト
池田年穂・西川美樹 訳

慶應義塾大学出版会

黒い雨に撃たれて（下）　◇目次

Ⅳ　太平洋における戦い　1

Ⅴ　運命の日への序曲　39

Ⅵ　余波　119

上巻目次

IV　太平洋における戦い

17　初《しょ》っ端《ぱな》から疑われる

一九四三年六月、オーストラリア北東岸にあるブリスベンは冬だった。からりと晴れた日が続き、気温も華氏七〇度代前半、摂氏ではおよそ二一度から二三度と、海で苦悶の数週間を過ごしたハリーには癒しになった。ハリーは内陸に八マイル行ったインドロピリーのキャンプ・シェルマーにトラックで運ばれ、連合軍翻訳通訳部（ＡＴＩＳ）に配属された。これから四人の二世とともに、蚊がぶんぶん飛びまわるブリスベン川の周辺にかたまるテントの一つで暮らすことになる。

シドニー・Ｆ・マッシュビル大佐は葉巻をくわえた威勢のいい軍人で第一次世界大戦の従軍歴もあり、以前は東京の大使館で語学担当官を務め、いまはＡＴＩＳをにわか作りの組織から名高い部隊へと変身させているところだった。ここのキャンパスがどれほどみすぼらしかろうと、マッシュビルはこの部隊に遠大な役割を思い描いていた。情報を収集してアメリカとオーストラリア両国の戦闘部隊を助け、連隊、師団、軍団と規模の大きくなる単位に語学チームを派遣し、膨大な量の翻訳をもとに報告書を作成するのだ。

マッシュビルは、二世のことを買っているのを隠さなかった。日系アメリカ人の境遇をナチス・ドイツのユダヤ人になぞらえ、こう断言した。「ほぼ例外なく、諸君は志願兵であって、この任務に志願することで、雄々しく勇気ある愛国心に充ちた行いをなしているのだ」。頑固なマッシュビルは、このことを骨の髄まで信じていた。[*1]

大統領を除いた多くのアメリカ人と同じく、大佐もまだナチス・ドイツによるヨーロッパ・ユダヤ人の組織的殺害のことは知らなかった。この比較が妥当なものとはおよそ言えないにしても、二世に対する偏見をマッシュビルが公然と非難したことは、アメリカにおける有力な世論の対極にあった。大佐の強力な支援が、その部下たちを発奮させ、ワシントン州オーバーン出身の若き軍曹もその一人だった。おいおい大佐はこの青年をよく知ることになるのだが。

キャンプ・シェルマーはやる気に充ち満ちていた。ATISの訓練プログラムを二ヶ月間受けるうちに、ハリーはいかに尋問の技術を磨くか、得たばかりの情報を尋問に利用するか、捕虜を生かして捕らえるようアメリカ兵を説得するか、鹵獲《ろかく》した文書を兵士がこっそり土産に持ち帰らずにこちらに引き渡すよう促すかを学んだ。マッシュビルは部下の語学兵たちが「前方」で任務に就くことを提案した。つまり前線の近くにはいるが、少なくとも連隊付きの任務ということだ。そうでないと、数も少なく、ますます欠かせない存在になっている二世が戦闘で命を落とすおそれがあるからだ。マッシュビルの構想では、いずれは「戦闘の試練に耐え、徹底的に使命を叩き込まれ、十二分に訓練を受けた、およそ四〇〇人からなる貴重な専門家集団が手に入るだろう。彼らは、戦力強化のための語学部隊の中核となり、また彼らの到着を待って準備万端整った師団になることだろう」[*2]。

大佐の考えを知らされていなかったハリーは、視力が弱いこともあり、まさか自分が戦地に送られるとは思ってもいなかった。とはいえ、かつてオーバーン仏教会の日本語学校で窓の外をぼんやり眺めていた少年は、いまや目下の仕事に神経をすり減らしながらも、濡れてしわしわの泥のこびりついた文書の山をせっせと翻訳していた。ニューギニアでは、アメリカとオーストラリアの部隊が日本軍を押し戻すにつれて文書の量も増えていた。血の染みがついた日記や手紙、報告書は、扱いやすいよう薬品処理したあとも強烈な悪臭を放ったが、これらが連合軍の手に渡った状況をハリーは深く考えないようにしていた。

ATISでのハリーの仕事は職業柄、疲労困憊するものだったが、この街そのものはなかなかに魅力的だった。インドロピリーはクスノキの並木道や玄関ポーチつきの家々が美しく、街の人たちも感じがよくて、サヴェージやヒラ、トゥーレアリとは天と地の差だ。住民は二世たちを歓迎してくれている。ここオーストラリアでハリーは「ジャップ」でも、下層階級の中国人コックでもなく、「ヤンク」（ヤンキー、アメリカ兵）の一人なのだ。オーストラリアの知人が書いてきたように、「どんな奴にも公平にチャンスをやろう」といった国民性が人種や民族の壁を超克していた。*3

こうした友好的な空気はあったものの、インドロピリーの穏やかな外見《そとみ》の裏で、オーストラリアは危うい状況にあった。アメリカ陸軍南西太平洋方面軍の中心となるオーストラリアは、ニューギニア島から南方一〇〇マイルしか離れていない。一九四二年三月に、マッカーサー将軍が戦火をくぐり抜けフィリピンからオーストラリアに撤退したころには、日本軍はニューギニア島のすぐ北にあるニューブリテン島の北端ラバウルに艦隊の基地を築き、オーストラリアの港ダーウィンを空爆し、シドニーとニューキャッスルを攻撃し、ニューギニア島に部隊を上陸させていた。それから一年経ったいま、確たる足場を築いていた日本軍は、徐々に退却しつつあった。とはいえアメリカとその同盟国がニューギニア島とニューブリテン島のラバウルを奪還できないかぎり、マッカーサーが島伝いに移動してフィリピン諸島に戻ることは不可能だろう。フィリピンから撤退するさいに、マッカーサーはあの有名な誓いを立てていた。「私は〔脱出を〕やり遂げた、そして必ずやまた戻ってくる」と。

オーストラリアでハリーは自分たち二世の語学兵がいまだ見習い期間にあると知った。サヴェージや連合軍翻訳通訳部（ATIS）でどれだけ準備しても関係なかった。軍のお偉方はまだ疑っていたのだ。ある日、一人の白人将校が二世兵士は信用できないと話しているのを耳にした。ハリーは将校に食ってかかった。「信用できないなら、なぜわれわれはこの仕事をしているのですか？」将校は、考えなしに口にしたと言って前言を撤回した。*4

一九四三年も終わるころには、三〇万人を超えるアメリカ兵がオーストラリアに駐留していた。そのうちわずか一四九人が日系アメリカ人だった。彼らは戦闘部隊に付いて南西太平洋戦域に散らばっていた。それは広大な範囲にわたり、オーストラリア、ソロモン諸島の大半、ニューギニア島、ビスマルク諸島、フィリピン諸島、オランダ領東インド諸島の一部が含まれた。二世兵士一人ひとりが、誤解され疑いをかけられないよう人一倍働く必要があることを承知していた。遠い太平洋に向かう輸送船に乗り込むときに、白人のアメリカ兵が偏見を港に置いていったりはしないからだ。*5

その夏、軍は陸軍情報部（MIS）の語学学校と生徒の写真をすべて機密扱いにするよう命じた。二世は秘密の情報兵器であり、軍は二世が万が一捕まった場合を考えて、日本軍による報復から彼らを守ろうとしたのだ。敵が二世のことを知らなければ、それだけ生きのびるチャンスも高まる。こうしてこの小さな少数派《マイノリティ》集団は、世間にほぼ知られぬ存在となった。*6

まもなくハリーは一〇〇人の二世兵士からなるチームに配属された。チームにはリーダーが一名、文書を担当する翻訳者が三名、口頭での会話を担当する通訳が三名、新たに捕まった戦時捕虜の尋問を担当する者が三名いた。チームを監督するのは白人将校だ。ハワイ出身の技能軍曹、テリー・ミズタニが、二世のリーダーを務めた。それからまもなく六人が別の場所に送られたので、チームはさらにこぢんまりしたものになった。テリーにハリー、キャンプ・サヴェージからのハリーの友人ベン・ナカモト、そしてベテラン語学兵ハワード・オガワの四名は、第一一二連隊戦闘団に付くことになった[*7]。

　第一一二連隊戦闘団は一九四〇年に動員されたテキサス州兵の部隊で、結束が固かった。多くの兵士が同じ生まれ故郷で育ち、よそ者、とりわけ見た目が「ニップス」や「ジャップス」の者に警戒の目を向けた。テキサス兵は二世たちに遠慮会釈のない言葉を投げつけた。「ここで何してんだよ？」「お前たちには来てほしくない」「お前らなんかいらねえよ」[*8]。

　第一一二連隊戦闘団は戦闘も上陸作戦も未経験だったため、急ピッチで訓練を受けた。一二月半ばには、およそ五〇〇〇人がニューブリテン島のアラウェに上陸することになっている。その目的は、PTボート（魚雷艇）の基地を築き、海兵隊がニューブリテン島北西岸のグロスター岬に接近するあいだ、日本軍の注意をそらすことにある。グロスター岬の掌握は、連合軍が最終的にラバウルを奪取する鍵を握るものだ。作戦全体を支援すべく、第一海兵師団が、部隊をアラウェに運ぶ水陸両用車に人員を配することになっている。

　この海兵師団はガダルカナルの戦いのあと、メルボルンで九ヶ月の休暇を終えたばかりだった。この戦いはアメリカ軍による最初の地上での対日攻撃となったのだが、かの地で兵士たちは恐怖に取り憑かれた。彼らは投降するふりをした日本兵に不意をつかれて銃弾を浴び、銃剣で刺されて殺戮された。仲間が首を切られ、屍体の口に性器が押し込まれていた。日本人が相手では戦闘の仕方が違うのだ、と海兵隊は結論した。すでに「真珠湾を忘れるな――奴らを殺しまくれ」とか「良いジャップは死んだジャップだ」とあおられていた海兵隊員《レザーネック》らは、いよいよ肚を決めた。「殺《や》るか殺《や》られるかだ！[9]」憎悪や血や喪失から生まれた、この怒りの気質《エートス》のせいで、生きて連れて来られる日本兵の捕虜はめったにいなかった。ごくまれに日本兵が投降してきても――決まってプライドの高い将校とは対照的な下士官兵だったが――その場で射殺されることも多かった。「われわれが仕事を始めたころは、日本人による残虐行為のせいで強い敵意が生まれ、オーストラリア兵にもアメリカ兵にも捕虜を捕まえさせるのは不可能に近かった」とマッシュビル大佐は言う。「その重要性をわかってもらうには相当な教育が必要だった[10]」。

重圧にさらされた第一一二連隊戦闘団と頭に血がのぼった海兵隊が合流しての緊迫したムードのなか、二世の味方であるはずの第一一二連隊戦闘団の情報将校が二世チームに猜疑の目を向け、あたかも彼らをお荷物であるかのように扱った。二世兵士たちは敵からはもとより、仲間のアメリカ兵からも身を守る必要が出てきた。血気に逸《はや》る日本兵がアメリカ兵の死体から脱がした軍服を着て、アメリカ側の前線に潜り込むことが知られていた。語学兵は敵と見分けがつきにくく、とりわけ日本兵が好んで襲撃してくる夜間ではなおさらだった。味方から誤射される危険はつねにつきまとった。二世は手間がかかるだけではないかと、この情報将校は疑った。マッシュビルも、部下の語学兵たちが「敵の屍《しかばね》や捨て置かれた敵の装備が散らばるなかをこそこそかぎまわり、捕虜とだらだらと話をし、中国系クリーニング店のチケットみたいな紙切れを読む以外は何一つ」していない……しばしばそのように思われていることに気づいていた[11]。

ハリーを含めたチームのメンバーに白人の護衛兵が二名つけられ、つねに彼らにくっついているよう言われたが、この措置はアリューシャン列島から太平洋戦域まで実践された。護衛の一人は六フィートある体格のいい武装したテキサス兵で、背の低い語学兵たちから、巨体の未確認動物にちなんで「ビッグフット」とあだ名をつけられた。語学兵がどこに行くときも、このビッグフットがついてきた。

一二月の初め、このこぢんまりした語学兵チームはニューギニア島沖のグッディナフ島に船で向かった。ここから部隊はニューブリテン島をめざすのだ。降りしきる雨がテントを洗うなか、ハリーたちは荷造りした。ほかの兵士と同様に、語学兵も背嚢に寝袋、ナイフ、武器、水筒、手榴弾、携帯食糧を用意する。とはいえ彼らにはほかにも持っていくものがある。携帯用タイプライター、ウェブスター・ニュー・カレッジエート辞典、かさばる日本の研究社の辞書数冊、事務用品、それから折りたたみ式の机と椅子。この図書館員たちを見て、GIたちはげらげら笑った。ハリーはスペアのメガネを四つリュックに押し込んだ。初めての戦闘を前にしたこの数日こそ、命にかかわるしくじりを防ぐ最後のチャンスだった。ハリーは一人の将校に近づくと、「いまからでも私は基礎的な軍事訓練を受けたほうがいいのではありませんか?」と尋ねてみた。轟然と走るジープ、訓練中の部隊、ギシギシ鳴る熱帯雨林の耳を聾する喧噪のなか、ハリーの嘆願に返事はなかった。[*12]

ヨーロッパの戦況は、その春から秋、さらに冬にかけて変化した。日本の同盟国で枢軸国のイタリアは九月に降伏したが、その前からイタリア兵が続々と捕虜になっていた。五月だけで、二三万人ものイタリア兵とドイツ兵がチュニジアで白旗を掲げた。ところが太平洋戦域ではどこでも、厳しい戦況のなか連合軍が不屈にも徐々に勝ち進んでいたものの、捕まった日本兵の捕虜の数はごくわずかだった。日本軍はもっぱら「転進」に励んだが、実際それは混乱のなかでの撤退だった。それでも一九四三年も終わりに近づくころになっても、日本軍はいまだ士気高く、やる気に満ち、程度の差はあってもそこそこの補給を受けていた。彼らの勝利の望みは火山諸島の死屍累々たる小川でただ渦を巻くばかりであっても、同盟国のドイツやイタリアの兵士たちとは違って日本兵は両手を上げて投降してはこなかった。

またその秋、日本では軍隊への動員が急激に増えていた。一〇月一日には、文系の専門学校生と大学生に対する二六歳までの徴兵猶予が、突如として停止になった。前途ある詩人や芸術家、実業家の卵たちが身体検査の列に並び、大学を辞めていったが、そもそもすべての学生が徴用されていたので大学も名ばかりのものになっていた。ハリーより二歳下で、東京に近い横浜専門学校の商業科三年にいたピアスも、その一人だった。

その同じ一〇月の二一日、東京は明治神宮外苑の陸上競技場で、東日本じゅうの学校から集まった二万五〇〇〇人を超える学徒兵を見送るために、大規模な出陣学徒壮行会が開かれた。土砂降りの雨のなか青年たちが整然と行進し、軍隊らっぱやトランペットが鳴り響く明治神宮外苑競技場に入っていく。六万五〇〇〇人の学生らが雨にぐっしょり濡れながら、観客席で見守っている。東條英機首相をはじめとする要人が、布をかけた演台に立ち、聴衆に向かって演説をぶった。新兵たちが軍歌「海ゆかば」を歌い、天皇のために死ぬことを誓った。冷たい雨のなか直立不動の姿勢で何時間も立っていた学徒兵たちは、その後、宮城遙拝を行ったのだ。[*13]

その日競技場にいた紅顔の兵士のなかに、ピアスがいたのはまちがいない。ピアスの同級生全員が即座に徴兵されていた。一二月一日、ピアスが正式に兵役に就いたその日、ピアスには知らないことがずいぶんとあった。兄のハリーは太平洋にいて、戦闘地域への初めての上陸に備えていた。アメリカ、イギリス、中国は、日本に無条件降伏を迫ることを決めてカイロ宣言を発表した。マンハッタン計画が進行していた。そしてまもなく空軍は、驚くべき新兵器を運ぶためにボーイング社のB－29「超空の要塞《スーパーフォートレス》」を改良することになる。

このときまで、世界情勢のことなどピアスの頭になかった。ピアスの望みはただ、きちんとした大学教育を受けること。そうすれば気の利いた仕事にも就けるだろう。ヴィクターのようにおとなしくて、ハリーのようにオーバーンを懐かしがり、フランクのように日本に溶け込んでいたピアスは、どちらの国でも楽しくやっていけたことだろう。だが戦時の二重国籍者であるピアス・カツヒロ・フクハラは、いまや二等兵として日本帝国陸軍の指揮下に入っていた。ピアスは自分の使命を理解していた。自分の進むべき道を諳《そら》んじていた。この陰鬱な一〇月の朝、東京の群衆の前で学徒兵たちが表明したのは、ピアスが日本で学んだすべてに合致することだった。「生等《せいら》、もとより生還を期せず！」代表の学生の声が轟いた。*14

18　タイプライターを持って前線へ

ニューブリテン島に着くまで、ハリーはこの島のことを何も知らなかった。知っている者など、はじめからいなかったに等しい。地図で見れば、赤道より南、ニューギニアのやや北にある縦三七〇マイル、横四〇から五〇マイルの三日月型の島である。熱帯に属し、蒸せ返るような暑さのエメラルド色の熱帯雨林と煙を吐く暗紫色の火山が連なる峻険な地形で、海兵隊の公的な戦史によれば、この島は「この世で指折りの邪悪な地」と呼ばれていた。つる草のからまるジャングルの、樹冠に覆われた薄ら陽《び》の下、兵士たちはワニやニシキヘビ、ヒル、マラリアを運ぶ蚊、そして言わずもがな敵に出くわした。一二月の半ばから三月までは北西からモンスーンが吹き荒れるが、ちょうどその時期の一九四三年一二月一四日に、マッカーサー将軍と陸軍第六軍司令官のウォルター・クルーガー将軍の見送るなか、輸送船団がグッディナフ島を出発していた。[*1]

ハリーはカーター・ホールと呼ばれるドック型揚陸艦（LSD）に乗り込んだ。この艦には、急襲部隊を五度にわたって運ぶための水陸両用の上陸用装軌車四一台が搭載されている。艦内の別の場所では、上官たちがテーブルいっぱいに何枚もの地図や航空写真を広げ、ニューブリテン島のジグソーパズルを完成させていた。軍の持つ最新の地図ですら、一九一四年のドイツ占領時の古いものだ。オーストラリアの情報将校らは、宣教師や先住民、行政官や農園主などニューブリテン島に詳しい数少ない人間に助言を求めたが、完全な全体図はつかめなかった。数日前に偵察兵が上陸を決行したが、彼らが調べてきたのは陸地であって、海ではなかった。周辺は岩礁だらけで、どこをどうやって航行すればよいのか誰にも予測がつかなかった。*2

ニューギニア島とニューブリテン島西部のあいだのヴィティアズ海峡に向かう航路の途中で、突風が台風に変わり、輸送船団に大量の雨が打ちつけた。LSDが陸揚げ地点に着くと、ハリーはアリゲーター型装軌車の空いている隙間にあわてて滑り込んだ。これは広々とした船倉の後部に搭載された水陸両用車で、後方支援要員や従軍記者を運ぶためのものだ。装軌車にはジープやトレーラー、そしてハリーが予想していたよりもおおぜいの人間が詰め込まれている。*3

午前五時、四一台の上陸用装軌車に乗った急襲部隊がLSDの胴体から姿をあらわした。エンジンの轟きとともに、車が一台また一台と、金属音を響かせて畝のある鋼鉄製のスロープをくだり、海の中へと進んでいく。台風による荒波にアリゲーターが激しく揺すられる。ハリーのメガネが曇り、胃がむかむかし、すっぱいものがこみ上げてきた。このときのことはよく覚えている。「陸軍に志願したことを、あのとき初めて後悔したよ」。*4

暗闇のなかガチャガチャと派手な装備の音がする。目の前にいる船すら見えない。ハリーは吐き気をこらえきれず、隣の男にゲロを浴びせてしまった。それから脇にしゃがみ込み、風雨が嘔吐物を洗い流すのをぼんやりと眺めていた。同じ船に乗った軍曹が、問題がないかよく目を光らせろ！　と叫ぶたびに、ハリーの胸は締めつけられた。「僕にはとっくに問題ありだった」。そのすぐあとに、水を汲みだしていて、今度はヘルメットをうっかり海に落としてしまった。*5

この喧騒のなか、いつしかハリーはとろとろと眠っていた。目を覚ますと、船は明け方の靄《もや》のなかで揺れていた。ところが、すぐに日本の零《ゼロ》戦三〇機の唸る音が空《くう》を切った。機関銃の小刻みな発砲が続くなか、ハリーは自分のカービン銃を失くしてジープの下に慌てて潜り込んだ。隣にいた男が撃たれ、その血がハリーの全身にかかった。数分後に攻撃が終わるころには、ハリーは砲火の洗礼を受けていた。こんなに恐ろしい思いをしたのは後にも先にもこのときだけだ。

兵士たちは岸まで水中を歩かなければならないが、思ったよりも潮が満ちている。深さ六フィートの海に飛び込んだとき、ハリーはうっかりタイプライターを掴《つか》んでいた手を放してしまった。海の底に、タイプライターがゆっくりと落ちていく。「まったくタイプライターを持って上陸する兵士なんて聞いたこともないよ」。それでもまだ装備を山ほど抱えたハリーは夢中で泳いだ。メガネをなくしたらおおごとだ。足を引きずりながら、やっとのことで浜にあがると、どこにも護衛の兵士が見あたらない。それでもテリーを見つけたので、あとをのろのろとついていった。*6

その晩、護衛が寝ているときは動くなと言われたハリーは、やたら発砲したがる兵士と鉢合わせしたときに備えて、暗号名《コードネーム》と合言葉を頭に入れた。砂だらけの珊瑚の洞窟にポンチョ型の雨具を広げた上で、うつらうつらして時を過ごした。

翌朝、目を覚ますと喉がからからに渇いていたので、近くに置いてあるバケツから水を一杯汲みに行った。浜はてんやわんやの騒ぎだった。工兵たちがブルドーザーにあれこれ指図し、何台ものジープが猛スピードで浜を駆けまわり、GIたちがぺちゃくちゃしゃべりながら食堂のテントに向かっている。アラウェにあるハウス・ファイヤーマン・ビーチは、一夜にしてアメリカ軍の縄張りになった。

やれやれ、これでひと安心だ。ところが水のバケツが置いてあるところまで歩いていると、ＧＩが一人、いきなりライフルをハリーの頭に向けてきた。

兵士はひと言も発しない。「なあ落ち着けよ」とハリーが言った。男の両手がぶるぶる震えだす。ハリーが言葉をかければかけるほど、兵士はますます興奮していく。*7

何を言っても無駄だった。刻一刻と事態はまずいほうに向かった。とうとう護衛が一人駆け寄ってきた。「大丈夫だ」と護衛が兵士に声をかけた。「あいつは味方だ」。*8

「奴は敵に見えるんだがなあ」。兵士がぼそっと言った。

それ以降はビッグフットと一緒でないと、チームの誰もふらりと出歩いたりしなくなった。

ジャングルでヘマをしないために知っておくべきことは、すべて友人のテリーから教わった。ユキタカ・テリー・ミズタリは、ハリーと同じ二三歳、ハワイのヒロ出身だ。甘い音色でウクレレを奏で、気のきいた漫画をすらすら描いて、流れるようなワルツを踊る。とはいえテリーは正真正銘、筋金入りの兵士だった。以前は第一〇〇歩兵大隊に所属していて、軍事関係の日本語はお手の物だ。この大隊はおもに二世兵士からなる部隊で、のちにヨーロッパ戦線で無類の勇気をもって戦うことになる。会ってすぐから、ハリーはテリーのことを信念を持った人間だと見ていた。

夜間、日本の戦闘機がアラウェを思うがままに空爆するあいだ、二人はたこつぼの壕にうずくまった。椰子の木の丸太に沿って壕を掘るやり方はテリーが教えてくれた。空襲がやむと、二人で話をした。ハワイの日系人の大半は収容所に入れられることはなかったが、テリーの父親は日本語学校の校長を務める有力者だったので、本土で収監されていた。ハリーの父親のカツジも生きていたら即刻勾留されて、司法省の特別な収容所に送られていたにちがいない。テリーもハリーも苦労してカレッジに進んだ。二人とも女の子が大好きだった。そして二人とも、自分たちが捕まったらどうなるのかが気になった。

テリーいわく、最悪なのは捕虜になることにちがいない。負傷して捕まったら、拷問され、戦時捕虜として日本に送られ、身の毛のよだつ状態で投獄されるかもしれない。日本人の目から見れば、二重国籍保持者であろうがなかろうが、二世兵士は裏切り者に映るだろう。捕まるか戦うか選ぶしかなくなったら、「おれは戦って死にたい」とテリーは言った。[9]

ハリーは自分に選択の余地があるとは思えなかった。戦場に出れば怪我を負うより、きっと殺される。あの生きた心地もしなかった上陸や夜間爆撃を体験したあとで、ハリーは語学兵の身の安全にどんな幻想も抱かなかった。こんなに前線に近づくなんて、まったく想像もしていなかった。

だが不安はあっても、当初のショックは薄れていた。兵士たちは当たり前のように大量殺戮の現場に遭遇した。「死んでしまった人間、死にかけている人間、怪我をしている人間を見慣れるのにもさほど時間はかからなかった」。アラウェにはアメリカ人の負傷兵がたくさんいたが、目にした屍《しかばね》は日本人のものだった。大規模な戦闘のあとには、敵の犠牲者のほうがアメリカ兵より四倍も多かった。死体を見ないうちから、ハリーは匂いで気がついた。死体は腐乱し、膨れあがり、体液が漏れだし、ハエやアリ、ウジがうわっと群がっている。そして、やがて骨だけが残るのだ。[10]

生きた捕虜は、虫に噛まれていない皮膚のように、めったにお目にかかれなかった。激しい戦闘がひと月かそこら続くあいだ、捕まった日本兵はたったの三人だけだった。ハリーは、そのうちの一人を尋問したのを覚えている。兵士は怪我を負い、ショックを受け、前後不覚になっていた。男はもうすぐ死ぬだろうと思った。担当の情報将校にとっては、さっさと死んでくれたほうが都合よかった。捕虜などいっさいとりたくないと、将校は最初からはっきり言っていたからだ。

語学兵たちはもっぱら文書に専念した。敵の数や位置、氏名、編成、命令、目的についての詳細がわかれば、その情報をもとにリスクを減らして戦闘を短縮できる。時宜にかなった情報を集めるために、語学兵たちは屍体のあいだをかぎまわり、カビの生えたポケットに手をつっ込んでまさぐり、機密情報を殴り書きした汚れたメモを引っぱりだした。第一一二連隊戦闘団の兵士や海兵隊の目に、この作業がどれほど怪しく見えようと、語学兵たちはしだいに成果をあげはじめた。彼らの集めた情報が戦闘のさなかに役に立ち、戦局を変える戦術的に価値ある情報となった。テキサス兵もしぶしぶながら自分を仲間と思ってくれたようにハリーは感じた。少なくとも、もう敵ではなくなった。

一九四四年一月の半ばになると、夜襲や戦闘はしだいに減って、戦闘要員と支援要員は三倍の四七五〇人に増えた。陸軍部隊と海兵隊はその任務をまっとうしたのだ。[*11]

一九四四年早々のある日、思いがけない訪問者が、PTボートに乗ってニューギニア島のラエからニューブリテン島のアラウェにやって来た。つば広のカウボーイハットをかぶった六フィート四インチの、肩幅の広いジョン・ウェインが、林を切り拓いた空き地に悠々と歩いてきた。ウェインは兵士たちから家族の連絡先を聞いて書きとめ、帰国したらさっそく連絡をとろうと約束してくれた。

情報部の大尉は、この俳優を出迎えるときにベン・ナカモトを連れていき、この語学兵は

通訳のベン・ナカモト、ハワード・オガワ、テリー・ミズタリ、そしてハリーの4人が、捕虜の武器で遊んでいる（左から）。1944年1月、ニューブリテン島アラウェで。アメリカ陸軍は、敵の日本兵が自分たちの会話が貴重な情報をもたらすことに気づかぬようにと、ニセイ語学兵の写真を機密扱いにした。（アメリカ国立公文書記録管理局）

「飼いならされた《テイムド》ジャップ」だと紹介した。ウェインはベンの手を握り、祖国のために尽くしてくれていることに感謝した。ハリーも順番に握手した。とはいえ、父親がチャップリンと知り合いなのが嬉しくてたまらなかった初《うぶ》な少年時代はとっくに卒業していた。ハリーと「デューク」（ジョン・ウェインのニックネーム）の共通項はグレンデールだけだったが、この地でハリーはハウスボーイ、かたやウェインは高校でアメリカンフットボールの花形選手として活躍し、ハリウッドに行く運命にあった。二人の道は別々で、ここで会ったのももちろんただの偶然なのだ。[*12]

　とはいえ、ウェインに自宅の電話番号を訊かれたハリーは、ちょっとのあいだ考え込んだ。まさかウェインに母や兄弟に連絡をとってとは頼めない。メアリーはたまに手紙をくれるけれど、あんまりあてにはならない。いちばん信頼できるのは、マウント夫人だ。自分の雇用主の連絡先を、ハリーはこの俳優に伝えておいた。[*13]

　数週間してマウント夫人からハリーのもとに手紙が届いた。夫人が電話に出ると、あのいかにもデュークらしい独特の気取った間延び声が受話器の向こうから聞こえてきて、そして何より嬉しかったのはハリーが無事でいるとわかったことだと夫人は書いてくれていた。ハリーも嬉しくて胸がいっぱいになった。この先ずっと、西部劇と聞くと、オーバーンのミッションシアターで観た二本立てと、アラウェの急ごしらえの桟橋の近くでジョン・ウェインと会ったことを懐かしく思いだすことになる。

潮《うしお》が引くように戦闘が減るにつれ、ハリーは思いついたことをあれこれやりだした。多くの兵士同様、ハリーもジャングル病《ロット》にかかっていた。「ニューギニア皮膚病《クラッド》」とあだ名がついた、湿った環境でかかる真菌感染症だ。体が痒くなり、股間が赤く腫れあがった。掻くと皮膚がぼろぼろむけて、血の混じった塊になる。あまりの不快感に耐えきれず、オリーブ色に染まった下着を捨てた。軍は兵士に健康を維持させ、栄養をしっかりとらせたがった。けれど、乾いたパサパサの配給食に飽き飽きしていたハリーは、海に手榴弾を放り投げた。爆発すると魚がぷかぷか浮いてくるので、獲りたての魚を焼いたディナーを仲間に振る舞い、残した配給食も無駄にせず、しっかり革ブーツの詰め物にした。

ハリーは自分の孤独感にも手をうった。悲しいほど手紙が少ないのを解決するには、文通相手が必要だ。テリーには愛情深い大家族と恋人がいたが、ハリーの思いつきにのってくれた。二人は、二世の読者に人気のある日系アメリカ人市民同盟（JACL）の機関紙の『パシフィック・シチズン』紙に一通の手紙を投稿した。この手紙は「寂しき軍曹」という見出しで、一九四四年三月に同紙に掲載された。*14

ちなみに、こちらに届く手紙はごくごく少ないことをお伝えしたく存じます。故郷からの手紙は、こちらにいる僕たちが何よりも——おそらく故郷に戻ることを除けば——待ち望んでいるものです。仲間はキャンパスを去って外の世界に出ていき、女の子は僕たちが戻るのを待ちわびたあげくに、どこかの4F（徴兵免除者）と結婚し、こうして手紙のやりとりはしだいに減って、僕たちの士気も下がっていくのです。

ですから、このさき紙面にどうしていいかわからないスペースがありましたときには、来る日も来る日もたこつぼの壕で暮らす孤独な二世兵士がここにたくさんいることに、それとなく触れていただけませんか？　とりわけ、キュートなお嬢《チック》さんからの「甘い手紙」や「士気が高まるもの」をいだだければ嬉しく思います。

編集者は「甘い手紙」をすべて転送してくれると約束してくれて、またたくまに手紙が殺到した。「一人につき三、四〇人の女の子」だったとハリーは豪語する。なかには写真を送ってくれる子もいた。ハリーとテリーは甘い言葉をしみじみ味わい、返事を書いた。これで一件落着だった*[15]。

ハリーには大事にとっている手紙が一通あった。自分の同情心を不審に思われては困るので、誰にも見せずにいたのだが。それは戦死した日本兵の遺体から見つけた手紙で、情報という点では価値のないものだった。ある女性が、一八日前に健康な男の赤ん坊を産んでいた。「赤ん坊もだいぶ大きくなりました。とても可愛いです」。新米の母親が急いで書いたふうな文字だった。「貴方がおられたならどんなに二人で悦ぶことが出来たのにと思えば一人で涙ふくこともありますけれど、仕方ありませんですわね*[16]」。

ハリーは縦書きの文字を右から左に目で追った。その女性は父さんの帰還までには大きくなるのよと言いながら赤ん坊の頬を撫でていることを記して、さらに続けた。「南方のどこかで此のお便りとどきましたら悦んでくださいませ。貴方の帰る迄、坊やのことは大事に大事に育てております」。そしてこう哀願した。「着きましたならすぐ返事下さいませ。御身《おんみ》大切に」。

この男も隙あらば、僕を殺していたにちがいない、とハリーは思った。僕だって、戦闘中に鉢合わせしたら、この男を撃っていたことだろう。アメリカ兵の例に漏れず、ハリーもまた敵を「ジャップ」と呼んでいたが、ハクジンの多くの同僚と違って、自分の敵が血に飢えた狂信的な人間でないのはわかっていた。恐ろしい奴で、自己犠牲的で、往々にして残忍な戦士だとしても、それでも人間なのだ。この手紙を受けとった男性は、愛情深い妻の夫であり、きっと初めての子の誕生に大喜びしたにちがいない新米の父親だった。*17

ハリーがこの手紙に共感を覚えたのは、家族とのつながりや、これまでの人生経験のなせるものだった。日本では出征兵士の見送りが今生《こんじょう》の別れとみなされるにせよ、愛する者が戻ってくる日を、この兵士の家族は身を焦がして待っているにちがいなかった。ハリーはいつしか手紙の原本をなくしてしまったが、コピーをとって残しておいた。その切実さに胸を打たれ、生涯これを大切にとっておいた。

19　桜の季節も忘れて

一九四四年が始まるころには、フランクは名ばかりの生徒になっていた。一中は生徒たち全員をキンローホーシ（勤労奉仕）に就かせていた。平日になるとフランクは、工場や兵器庫、物資集積所や宇品港に駆りだされた。ときおり農家の田植えや米の収穫も手伝ったが、そのときだけはいつもの日課から解放されて嬉しかった。「農家の人たちがたっぷり食べさせてくれたのでね」。授業は週末に、つけ足し程度に行われた。*1

宇品港は相変わらず活気にあふれ、騒々しかった。何隻もの船が停泊し、煙を噴きあげ、兵士らを吐きだし、もっと大勢呑み込んでいく。とはいえ近ごろは、錨を下ろす船の数も減り、停泊中の船も修理のために前より長く港にとどまっている。部隊や物資を積んで戦地を往復する商船隊も怖気《おぞけ》をふるっているかのようだ。一九四四年が明けるころには、南西太平洋で多くの船が連合軍の戦闘機や潜水艦に撃沈され、日本の艦隊の四割はいまや大海の底で錆びかけていた。

フランクは灰色の巨大な軍用輸送船に目をやった。ここに砂糖や米、塩を運ぶのだ。頭にハチマキをきりりと巻いて、両肩に布を当てた。それから麻袋をえいやっとかつぐと、波止場から船に差しかけた狭い板の上をよろけながら進んでいく、六三キログラムほどの体重しかないフランクは、自分の荷物の重さとさほど変わらない。将校たちが大声で何やら命令し、不慣れな生徒たちにも容赦はしない。「はいっ！」ぺこりと頭を下げると、フランクは仕事を続けた。

　数週間経ち、数ヶ月経ち、フランクはますますやせて、ますます腹をすかせていたが、それでもガンバリヤ（頑張り屋）になると決めていた。自分より体の大きな者が倒れるなか踏ん張れるとは、われながら見あげたものだ。まめができても、あざやたこができても平気だった。橋を五つ渡り、一中と家を走って往復し、ジッキが盗《と》ってきてくれた米を積んで家まで自転車を漕ぐうちに、フランクの体は鍛えられていたのだ。

　その前年のクリスマスイブの日に――フランクは知らなかったが、そのころハリーはニューブリテン島でたこつぼを掘っていた――日本で徴兵年齢が二〇歳から一九歳に引き下げられた。フランクの歳だ。一中に務めることで兵役を免除されていた若い教師たちも見かけなくなったが、聞くところでは彼らも徴兵されたという。銃後で男たちがどんどん姿を消していた。いつ自分の番が来るかもしれないし、どこに送られてもおかしくなかった。

『中国新聞』がいくら勝利を讃えても、フランクはあきらめの境地でいた。「召集されたら最後、長くは生きられないだろう」。だからこそ、徴兵を逃れる道をなんとか見つけようと決意したフランクは、医学や科学、工学を専攻する学生には徴兵年齢の引き下げが適用されないことに目をつけた。もともと経済や簿記、経理に興味があったのだが、このさい選り好みなどしていられない。どんな分野に進むにしろ、塹壕で暮らすよりましだ。[*2]

一九四四年の春は、キヌにとっても気の滅入るものだった。新聞雑誌で政府は国民に、雑草や蜂やその他もろもろの昆虫も立派な食材であると説いた。サツマイモを屋根の上で育てれば偽装にもなるし、料理にも使えて「一石二鳥」だ。キヌはこの手の提案を聞き流したが、それでも防空対策に従ってアメリカ製のシャンデリアに藍色の遮光電球を四個とりつけた。鬱々とした日々を送っていたキヌは、フランクが一中を卒業したことをことのほか喜んだ。それはたいしたお手柄だった。[*3]

フランクの進路はすでに約束されたかに見えた。フランクは高岡工業専門学校の厳しい試験に合格していた。これは大学と同等の学校で、ここで金属工学を専攻するのだ。フランクの作戦はうまくいった。高岡は農村部にあるので、軍事基地のある広島より食料もたっぷりあるし、動員もさほど頻繁にはないだろう。金属とか合金とかに興味はないが、兵器に応用できるので、この分野は軍部がとくに重視していた。ともかくフランクはひと息つけた。これでひとまず徴兵は避けられたのだ。

四月一日、フランクが入学を控えた土曜日に、全国的に移動が制限されることになった。警察の許可をもらった者だけが、一〇〇キロメートル以上の移動を許される。特急列車や寝台車、食堂車も廃止された。国民をわざわざ乗せるより、兵士を運ぶのが最優先されるのだ。フランクに会いに高岡まで一日がかりで五〇〇キロメートル近くを移動するのは、キヌにはそうそうできそうになかった。

フランクがいなくなるのは寂しかった。これまでこの末っ子と離れて暮らしたことなどほとんどない。メアリーとヴィクターを迎えにシアトルから日本に来たときも一緒に連れてきたし、広島に戻って初めてのあの切ない冬にフランクが胸膜炎にかかったときはつきっきりで看病し、ハリーが去ってからはずっと相談相手になってくれていた。竹刀を手に階段をどすどす降りてくるフランク、陸上競技のトロフィーを手に息せき切って家に戻ってくるフランク、キヨのカステラをおいしそうにほおばるフランクは、キヌの元気の源だった。

そしてキヌは、米の貴重な入手先も失うことになった。フランクの親友ジッキが東京の早稲田大学に入り上京したのだ。ここ一年で米の闇値は倍以上になり、ときには四倍近くに跳ねあがった。折にふれてフランクは思っていた。「ジッキがいたから僕は生きてこられたのだ」。さもなくば栄養失調で体が弱り、病気になっていたかもしれない。そういうわけで、食い扶持が一人減ってもキヌの苦労が減るわけではなかった。[*4]

何か闇で交換できるものはないかと探していると、ふと艶やかなモナーク社のピアノがキヌの目にとまった。とはいえ、かさが大きすぎるし、警察の目を引きかねない。それにもうピアノを弾くこともないけれど、手放すのは耐えがたかった。チエコはこの惨めな日々を振り返って、ため息をついた。「一生懸命頑張るというよりも、しなければならないことをただしていただけでした」。キヌも同じだった。空っぽの棚を見てひどく心細くなると、いまもまだ軍用缶詰をつくるために砂糖を煮詰めて米を蒸している姉のキヨに助けを求めた。[*5]

この束の間の春に、フランクもキヌも桜を愛でることはなかった。いつもの時期に桜は満開を迎え、あちこちの公園や太田川に花びらが散り敷いた。だが今年は、屋台も出なければ、花見客も桜の下でどんちゃん騒ぎをする者もいないだろう。太田川を広島城のほうに花筏がゆっくりと漂うころには、この要塞の大規模な駐留部隊をさらに増員する計画が進んでいた。

そのころ、戦火の只中のニューギニアでは、ハリーが二度目の上陸に備えていた。

20　ニューギニアに耐える

　ニューギニア島のフィンシュハーフェンにある作戦テントにいたハリーは、心中穏やかでなかった。次の上陸のさいには、第四一師団の第一六三連隊戦闘団付きになるというのだ。第一六三連隊戦闘団の兵士たちはもともとモンタナ州兵で、彼らは何年もともに訓練を受けていた。せっかく居心地もよくなって、信頼もされてきた第一一二連隊戦闘団からハリーは引き離され、しかも今度は自分がチームリーダーになるのだ。テリーはすでに休養と休暇のためオーストラリアに戻っていた。テリーとハリーは一緒に休暇がとれるまで待っていようと話していたのだが。これからハリーと三人の新米語学兵が顔つきあわせることになる護衛や将校や兵士たちは、日本人の顔を見ただけで思わず後ずさりするような連中だった。

　おまけに、世界で二番目に大きい島で、空から見れば翼竜が飛んでいるかに見えるニューギニアは、頑として手なずけられるのを拒んでいた。地形は過酷で、日本兵がわんさと潜んでいる。日本軍は「転進」している最中で、岩だらけの海岸に沿って西に撤退しているところだったが、それでも援軍を受けていた。彼らを追いかけるように、ハリーたちはオランダ領ニューギニアのアイタペに侵攻するのだ。

戦いの修羅場をくぐってきた第一六三連隊戦闘団は、神経を尖らせていた。一九四三年の初めにニューギニア島東部のサナナンダで激しい戦闘を繰り広げ、そのとき行方不明の仲間が人喰いの餌食になった証拠を発見したのだ。回収した仲間の遺体は一部が食べられていた。それ以後、第一六三連隊戦闘団は捕虜をとるのを嫌がった。[*1]

それは本当だった。ときとして日本兵は敵も仲間もむさぼり食った。日本軍の食糧は底を尽きかけていた。理由の一つは膨大な数の船が沈んだことにある。そのうえマラリアやデング熱、ツツガムシ病が、食べ物を探し戦闘に従事するはずの強壮な下士官兵たちを蝕んでいた。太平洋で命を落とした日本兵のおおよそ三分の二は、病気や飢餓が原因だった。人肉を食べることは部隊にひそかに広がり、誘惑に屈した者もいた。目に狂気を漂わせた捕虜たちが、「生きるか死ぬかだったんだ」と告白するのを、語学兵ミン・ハラは聞きとった。[*2]

一九四四年の四月の終わり、第一六三連隊戦闘団はアイタペに到着した。今回ハリーがほっとしたことに、浅瀬に降りたので海の底に足がついた。チームのタイプライターや辞書類、折りたたみ椅子は、ジープトレーラーが運んでくれる。カービン銃で武装した語学兵たちは、水を掻きわけ岸まで歩いたが、幸い敵からの発砲はなかった。第一六三連隊戦闘団の任務は、ニューギニアの海岸をあがった一二四マイル先のホランディアで、連合軍の作戦を助けるべく日本軍の飛行場を奪取することだ。その目標は数時間のうちに達成された。Dデイ（作戦決行日）が終わるころ、第一六三連隊戦闘団の死

ハリーが日本兵捕虜を尋問している。1944 年 4 月、ニューギニアのアイタペで。（アメリカ国立公文書記録管理局）

者はわずか二名、負傷者は一三名だった。それと味方からの誤射をあやうく免れた者が少なくとも一名いた。「黄色い男が一人、身をかがめて並進していたので、安全装置をそっとはずした」と第一六三連隊戦闘団の兵士ハーギス・ウェスターフィールドは回顧している。幸い後ろにいた兵士が、この二世は味方だと気がついた。「落ち着け！」その兵士が小声でたしなめた。*3

ハリーは捕虜の尋問に専念した。最初の二時間で三人が捕まった。二週間のうちに、アイタペ一帯にいた三〇〇〇人あまりの日本兵のうち半数以上が殺害された。捕虜になったのは二五人だけだった。ハリーは一日に二、三人の捕虜を尋問する日もあれば、一人も尋問しない日もあったが、それでも心は踊っていた。

救護テントのなかで、ハリーは捕虜に声をかけた。捕虜たちは、たいてい負傷し、包帯を巻かれ、目はうつろで、ひどくうろたえていた。緊張を和らげようとタバコを一本差しだすと、ハリーは人権を保障する国際的な一連の取り決めである「ジュネーブ条約」について説明した。一九二九年に戦時捕虜の待遇に関して締結されたこの条約に、日本は批准をあからさまに拒んでいた。名前と階級と認識番号だけを教えるよう訓練されていたアメリカ兵とは違って、日本兵は捕虜になった場合の指導をいっさい受けていなかった。「日本人は自分から捕虜になどならないと公言していた日本政府は、捕まった場合の対処法を兵士に教えることができなかったという理不尽きわまりない事実」を連合軍翻訳通訳部（ATIS）のマッシュビル大佐は嘆いた。*4

とはいえ自身の状況に絶望していた捕虜たちも、自軍にいたらおそらく拒否されていただろう治療を受けられると知ると気を持ちなおした。彼らは人道的に扱われた。大半が打ち解け、徐々に口を開きはじめた。ハリーは「いつ、どこで、何を？」といった実戦についての質問から、もっと戦略的な質問にまで話題を広げ、配給食糧や士気、消耗の程度までを聞きだした。「役に立つ質問をすればするほど、役に立つ答えが返ってきたよ」*5。

ハリーはまた、敵の理屈がわからなければ尋問もうまくいかないことを発見した。ある日、何時間も沖を漂っていた三人の日本人を連行すべく、ハリーはPTボートに乗って現場に向かった。二人の兵士は互いにしがみついていたが、あとの一人は一〇〇ヤードほど離れたところを漂流している。皆、救命胴衣をつけていたので海に浮かんではいたが、投降の呼びかけに応じようとはしない。

ハリーは船から身を乗りだし、彼らの身の安全はジュネーブ条約で保障されていると伝えたが、男たちは捕虜になるのを嫌がった。じりじりと太陽が照りつけ、刻々と時がすぎ、指揮官は部隊が目につく場所にいることにやきもきしだした。ボートに乗っていた一人の兵士が、日本人を脅して投降させようと手榴弾を海に投げたが、弾は不発だった。日本兵たちの頑なな態度に、ハリーはほとほと困り果てた。「助かりたくないなら、いっそ溺れちまえばいいじゃないか」。業を煮やしてそう叫んだ。とうとう巡視船に乗っていた兵士が棒を差しだし、救命胴衣を引っ掛けて男を一人すくいあげた。男が船に引きあげられたとたん、あとの二人も両手を上げて、捕まるのを待った。*6

捕虜たちが仮眠をとって食事をすませると、ハリーは個別に一人ずつ尋問を行った。彼らの行動がどうにも解せなかった。「どういうつもりだったのですか？」ハリーが尋ねた。一人で漂流していた捕虜は一等兵だった。「おれのほうが階級が上だから、部下の二人が見ている前で投降などできなかったんだ」。そう言って捕虜はタバコをくゆらせた。ほかの捕虜たちは二等兵で、上官の許可がなくては投降できないが、臆病で不忠な者と見られるのを恐れて、訊くのをためらっていたのだ。彼らの理屈をハリーはようやく理解した。兵士たちはおとなしく協力し、一難去った。*7

二世の語学兵とは違って同僚のアメリカ兵は、この込み入った階級序列をなかなか理解できなかった。日本の社会構造は、いかなる犠牲を払ってでも序列内の秩序を遵守するものだ——撤退や飢餓、疾病や絶望によって日本人の厳格な教えにほころびが生じるまでは。

どれほどの欠乏状態にあっても、日本軍はいまだ武器を捨てることなく、夜襲を好んで仕掛けてきた。第一六三連隊戦闘団はニューギニア島各地とソロモン諸島全体で使われてきたおなじみの円陣防御を組んだ。将校らは「暗くなる前に塹壕を掘って、夜明けまでそこを動くな」と命じた。白昼でもジャングルの密林は、一〇ヤード先に寝そべる男もすっぽりと包み隠す。兵士たちの聴覚は研ぎ澄まされ、ヤドカリが慌ててカサコソ逃げる音にも縮みあがった。あるとき気が動転した兵士の投げた一個の手榴弾が、集中砲火の火蓋を切った。ハリーも思わず引き金をひいた。「誰も彼もが発砲していた。撃っているほうがまだ気が楽だった」。それほど気が張っていたら、かえって危険ではなかったのか？「味方による誤射がずいぶんとあったなあ」[*8]。

前の晩にあったことをハリーは昼間によくよく考えたりはしなかった。ハリーはうまくやっていた。「ハリーは誰でもおだてるのが上手でしたね」とは舌を巻いた仲間の語学兵ジーン・ウラツの言だった。米が欲しいと思ったら、捕虜を懐柔して口を割らせるために必要だとハリーは将校たちを説きふせた。仲間がカクテルを飲みたがったら？野戦病院からエタノールを手に入れて、グレープフルーツジュースと一緒に混ぜた。懐かしい味を恋しがる者がいたら？海軍兵からタマネギと卵を、食堂からベーコンを調達してきた。まもなく「椰子の林のあいだから、よだれの出そうな香ばしいチャーハンの匂いが漂ってきて、司令官の将軍が鼻をぴくつかせていました」とジーンは回想したものだ。とはいえ、ハリーが腕をふるった極めつきは、およそ香《かぐわ》しいものではなかった。工兵隊からもらった木材で腕をふるった仮設トイレを組み立てたのはハリーだった。おかげで語学兵たちは部隊にすっかり気に入られた。兵士たちは故郷に残してきた恋人からの「別れの手紙《ディアジョンレター》」を読むあいだ、一人だけになりたかったのだ[*9]。

ハリーは受けた好意にそのつどお返しをした。たいていは日の丸の旗で、兵士たちはこれを戦利品として見せびらかすために家族や恋人に送るのだ。ハリーは病院でもらってきたシーツを四角く切って、白地に赤い丸を描いた。いかにも本物らしく見えるよう、旗に草書体で偽の署名までしておいた。

この家内工業は実際深刻な問題に対処するためでもあった。見つけた文書を分析にまわす前にＧＩたちが故郷に送ってしまうと、貴重な情報を入手する機会を語学兵が逃してしまうのだ。日本兵はまめに日記を書いていた。いちばん下っ端の二等兵——ヴィクターとピアスが帝国陸軍に入ったときの階級——の日記から、士気の問題や部隊の動き、物資の不足がわかることもあった。戦闘が始まってまもないうちは、大半の文書が兵士たちの所持品にちゃっかりおさまった。のちに鹵獲《ろかく》文書はただちに届けるよう勧告が出たあとですら、とある部隊から八ヶ月のあいだに発送された郵便物の中に、情報価値のある五〇〇〇件もの文書が見つかった。第四一師団の回覧文書は次のように警告した。「こうした勝手なことをする者は、仲間の兵士の品格を落とすだけでなく、人命の損失に加担し、作戦の成功を危うくしている」[*10]。

この年の春の『ライフ』誌に、太平洋にいる海軍兵のボーイフレンドから送られてきた日本人の頭蓋骨と一緒に写っている若い女性の写真が掲載された。それから数ヶ月後、陸軍航空軍に同行してニューギニアでの飛行任務を終えた名高い飛行士のチャールズ・A・リンドバーグがハワイに着陸すると、税関職員から荷物に人骨を入れていないかと何気なくたずねられた。リンドバーグは驚かなかった。ニューギニアで兵士による屍体損壊が慣行化していると聞いていたからだ。脛の骨を削ってペーパーナイフやペン皿をつくったり、歯を抜いて金の詰め物を着服したり、蟻の群がる蟻塚に頭部を置いたり——そうすれば「土産用にきれいに」できるのだとリンドバーグは聞かされた[*11]。

要は、日本の旗をハリーが忠実に再現したのは、自分が実際に知っていたことを活用したまでだった。署名入りの日の丸の旗を、日本兵は戦場のお守りとして大切にしていたのだ。

一九四四年の五月、翌日に戦闘を控えた夜に、ハリーは九〇日間のキャンプ・サヴェージでの訓練を終えてからこのかた、いつにも増して自信に満ちていた。第一六三連隊戦闘団の兵士たちとは仲間意識が生まれていると感じていた。アイタペにいるG2（参謀第二部）情報部のスタッフが語学兵のボディーガードの役を引き受けてくれたので、護衛兵の出番も減った。ハリーの存在も仕事も、ますます評価されている。ハリーの湧き出るエネルギーに、ジーンは舌を巻いた。「蒸し暑いニューギニアのジャングルの戦闘地帯では、Kレーション（戦闘糧食）と昆虫と敵の弾丸《たま》以外、ありとあらゆるものが不足していました。神さまがいったいどうしてこれほど惨《むご》い場所をつくられたのか理解に苦しみましたが、ハリーはなんとも思ってないふうでした」。ジーンの言うとおりだった。ハリーはニューギニアに滅入っていなかった。「べつだん帰りたいとも思わなかったよ」とハリーは回想する。[*12]

五月半ば、ハリーは日本軍が塹壕に立てこもっている西方のサルミに向かった。二度の上陸をいっぱしに経験したハリーは、もう尻込みなどしなかった。そして翻訳道具一式に、今度は屋外トイレもついてきた。

21　ピアスの執行猶予

自分の兄弟が日本の帝国陸軍に入っているかもしれないことは、ハリーにもわかっていた。ハリーが一九三八年にアメリカをめざして日本を発ったとき、ヴィクターはすでに兵役に就いていた。フランクとピアスもそうかもしれないという「勘」は働いたが、ピアスが自分の行く手にはだかる可能性があったなどとは思ってもみなかった。*1

一九四四年の初春、二一歳になったピアスは、広島から七〇キロメートル弱離れた、日本海に近い島根県の浜田に配属された。都会の広島と比べれば、浜田はこぢんまりとした偏狭な片田舎だった。仲間の兵士は地元で生まれ育った者ばかりで、ピアスをよそ者扱いした。

そのうえ上官も二等兵に目をつけて、さんざんに痛めつけた。ピアスにはこの男が、とりわけ温和だった専門学校の教師たちと比べると理不尽な人間に見えた。上官はピアスのやることなすこと気に食わなかったが、それはピアスだけではなかった。国じゅうの召集兵が叱責され、私生活も主体性も捨てるよう強いられ、自分にはまるで値打ちがないのだと信じ込まされた。ある新兵が語ったように、「こうして私たちは、見えない手でいつも縛られていると感じる状況で生きるほかなかった」。二等兵が軍馬ほどの価値もないとみなされていることは周知の事実だった。*2

厳しい訓練が始まる前に、あいにくピアスは病気になった。ひょっとして、明治神宮外苑競技場で冷たい秋雨《しゅうう》のなか、ずぶ濡れになって行進したせいかもしれない。胸が痛み、体重が落ち、食欲もなくなった。ピアスはもともと肺が弱かった——すぐに感染症にかかって、胸水がたまり、X線検査が必要になる。カツジを胸膜炎で失い、フランクを看病した記憶の消えないキヌは、ピアスにたびたび手紙を書き、無理をしないよう念を押した。キヌは心配でしかたなかった。軍隊にいて、いったいあの子の病気が治るのだろうか。*3

その春、広島駅に列をつくるおおぜいの兵士や警官たちをかきわけ、キヌはピアスに会いに出かけた。巨大な看板が「不要不急の旅行は止めませう!」といさめている。だが息子を案じる母にとって、この浜田への旅は不要不急でないわけがない。*4

浜田で会ったピアスは、すっかりやつれて、顔色も青く、目も落ちくぼんでいた。見た目も心配だったが、もっと厄介なのはこの先のことだった。キヌとピアスはある噂を聞いていた。住民がひそひそ声で話すには、部隊はまもなく南の小島、要は太平洋の激戦地に向かう輸送船に乗り込むだろうというのだ。

ピアスが海外に行くとしたら、向かう先はニューギニアのような場所になりかねない。残された家族は、ニューギニアが若者たちを食い尽くしたと嘆き悲しみ、生き残った者は、ニューギニアは地獄だったと断言し、連合国のプロパガンダは、ニューギニアが「おまえたちの墓場になるだろう」と脅していた。*5

それから唐突に、帝国陸軍は待機を命じた。浜田で惨めな思いをしていたピアスは、広島の発電所と弾薬庫の衛兵勤務に前々から志願していた。ピアスの希望は認められ、五月半ばに異動命令を受けた。六月半ばには、ピアスは広島城内を行進していることだろう。おそらく城内の兵営で暮らすことになるだろうが、それならキヌがピアスの休みの日に会いに行き、握り飯を差し入れて健康状態もチェックできる。*6

六月になると、土砂降りの雨を集めて、太田川の河口デルタが冠水したこともあったが、広島市は、ツユ（梅雨）で雨がしとどに降るまでにはまだなっていなかった。じめじめした日々が続くが、耐えられないほどではなかった。なんといっても四人の息子のうち三人が、キヌのすぐそばか面会にゆけるところにいるのだ。息子たちの顔からは体の調子はどうか、息子たちの声からは気分がどうかを判断できる。一九四四年、せめても息子二人がここ広島で無事でいることに、キヌの心は慰められた。*7

V　運命の日への序曲

22 サルミでの驚くべき遭遇

たしかにニューギニアはこの世でも稀に見る危険な場所で、その身の毛もよだつような評判に違わぬ場所だった。さすがのハリーにも荷が重く、いつもの元気もそう長くはもちそうになかった。

ニューギニア北部のサルミで、ハリーは第一六三連隊戦闘団とともに近くのワクデ島に上陸する準備をしていた。この環礁からなる島は、簡素な滑走路と飛行場設備をつくるにはもってこいの場所だった。情報部の報告では、反対意見はまず出なかった。ところが土壇場になって、ハリーは後方に残って捕虜を尋問するよう命じられ、かわりに白人の情報将校が上陸することになった。[*1]

ワクデ島とサルミの要塞を任されていた日本軍の将軍は、この襲撃を予想していた。そこで部隊にこう訓示した。「敵のアメリカ軍部隊が、お前たちのすぐ目の前に来ておる」。そしてアメリカ兵が隙だらけになる上陸時を襲うよう命令した。「死ぬ気で勝ちに行け、敵を皆殺しにするのだ[*2]」。

部下は命令に従い、次から次へと押し寄せる水陸両用の上陸用装軌車を、たこつぼの壕や細長い待避壕、偽装を施した地下壕から機関銃やライフルで襲撃した。それでも第一六三連隊戦闘団は陸に這いあがり、斜面をよじのぼった。アメリカ兵たちは手榴弾を投げ、ライフルを発砲し、敵のトーチカを一基ずつ制圧していく。日本兵がぱらぱらと姿をあらわし、なにやら大声で叫んで銃剣をちらつかせる。その日が終わるころには、アメリカ兵一九人が死亡し、その一人はハリーのかわりに出撃した情報将校だった。上陸船から飛びおりたとたんに頭を撃ち抜かれたのだ。

「あのときはさすがにショックだった」とハリーは語る。ハリーたちは大部な日本人将校のリストを作成し、そのおかげでG2（参謀第二部）はこれから立ち向かう部隊をよく知ることができたのだった。ハリーたちは食事をともにし、冗談を言い合い、絆を深め合ってきた。戦闘ローテーションが精神的にきついのは前からわかっていることだった。「数ヶ月のうちにすっかり仲良くなったところで、何人かが去っていくんだ」。それでも一緒に仕事をしていた人間が非業の死を遂げたのは初めてだった。[*3]

それから数日後、ハリーは初めてワクデ島の地を踏んだ。「僕たちはこの島を情容赦なく爆撃していた」。その日の朝、夜のあいだに海岸堡にこっそり入っていた三〇人あまりの日本兵が、「バンザイ突撃」を決行した。アメリカ軍はこの攻撃を粉砕し、さらに掃討を続け、敵の隠れる珊瑚の洞窟を爆破し、椰子の樹上に潜む狙撃兵を撃ち落とした。多くの日本兵が投降するよりも自害を選んだ。[*4]

ハリーが任務をまっとうするには、生きている日本兵がいなくてはならない。ハリーは日本兵が数人隠れている地下壕に近寄り、説得して投降させようとしたが、そのとき、一人のアメリカ兵が火炎放射器を手に前に出て、入口に火を放った。兵士たちが悲鳴をあげ、火のついて燃えあがった体で飛びだしてきた。ハリーは恐怖のあまりその場に凍りついた。「みんな火だるまになっていたよ」。焦げた肉の匂いがした。錯乱状態の男たちが次々に銃弾を浴び、ばたばたと砂地に突っ伏し、どうと後ろに吹き飛んでいく。この残虐極まりない行為にハリーは呆然となった。「心底恐ろしかった。あんなものを見たのは初めてだったからね[*5]」。

その日ハリーは一人の捕虜も連れずにサルミに戻った。二日のうちに、この作戦の強襲段階は終了し、いまではアメリカ軍の戦闘機の着陸に備えて、島ではハンマーやドリルの音が賑やかに響いている。日本軍の要塞は跡形もなく消えていた。七五九人が殺害され、日本兵四人が捕まった。[*6]

その晩ハリーとジーンは、めいめいハンモックに寝そべりながら、小声で言葉を交わした。戦争の話はしたくなかった。ジーンは家族に会いたいと言い、ハリーは友だち、とりわけテリーに会いたかった。あの気がかりな一件については、二人とも触れずにいた。ワクデ島で捕まった四人の日本兵のうち、一人は英語を話すハワイ出身の二世だったというのだ。[*7]

アタブリンを服用していたにもかかわらず、ハリーはニューブリテン島でかかったマラリアにいまだ苦しんでいた。アメリカ軍にいる二世たちは「ニューギニアの黄色い奴ら《イエローバスタード》」のあだ名をもらっていた。食事の列に並んだときに毎日飲みくだすこの抗マラリア薬の錠剤のせいで皮膚がやけに黄ばんでいるからだ。ニューギニアに来てハリーの発作は悪化し、熱が出て汗びっしょりになり、悪寒で歯がガチガチ鳴り、頭が割れそうに痛くて吐き気がした。体重が減り、体力も落ちた。発作は数日続き、おさまってはぶり返した。すっかり痩せ細り、赤銅色を帯びた顔で、休み休みしながらそれでもハリーは働き続けた。大量の文書をさばきながら、このニューギニアにとどまって、何がなんでも不敵に生き抜いてやると肚をくくった。[*8]

ある日、ハリーと歳の近い広島出身の日本兵が、マラリアにかかった衰弱した体でサルミに向かっていた。男はあるときは白島《はくしま》小学校の近くで出征兵士の見送りの旗を振り、自宅に兵士たちを泊め、広島城のわきの学校に歩いて通った。またあるときは、やる気のない生徒だったり、野球のピッチャーだったり、地元の暴れん坊だったりもした。父親は、軍隊が息子の心を入れ替えてくれるだろうと期待した。まだ一〇代のうちに男は広島を離れ、満州と中国で野戦砲兵隊に加わった。そしてフィリピンとパラオ諸島の灼熱の暑さとゲリラ戦を生き延びた。ニューギニア島に着くころには曹長に昇進し、「暁《あかつき》部隊」に配属されたが、これは太平洋じゅうに輸送、装備、人員を手配する、宇品で創設された陸軍船舶司令部の通称だった。まだ二〇代半ばだが、男は一〇歳も年上に見えた。「私の言葉に誰もが耳を傾けましたよ」。二〇〇人の部下をもっていた筋金入りの男がのちにそう語っている。*9

男は、知る必要のあることだけを部下に伝えた。ニューギニアに来る前に参謀本部で聞いたことを、彼らに話すつもりはなかった。九九パーセントの兵士は死ぬだろうと言われた。そんなお先真っ暗な話を聞かされたら、いやでも士気がくじける。日本が戦争に負けそうだなどと、あえて教えることもない。いずれはその目で見ることになるのだから。

あるとき、男は空中戦が繰り広げられるのを胸を高鳴らせて眺めていた。日本軍の戦闘機二機につきアメリカ軍の戦闘機三機が戦って、旭日旗が勝利した。ところが、やがて敵三機を迎え撃つのは日本の戦闘機一機だけになった。ニューギニア島に着くころには、日本の戦闘機がきりもみ降下し、衝突して爆発するさまを慄《おのの》きながら見つめていた。「空も海もアメリカの手に渡ってしまった」。*10

男の属する部隊もまた失速した。ジャングルにいる友や部下たちが戦闘で負傷し、病に襲われ、飢えさらばえ、疲れ果てて死んでゆく。日本軍の指揮官らは、この一帯にいる全軍のうち、生きてサルミに着けるのはわずか七パーセントだろうと見積もった。どうにか五月をしのいで六月が来るころには、上官が我慢の限界に達し、自分の頭に拳銃を当てて引き金をひいた。この上官を曹長は以前から軽蔑していた。「もともと情味に欠ける奴でした」と冷ややかに語る。自殺したところで名誉挽回といくものか。これは恥辱よりも死を選んだのではなく、指導力と人格が完全に破綻したからだ。遺体にくるりと背を向けると、曹長は当座の問題に頭を絞った。兵士たちには食べる物が必要だ。そこで別の上官二人と部下一人も加わって、四人で食料を探しにいくことにした。[*11]

　ナイフと拳銃、銃剣は持っていたが、コンパスも地図もなかった。自分たちの分の食料をなんとか集めると、男たちは部隊のもとに戻らなかった。原住民のつくったおぼろげな小道をたどっていくと、六フィートも丈のあるカミソリ刃のようなチガヤの葉叢《はむら》に迷い込むこのジャングルで、彼らは戻る道を見失ったのだろうか。それとも部隊の仲間を置き去りにしたのか。男は最初の質問には答えず、あとの質問は否定した。それでも自分たちの食料探しが、いつしか「個別の行動」に変わったことは認めた。もはや自軍のことを思いやるどころではなかった。自分たちが戻らなければ、仲間は自分たちが死んだと思うだろう。またほかの部隊に捕まって尋問を受ければ、裏切り者とみなされて、その場で射殺されるだろう。「シカタガナイ」。男は覚悟した。兵士たちは生き延びたかったのだ。[*12]

　彼らは山を駆けおり、ひび割れた唇を舐め、塩に飢えながら、おそらく自分たちの情況を怪しむこともないだろう海軍部隊に救出されるという、まずありえない夢にすがった。だがそれが叶わぬならば、脱水や飢餓、あるいは体力の消耗で朽ち果てるしかない。一週間のうちに、二人の兵士が別行動をとり、部下一人だけが男のもとにとどまった。二人は椰子の実で飢えをしのいだ。石で殻を割り、噛みごたえのある果肉をむさぼり、青白いミルクを飲みほした。カニを捕まえ、山に自生するイモを掘りだし、バナナの木によじ登った。たまにアメリカ製のコンビーフ缶を見つけると、銃剣で蓋をこじあけた。滝のような雨に打たれてぶるぶる震え、じめじめした洞穴のなかで眠れるだけ眠った。

二人は枯れ枝で筏《いかだ》をこしらえ、褐色に濁ったうねうねした川を一つ、また一つと渡っていった。広島出身の曹長が数えたところでは、四、五本は越えただろう。日本の山岳地方出身で泳ぎが苦手な部下が筏に寝そべり、曹長が後ろから押した。ようやく対岸につくと、またジャングルの中に入り、自分たちはどこにいるのかと首をひねった。実際二人はサルミまで辿りつき、原住民にじっと観察されていたのだ。

ある朝、広島出身の曹長が椰子の木の下で休んでいると、原住民一人と敵の偵察兵が一人、いきなり茂みから姿をあらわした。男は高熱を発していて、意識も朦朧としていたので、何が起きているのかわからなかった。敵兵がさらに数人近づいてきた。男は脱水症状で足がつって動けぬまま、拳銃二丁を手で探した。「もうおしまいじゃ」。そう思った。六年以上も戦地にいたあげく、とうとう自分の死ぬときが来たのだ。だが戦わずして死ぬわけにはいかない。*13

一九四四年六月三日のその朝、密林を切り拓いた空き地にハリーがつかつかと入っていく。一度に捕まった捕虜数人が、ここに連行されている。これから総勢六人を尋問するのだ。このころには、ハリーは第一五八連隊戦闘団に付いていていた。テントの中や屋外で雨の鞭に打たれながら、ハリーは一人ひとりに尋問したが、情報の価値次第では一名につき三〇分かかることもあった。*14

「捕虜になった兵士で役に立つのはごくわずかだった」とハリーは言う。今日もまた、どうせいつもと大差ないにちがいない。下士官兵はたいてい命令にただ従っているだけだった。「どっちが戦争に勝っていて、どっちが負けているかも、まるでわかっていなかったんだよ」。多くは望んで投降したわけではなく、ひどく衰弱し抵抗しようにもできなかったからだ。部隊と離れてしまった者は、戦術的に価値ある情報をほとんど持っていなかった。さらに二人の捕虜が来るけれど、そのうち一人は

「いささか好戦的」で「小生意気」だと聞いたときも、ハリーはとくに動じなかった。できるかぎり情報を引きだすまでだ。とはいえ、この捕虜たちの武勇伝には興味をそそられた。このはぐれ者たちは筏で川をくだってきて捕まったのだが、そのさいに戦う気まんまんだったという。アイタペで投降した不運な三人組とは、またずいぶん違うな。[*15]

憲兵の担架で敵のわんさといる場所に運ばれてきた広島出身の男は、遠くのほうにいた、アメリカ軍の軍服を着た日本人の顔の男に目をとめた。どれほど衰弱していようと頭は冷静に働いた。あの顔は忘れもしない。「まさか！　あいつ前に見たことあるわ」。男は指を差し、自分を尋問していた兵士にあれは誰かとたずねた。[*16]

担架の脇に立っていた語学兵はぎょっとした。普通、捕虜は質問などしてこない。してもたいてい「キサマ日本人か？」くらいなものだ。捕虜たちは自分を尋問する者が、故郷に戻って家族に恥をかかせるわけにはいかぬと連合国側に寝返った日本兵の元捕虜ではないかと疑っていた。

ハリーの同僚は、捕虜にハリーの名を教えるつもりなど毛頭なかった。これは尋問官を保護するための連合軍翻訳通訳部（ATIS）の方針なのだ。この禁止令は報告書を作成するうえでも徹底されていた。一九四四年三月の第四一歩兵師団のG2（参謀第二部）通知書の一つは、次のように命じている。「尋問報告書では二世の尋問官もしくは通訳の氏名を絶対に明かしてはならない」。[*17]

語学兵はハリーにこっちに来るよう大声で叫んだ。ハリーが捕虜に近づくと、そこにいたのは、ひょろ長の痩せさらばえた男で、薄汚いひげがぼうぼうと胸のあたりまでのびている。男からは汗と汚物と尿の匂いがぷんぷんする。捕虜は眼光鋭く挑むように睨んできた。これほど衰弱していたら、たいていの者は目をそらすのだが。病人ではあるが、心まで折れてはいないようだ。そう見てとったとたん、捕虜が口をひらいた。だみ声の、やけにえらそうな口ぶりだ。

「わしは広陵中学、あんたは山陽じゃったよな」と男が言った。「タバコ持っとらんか?」[*18]

一瞬ぎょっとして言葉に詰まった。それからトゥーレアリに初めて収容されたときに自分がつけた札とよく似た白札に書かれた捕虜の名前をまじまじと見た。「マ・ツ・ウ・ラ」。ハリーは肝を潰したが、顔には出さなかった。自分の覚えている、あのおっかない顔の不良にしては、この男は痩せさらばえた幽霊みたいだが、垂れた黒い目と、ぞっとするような薄い唇は同じだった。「あんた、あのマツウラか?」とハリーが尋ねた。[*19]

「そうよ」

あの祭りの夜に殴り合いの喧嘩をした広島のハリーの天敵、マツウラ。毎日学校に行くときに、通りの向こうから用心しいしい目で追った、あのマツウラ。地元のこの不良が六年前に中国行きの軍事輸送船に乗ったときには、やれやれこれであいつも見納めかと安堵したのに。

それでも、そこにいるのは同郷の隣人でいまや苔の生えた兵士、そしてハリーの仇敵だった。ハリーには話す時間がほとんどなかった。仲間がすでに尋問を始めていたし、ハリーにも担当する兵士がいる。マツウラにタバコを一本差しだすと、その場を去った。けれどその日のうちにハリーはこの捕虜を探しあて、アメリカ製のコンビーフ缶一個と日本の米の飯《めし》を一杯こっそり差し入れた。いかにもつれた糸であろうと、互いのつながりに知らぬふりはできなかった。[*20]

マツウラはその晩を持ちこたえた。翌朝、ハリーは彼のもとに立ち寄ると、治療のためにこれからオーストラリアに搬送されると教えてやった。マツウラは水陸両用車でワクデ島に運ばれ、そこから飛行機に乗せられた。サンゴ礁を砕いた滑走路を飛び立った飛行機が青々とした山脈の上空で機体を傾けるころ、一度も空を飛んだことのないマツウラは、おそらく自分は機体から放りだされて殺されるのだとばかり思っていた。[*21]

マツウラが身の危険を感じるのにも、もっともな理由があった。チャールズ・リンドバーグの刊行された日記（一九三八年から一九四五年）では、一九四五年六月から八月にかけて、日本兵捕虜への虐待や虐殺について踏み込んで述べている。たとえば、「ホランディア（ニューギニア島西部の町。現在のジャヤプラ）の飛行場で、おれたちが捕虜に機銃掃射を浴びせてやった話」とか「ニューギニアの山脈を越えて南に向かう輸送機から、オーストラリア兵らが日本軍の捕虜を突き落とした話（ただし、オージーたちは捕虜がハラキリをしたとか「抵抗」したなどと報告した）」を記している。オージーというのはオーストラリア兵を指していた。[*22]

マツウラは何事もなくオーストラリアに着いた。清潔な病院で、優秀な看護師の手当てを受けて回復に向かううちに、ハリーとの遭遇がセピア色の懐かしい思い出として脳裏によみがえってきた。「あとから思えば運がよかった」とのちにマツウラは語っている。「若いころの喧嘩はよく覚えているものです」。あの広島の祭りの夜にフクハラと取っ組み合いの喧嘩をしなければ、ニューギニアで会っても誰だかわからなかったかもしれない。「喧嘩すると却って親しみがわくものだ」と振り返る。マツウラを特別に処遇し、急遽オーストラリアに運ぶ手続きをとったことで、ハリーは彼の命を救っ

帝国陸軍兵士のシゲル・マツウラ。1941年、日本の傀儡国家満州国大連で。シゲルとハリーとは10代の頃広島で喧嘩をした仲だが、1944年にはニューギニアで敵味方として再会することになる。（シゲル・マツウラ提供）

ていた。[*23]

その晩ハリーはまんじりともせず、敵の徘徊する物音――枯葉のカサコソいう音、枝がポキポキ折れる音、日本語の低いつぶやき声――がしないか耳をそばだてた。あろうことか、顔見知りの敵に出くわすなんて。これまで認めたくなかったことを、いまやはっきりと思い知らされた。「ほかにも誰かと鉢合わせするかもしれない」。友人や親戚、それどころか兄弟とだって。だがマツウラとの遭遇については自分の胸にしまっておいた。日本とのつながりが皆に知れて合衆国への忠誠を疑われては困るからだ。ジーンにだけは、「広島時代の知り合い」に偶然遭遇したことを打ち明けた。ただし、自分の家族がいまも日本で暮らしていることは黙っていた。[*24]

ある日、海岸堡から海岸堡へと移動していたときに、ハリーは日本兵の残していったハンゴウ（飯盒）数個に日本の米と日本製の牛缶を発見した。この隠してあったお宝に飛びあがって喜ぶと、さっそく飯を炊き、コンビーフを炒めて、休暇から戻ってきたテリーやキャンプ・サヴェージの級友ミン・ハラほか数人にふるまった。男たちはご馳走を食べ、大声で笑い、思い出話に花を咲かせた。ジャングルの真ん中でハリーがこんなふうにもてなしてくれたことに、ミンはすっかり感心した。「僕たちの行儀が悪くてすまなかったといまでも思っています」とミンは書いている。「汚れた道具やら何やらぜんぶハリーに洗わせてしまって」[25]。

これはサルミで過ごした至福の時間だった。このあと、ハリーは体調を崩してしまった。マラリアがまたぶり返したのだ。しばらく静養し、大量のキニーネかアタブリンで治療しないかぎり、この病気は命とりになりかねない。六月が終わるころにはブリスベンの病院に送られた。三度の任務を終えたあと、これが初めての休暇になった。自身の苦境も重なったハリーの戦争は、まだとうぶん終わりそうになかった[26]。


ハリーがオーストラリアに戻ったあと、ローン・ツリー・ヒルの戦いがテリーも参加して行われていた。軍の作戦用地図で丘の頂上にたった一本の木が描かれていたのでその名がついたこの場所は、実際はサルミ近辺の隆起した雨林地帯だ。本当に木が一本しかなかったなら、隠れて待ち伏せする日本兵をらくらく一掃できただろうが。日本兵は洞窟や地下壕に立てこもり、つる草で偽装した丸太づくりの待避壕に寝そべり、木の根のすきまに穴を掘って潜んでいた。さらに日本軍の大砲が要所要所に設置されている[27]。

一九四四年の六月二三日、第四一歩兵師団の急ごしらえの指揮所にある情報部のテント脇に、テリーと仲間の語学兵キヨ・フジムラがハンモックを吊って休んでいた。この場所をテリーが選んだのは、すぐそばに回転式砲塔に幹が似ている大木があったからだ。急襲に遭ったときには、これを盾にできるだろう。

日が落ちてジャングルが暗闇に包まれたとたん、最初の銃声が響いた。テリーとキヨはあわててライフルを掴《つか》むと地面に伏せ、木の陰に隠れようとした。「誰もが気が狂ったように発砲していました」とキヨは振り返る。四方八方から弾丸《たま》が飛んでくるようだった。*28

膝をつきライフルの撃鉄を起こそうとしたテリーが、いきなりキヨの上にどさりと倒れてきた。「テリー！　テリー！」あわててキヨが起きあがり、その身を抱きかかえた。「すると両手や体の前面に生暖かいものが触れました」とキヨは回想する。「胸のあたりに直径〇・五インチほどの穴があいているのが感触でわかりました――背中の穴はもっと大きかった。もう死んでいるとなんとなく感じました」。*29

二四歳の語学チームのリーダー、ユキタカ・テリー・ミズタリは、太平洋での戦闘に送られた二世の中で最初の犠牲者になった。この悲報はすぐにオーストラリアで入院したばかりのハリーのもとにも届けられた。

抵抗する日本軍を最後にはアメリカ軍が打ち負かすことになるのだが、この一一日間にわたる戦闘は苛烈をきわめるものになった。日本軍は迫撃砲、手榴弾、ライフルを用い、さらには勇を鼓して銃剣で襲ってきた。対するアメリカ軍は火炎放射器、バズーカ砲、手榴弾、爆薬、ガソリンで応酬した。一九四四年の六月二〇日から三〇日にかけて、一五〇人のアメリカ兵が死亡した。日本軍の死者数はその一〇倍近くにのぼり、九四二人の死亡が確認され、さらに四〇〇人が洞窟に生き埋めになったと推定される。それでもローン・ツリー・ヒルの戦いでハリーが思いだすのは、いつもテリーのことだった。*30

それから数週間後、正装の軍服姿の将校が二人、ヒロにあるミズタリ家のドアをノックした。テリーの母親のスエメが戸口に出た。夫のヤスユキはいまも本土で抑留されている。スエメは、九人きょうだいの長男である大好きな「タカちゃん」が今月は休暇をとっているとばかり思っていて、この知らせに茫然となった。ミズタリ夫人が将校たちからのお悔やみの言葉を聞いているころ、マラリアから一時的に回復したハリーはブリスベンの街を一人歩いていた。この初めてとった休暇は、もともとはテリーと一緒に過ごすはずのものだった[31]。

この三週間のうちに、ハリーは一〇代のころの宿敵と遭遇し、そしていちばんの親友を失った。こうした経験から自分の思い込みが覆《くつがえ》された。それまでは、敵の中に知った顔を見つけることなどまずありえないと思っていた。そう考えるのも無理はない。「ジャングルの中だと目もろくに見えないのだから」。さらにそれまでは、上陸時は全員が危険にさらされても、自分は指揮所にいるのだから安全だと高を括っていた。「僕らは歩兵じゃないから、行って戦ってくる必要はなかったが、それでも自分の身は自分で守らなくちゃならなかったわけさ[32]」。

誰か知っている者に出くわすわけがないと思うのは、あまりに楽観的な考えだったのだろうか。一概にそうとも言えない。一九四〇年代の初めから、一〇万人を超える広島県出身の兵士がアジア各地に散らばっていた。それでも、サルミには日本兵が八〇〇〇人いたと推定されるが、大半は広島県の出身ではなかった。さらに五月半ばから九月一日まで続いた作戦を通してアメリカ軍がとらえた捕虜は、わずか五一人だった。第一五八連隊戦闘団があの一ヶ月の戦闘中にとらえた捕虜は、たったの一一人。マツウラとの遭遇はまさに類いまれなことだったのだ[33]。

23　ジャングルでの遅々とした変化

一九四四年九月にハリーはサルミに戻った。ここの飛行場設備と滑走路がふたたび日本軍に奪還されるおそれがあった。休暇中にハリーは日本人の父親を持つ美しいハーパ（混血）のオーストラリア人女性と恋に落ちた。違った人種間に生まれた子どもたちがオーストラリアではどうやら驚きも軽蔑もされないことに、ハリーは勇気づけられた。大人になっていちばん長く暮らしたカリフォルニア州では、とりわけ白人と日本人の異人種婚が違法とされていた。この芽生えたばかりのロマンスをハリーはマウント夫妻にさっそく手紙で報告したが、前線に出ているうちにこの恋はいつしか終わりを迎えた。[*1]

前線、灼熱のサルミ、またしても別の師団。今度の第三三歩兵師団は、その紋章から「黄金の十字架《ゴールデンクロス》」と呼ばれ、イリノイ州兵によって編成された部隊だった。この同郷の仲間集団もハリーをよそ者扱いするだろう。また一から自分を認めてもらわなくてはならないのだ。

サルミはハリーの心の平安を揺るがした。テリーにかわって一等軍曹に昇進したのだが、彼のことが頭から離れなかった。「後ろめたい気持ちがしたよ」とハリーは言う。テリーの不幸があって自分が得をしたように思えた。惨めな思いに輪をかけるように、テリーの文通相手からの手紙が山ほどハリーのもとに届けられた。この悲報を伝え、V郵便（第二次世界大戦中の米軍による郵便制度、私信をマイクロフィルム化して配達）の差出人住所に代理で署名する気にはとうていなれない。手紙の山はとりあえず脇に置き、最初にテリーの姉妹からの手紙に返事を書くことにした。[*2]

　サルミに来て一つだけ良かったのは、第三三師団の司令官である陸軍少将パーシー・W・クラークソンに出会えたことだ。階級は少将だが兵士たちから「大将」と呼ばれていたこのテキサス人は、聡明で気さくなことで知られていた。ハリーが米を炊き、ラッキョウやウメボシ（梅干し）、味噌汁を語学兵たちに出してやると、美味しそうな匂いにつられたクラークソンが、テントにひょっこり顔を出す。箸で食べる二世とは違い、クラークソンはフォークを使うが、それでも彼らの食事に舌鼓をうち、ハリーと心を通い合わせた。[*3]

　語学兵たちは知らなかったが、ニューギニア島に来る前から、クラークソンは二世の犠牲と勇気に敬服していた。その一年前にハワイのカウアイ島で、クラークソンは一世の両親に名誉戦傷勲章《パープルハート》を授けて日曜を過ごしたことが何度もあった。彼らの息子たちは、ハワイ州兵部隊から、もっぱら二世兵士からなる第四四二連隊戦闘団や第一〇〇歩兵大隊に配属され、フランスやイタリアで戦死していた。軍隊内の二世兵士に対し、よもやクラークソンが疑いを抱いたことがあったとしても、それはサトウキビ農園の小屋の粗末なリビングルームでかき消えた。小柄で陽灼けした皺だらけの母親たちが、白黒のリボンで飾った息子の写真に果物を添えた仏壇に少将を案内した。愛する息子を偲んで母親たちはひざまずき、線香を焚いた。九人の語学兵を束ねるリーダーとしてもっぱら師団司令部で働くハリーは、クラークソンと頻繁に顔を合わせ、彼の信頼を感じとった。[*4]

一九四四年も終わりに近いこの数ヶ月、戦況が好転していることにハリーは気づいていた。密林から出て投降してくる日本兵が少しずつだが増えている。太平洋諸島全域でＧＩたちは、捕虜を射殺せず生きたまま捕えることの価値をわかってきていた。ハリーたちのチームは日の丸の旗の製造をひとまずやめて、宣伝ビラや投降勧告のビラを騒々しい謄写版印刷機でせっせと刷りだした。飢えて死ぬのはもううんざりではないか、と書いた。投降し、生きてオーストラリアに送られるほうがましではないか。戦争が終われば兵士たちは日本の復興のために力を尽くせるだろう。戦時捕虜（ＰＯＷ）は全員がジュネーブ条約に従った扱いを受けられる。[*5]

こうした文章はたとえ完璧なカンジ（漢字）を使って、日本人が書いた日本語で綴られていても、そもそもアメリカ人の思考法で書かれていた。日本の兵士たちは飢えて死ぬことにやりきれない思いでいたが、それでも彼らの青春時代の大半を日本は中国やアジアで戦っていたので、寛大で平和な日本に戻るなどという話は、彼らにとってほとんど夢物語に近いものだった。

とはいえ文化の違いはあっても、こうした文書は徐々に効果を発揮していた。ただし、当初は決め手となる証拠はなかった。ビラを見て投降する気になったのかとハリーが捕虜に尋ねると、頷く者もいれば、空から撒かれた大量の紙など見なかったと言う者もいた。くしゃくしゃに丸めてポケットに突っ込んだと明かす者もいた。宣伝ビラは、ジャングルでまず手に入らない良質のトイレットペーパーになるからだ。[*6]

クリスマスが来るころには、ハリーは第三三師団とともに、フィリピンのミンダナオ島の南方三〇

○マイルにあるモロタイ島まで島伝いに移動していた。料理と語学の腕のほかに、再発性マラリア、さらに新たにかかったデング熱も道連れだ。モロタイもサルミと同じく日本軍に奪還されるおそれがあった。つい数ヶ月前に別の師団がモロタイに上陸したときはほとんど抵抗に遭わなかったが、最新の情報では、日本軍の歩兵一箇連隊が島に潜入しているという。*7

いまでは、ありとあらゆる前進がやっとこさ勝ちとったもので、決して安心はできないことがハリーにもわかっていた。一方でハリーのチームは翻訳も尋問もきわめて迅速かつ正確にこなせるようになったので、次の標的はどこにすべきか師団の砲兵司令官が部下を急行させて直接ハリーたちに訊いてくるようになった。とはいえハリーたち語学兵は、自分たちがいまだに信頼できると思われていないのを感じていた。*8

仕事をするさいにハリーたちは白人将校の配下に置かれたが、それは善意による措置とされていた。キャンプ・サヴェージの指揮官だったカイ・ラズマセン中佐はこう振り返る。「そのようにした主たる目的は、引き金をひきたくてうずうずしているアメリカ兵が発砲しないよう、東洋人の顔をした兵士のそばに、間違いなく白人とわかる将校をつけるためだった」。だが実際二世兵士を監督する将校は、決まって能力の低い語学兵で、兵士としての経験も浅かった。少尉のホーレス・フェルドマンはハーバード大学から引き抜かれ、ミシガン大学とキャンプ・サヴェージで日本語の訓練を受けたが、誰よりもヒヨっ子だった。部下たちより歳も若く、教科書で覚えたその日本語は、サヴェージでは「実に冴えて」聞こえても、戦場ではそうはいかなかった。「我々のなかからジェントルマンの集団ならつくれたでしょう」と語るホーレスは、日本語の敬語はお手の物だった。ところが戦闘については何一つ知らなかった。クリスマスに曳光弾や砲弾、爆薬で夜空が照り輝いたとき、この騒ぎが花火なのか、それとも銃撃なのかと部下に聞くのもきまりが悪かった。そこでホーレスは、「別の師団に電話しましたよ」。この派手なショーは実際に敵の襲来だった。[*9]

ホーレスの仕事の一つは、発送される郵便物に目を通し、必要に応じて検閲することだった。ハリーとチームの仲間は、ホーレスが目を皿のようにして自分たちの手紙を読んでいるのを目にした。「自分の手紙が監視されているなんてショックだったよ」。ホーレスはハリーの不満をよそに、「精神神経障害」や、現代では「外傷後ストレス障害」（ＰＴＳＤ）と呼ばれるものの兆候を探すのに忙しかった。「気がふれそうな者がいれば、放ってはおけませんからね」[*10]。

ホーレスのことなどハリーは怖くもなんともなかったが、戦争が進展するにつれ、自分たちの心もとない立場に鬱憤がたまっていた。語学兵がどんなに価値ある貢献をしても、報告書には将校たちの名前しか載らないのだ。二世の尋問官の名前を記載してはならないとの規則は、敵の手に文書が渡った場合の安全を配慮したものだったが、それでも語学兵たちは自分たちがしかるべく評価されていないと感じていた。

そして報われていないとも感じていた。どんなに懸命に働き、どれほどのことを成し遂げても、昇進することはまずないからだ。一九四五年以前の南西太平洋では大半の二世が昇進を認められず、将校任命書を得た者も一ダースにも満たなかった。一九四五年の夏までは、マッシュビル大佐がどれほど試みても、連合軍翻訳通訳部（ＡＴＩＳ）――事前に計画されたというより必要から生じた場当たり的な部隊――への手当てを増やすよう陸軍省を説得できなかった。太平洋で語学兵の数が増えて以来、ハリーはモロタイ島で第三三師団に永続的に付くことになったが、それでも相変わらず第三三師団の組織の外にいた。それは本当だったとホーレスは言う。「彼がどこに行こうと昇進は無理だったでしょう」[11]。

自分の立場がいっこうに変わらないことへのいら立ちをハリーは呑み込んだ。ホーレスとも理解し合い、前よりも打ち解けてきた。ある日、ハリーはホーレスに自分の秘密を打ち明けた。自分は以前アリゾナで収容所に入っていたし、広島に家族がいると教えたのだ。日本に身内がいる兵士はほかにもいますよ、とハリーは語った。少尉はじっと耳を傾けていた。

ちょうどそのころ、一九四四年の一二月に連邦最高裁判所はエンドウ事件判決によって、「忠誠であることがあきらかな」人間を政府はその意思に反して抑留することはできないと判断を下した。翌年の一月には、西海岸における転住を違反とする規則が徹底され、ヒラリバーをはじめとする強制収容所からの全面的な退所が始まった。この判決は名誉挽回となるものだったが、決定的なものではなかった。別の裁判であるコレマツ対合衆国事件判決では、最高裁は当初の追放命令の合憲性を擁護した。あいつぐ自警団による事件が西海岸を揺るがし、日系人は故郷に戻るのをためらった。たとえばオレゴン州フッドリバーでは、アメリカ在郷軍人会が郡の栄誉名簿（通例、公共の場所に記した、従軍した市民の名簿）から二世兵士一六人の名前を削除した。そのうちの一人は、太平洋戦域に送られたフランク・ハチヤという語学兵だった。

戦場よりも銃後のほうが苛烈だった。かたや戦地での人種の壁は、珊瑚のたこつぼや、つる草のからまる地下壕で暮らすうちに氷解した。ハリーとチームの仲間は文書が届くのを待つあいだ、第三三師団の兵士たちと雑談を交わした。ときおり二世の青年たちがどこの出身なのかという話題になった。彼らはちょっと黙り込み、どう答えようかと迷ったあげく、故郷から追放されて収容所に送られたのだと、ごく最近になって打ち明けた。

イリノイっ子たちは仰天した。「そんなこと聞いたこともないと言い、信じられないようだった。そんなことありえない、って言ってたものだよ」とハリーは語る。「それで僕たちは、それはありえないどころか実際に起きたことだと説明したのさ」。ハリーは収容所に入っている文通相手の女の子から来た手紙を引っぱりだして、第三三師団の仲間に見せてやった。[*12]

最高裁の一連の判決からまもなく、フィリピン諸島にいた二世の語学兵が護衛付きでアメリカ軍の陣地に戻っているところを狙撃手に腹を撃たれた。兵士は陣地まで這っていき、重要な報告をしたのちにくず折れた。野戦外科医が手術したが助からなかった。兵士はハリーと同い年のバイリンガルの帰米で、日本に母親と兄弟がいて、アメリカで身内が抑留されていた。キャンプ・サヴェージの同期で「九〇日の奇跡」の一人、一等軍曹で師団付きチームのリーダーだった。くしくもハリーの弟と同じ名前で、「フランク・ハチヤ」と言った。ある噂が、太平洋各地に送られた語学兵のあいだを駆けめぐった。彼らいわく、フランクは味方による誤射でやられたのだ。この話の真偽は証明されなかった。とはいえ護衛がハリーの脇にまた戻ってきた。オレゴン州フッドリバーでは一般市民が怒りの声をあげた。亡くなったフランク・ハチヤの名前は、急遽、郡の栄誉名簿にふたたび書き足されることになった。[*13]

一九四五年二月三日、第三三師団の輸送船団がルソン島に向かうなか、ハリーも部隊の輸送船に乗り込みフィリピン海を渡っていた。一年足らずのうちにハリーはゆうに一〇〇〇マイルを超えて移動していた。ルソン島から日本までも、それほどの距離はない。その日はヴィクターの三一歳の誕生日だった。兄の誕生日は覚えていた。父親の誕生日の次の日だから。

ヴィクターはまだ結婚していなかった。簿記の学校は卒業したが、まだ仕事にも就いていない。子どものころから、自分の力ではどうにもならない状況に、あちこち振りまわされてきた。アメリカでは偏見から将来を閉ざされるおそれがあったため、成長期を日本で過ごすことになり、そして大恐慌の只中に父親が急逝したため、一家ともども太平洋を渡るほかなくなった。そして今度は世界大戦が勃発し、日本の帝国陸軍に駆りだされた。そのつどヴィクターはじっと辛抱し、前を向いて進んできた。

二月三日はセツブン（節分）と呼ばれる、日本古来の風習を行う日でもある。春の始まりに、「オニワソト　フクワウチ（鬼は外　福は内）」と叫びながら、炒った大豆を玄関先に放り投げ、前年の邪気を払い、福を迎え入れるのだ。広島にいたときに、ハリーも一度だけ節分を祝ったことがある。子どもたちが鬼の面をかぶり、自分の年齢の数だけ大豆を食べる。けれど今年は、投げる豆も、かき集める豆もない。景気の良いときなら、おばのキヨが、餡を詰めて白い粉をまぶしたダイフクモチ（大福餅）を何十と売りさばいていたことだろう。だがここにきて、この伝統はなんとものんきでばかばかしく見えたし、キヨのレシピも箱の奥にしまい込まれた。

リンガエン湾に向かうハリーにも、広島の鉄鋼工場で時節を待つヴィクターにも、ありったけの運が必要だった。だが大豆を撒いて、笑い声に包まれる節分をしたところでなんになろう。ヴィクターが三一歳、ハリーが二五歳になるこの年に降りかかる苦しみは、この一風変わった伝統を守ったところで、どうにもしようのないものだった。

24　赤紙《アカガミ》

日本の戦時の命運は、ハリーが戦闘を見てきたニューブリテン島、ニューギニア島、モロタイ島の港のはるか彼方で尽きかけていた。それも劇的にだった。アジアじゅうの戦地でバンザイ突撃がいよいよさかんに行われるようになった。一九四四年七月九日、このギョクサイ（玉砕）は民間人を含めたものに変質した。サイパン島で前進していた連合軍は、数百人もの民間の日本人が集団自殺したのを見て怖気《おぞけ》をふるった。手榴弾を炸裂させ、切り立った崖から白波の踊る海に飛び込むその光景は、ほかでも繰り返されることになる。それから三ヶ月のち一九四四年一〇月二五日、五五一ポンドの爆弾を積んだ六機の零戦、いわゆる「カミカゼ」（神風特別攻撃隊）――一二七四年と一二八一年にフビライ・ハンの船団から日本を救った台風、すなわち「神の風」にちなんで名づけられた――がレイテ沖海戦の最終日に航空母艦めがけて体当たりした。壊滅しかけていた日本海軍には、ほかに使える兵器がほとんど残っていなかった。バンザイ突撃と同様に、この攻撃は軍事的な効果よりも、与える恐怖のほうがはるかに大きかった。

一九四四年一一月二四日、B－29一一一機が東京を空爆すべくサイパン島とテニアン島を出発したとき、日本の未来はいよいよ暗雲に覆われた。それから数ヶ月のうちに大規模な空襲がさらに六三の都市に仕掛けられ、そのあまりの頻度に住民はこの編隊を「テイキビン（定期便）」と呼ぶまでになった。海上はアメリカ海軍が制圧し、日本を封鎖して海外の港から食料が届くのを阻止していた。国民は徐々に飢えつつあった。一九四五年の初め、側近たちが天皇を説得し、降伏を促そうとして失敗した。それどころか追い詰められたこの国は、戦地でも銃後でも粘りつづけ、事態をさらに悪化させた。「進め一億火の玉だ！」と流行りの標語が必死に叫ぶ。こうした言葉を国民は諳《そら》んじたが、なかには胸のうちで空疎に感じる者もいた。

一九四四年も終わりに近づくころ、広島の住民は空襲に備えて対策を急いでいた。一一月には、先の三月に指定された一三三ヶ所で、火の逃げ道になる更地をこしらえ大火を封じ込めようと、動員された市民が建物の撤去を開始した。市の中心部のあちこちで、のこぎりや斧の甲高い金属音、家屋に巻いた太綱を引っぱる威勢のいい掛け声、めりめりと倒れる柱の音が鳴り響いた。その年の暮れには、作業の第一段階がひとまず終了した。一〇〇〇戸を超える建物が引き倒され、四二一〇人の市民が強制疎開させられた。計画によれば、街全体が――空襲に一度も見舞われないうちに――順を追って解体されることになっている。*1

だがキヌは運が良かった。高須にある自宅は取り壊し指定区域に含まれていなかった。農村部に避難するようこの地区の住民に役所は何度も通達を出していたが、高須では誰も聞く耳をもたなかった。むしろこの一帯は、市中の人口密集地に住む人々のための避難路の役目を果たせるだろう。*2

一九四五年の初めには、まだ高須の空気はのんびりしていた。キヌの隣組の班長を務めるカネイシは、寛大な人だった。班長は前年の盛夏から始まったタケヤリ（竹槍）訓練を計画し、指揮をとることになっている。国じゅうで女たちが、物干し竿や切った竹を削ってとがらせ、モンペ姿で整列し、竹槍を突いてはひく主婦兼兵士になった。女たちの訓練は本土決戦に備えた恐ろしく真面目なものだった。だがカネイシはこの命令には耳を貸さず、かわりにもっと平和なバケツリレー――これは火災訓練の一環で、敵をひと突きで殺すのとはわけがちがう――に精出すことにした。それでもマサコはバケツリレーなどやる必要があるのかしらといぶかった。疲労困憊し、筋肉痛になるのがおちなのに。

「みんな腰を痛めましたよ」[*3]。

　近所の人たちより、キヌはさらに腰が重かった。どこに穴を掘ったらいいのだろう？　防空壕の話になると誰もが互いに訊き合った。マサコと父親は、二人でうずくまって入れるほどの浅い穴を庭にシャベルで掘った。凝った造りのものをこしらえる人もいた。キヌには広々とした庭があったが、地面を掘ったりはしなかった。広島市街からさらに離れた楽園の宮島では、キヌのいとこたちが、空襲にあったときの飛散防止用に黒いテープを窓に十字に貼っていた。キヌも家の正面にある窓のいくつかにテープを貼ったが、やったのはそれだけだ。そして、息子たち全員が家を出たので、下宿人を置くことにした。寡婦と年下の若い男が一つ屋根の下に暮らすのは不謹慎だと口さがない噂が立ったかもしれないが、キヌにとっては闇ルートの価格高騰に耐え抜くため自分にできることをするだけで、他人に迷惑かけずに利益をあげる名案に思えた[*4]。

　キヌには手を抜くだけの理由があった。もう五二歳、すでに日本では高齢と言える年頃だ。日本では「人の一生は五〇年でした」とマサコは言う。一九四五年の日本女性の平均寿命は、三七・五歳。戦争が始まる前に、キヌはすでにこの年齢を超えていた。そして原因はわからなかったが、しょっちゅう腹痛を起こしていた。カルシウム製剤をつくる会社で働いていたカネイシは、医薬用粉末を数袋手に入れて調合し、痛みが和らぐようにとキヌに届けてくれた。*5

誰も彼もがそうだったが、キヌもまた、常にひもじい思いをしていた。平時には捨てられていた食品製造時の副産物が、いまでは毎日の献立に欠かせない材料になった。魚介類や野菜のかわりにアブラカス（油粕）を味噌汁の具に入れた。この脂っこい塊には風味があって、配給でさんざん出される苦くて不味《まず》くて腐りかけた材料を、どうにかましな味にしてくれる。「みんな栄養不足でしたが、なんとか命を繋いでいましたね」とマサコは語る。*6

キヌの頼みの綱だったキヨですら、妹を助けてやれなかった。明治堂はまだ本通商店街の二六店舗の中に残っていたが、すでに営業はやめていた。前年の夏、全国で砂糖の配給が停止になった。砂糖のない世界では、甘い菓子は市民の手の届かないものになった。そのうえ明治堂には軍からの仕事も入ってこなくなっていた。*7

国からのお達しはいくつか無視しても、キヌは地域の務めはちゃんと果たしていた。戦争遂行のためにアメリカ製の鋳鉄製ストーブと冷蔵庫を供出したが、どちらもなくなると生活の質はがくんと落ちた。それでも、夢のマイホームの暗い隅々まで照らしてくれるアメリカ製のシャンデリアと、愛するモナーク社のピアノだけは、どうしても手放すことができなかった。

カネイシはキヌに無理を言わなかった。日頃からキヌには感謝していた。その年の二月に妻を亡くしたカネイシは、孫といってもおかしくない歳の娘と二人きりで暮らしていた。残された娘のマサコにキヌは目をかけ、あれこれ面倒を見てやっていた。同じようにカネイシのほうも、キヌを親戚のように思っていた。学校が休みの日に、キヌの家から通りを挟んだ自分の家に戻るマサコは、父親の記憶の中にある溌剌とした明るい少女に戻っていた。

広島市街や郊外の高須に住む人々が、かろうじて日々の暮らしを守っていたとしても、東京が焼けた一九四五年三月一〇日の東京大空襲によって、それも危うくなってきた。九日の夜から三〇〇機を超えるB－29が、すさまじい轟音とともに東京の上を低空飛行し、二時間にわたって七〇ポンドの焼夷弾を二〇〇〇トン近く落下させた。ジェリー状のガソリンが松や紙や竹でできた家々に火をつけると、炎が唸りをあげて荒れ狂い、街全体を舐めつくした。空襲がやんだあと、この日本の首都の四〇平方キロメートルが煙のくすぶる焦土と化し、家を焼かれた一〇〇万人を超える人々が避難先を求め、死者は一〇万人にものぼった。*8

その翌週には、アメリカの爆撃機が名古屋、大阪、さらに神戸を襲ったが、神戸から広島までは三〇〇キロも離れていなかった。三月一八日の夜更けに広島上空でも空襲があったが、市外では気づかない程度のごく小規模のものだった。その日朝早く、公立の小学校である国民学校初等科を除いた全国の学校で、原則として授業が一年間停止されることが発表された。生徒の大半が以後は軍需工場などで働くことになる。勉強するふりすらやめて、これからはひたすら労働に従事するのだ。*9

その二日後、『中国新聞』を開いたキヌの目に、一枚の写真が飛び込んできた。東京の人口密集地に建つ神社の東京深川富岡八幡宮が空爆で瓦礫と化した跡を、天皇陛下が視察している。かつては着物を羽織った新生児の誕生を祝い、商売繁盛を願って飾り立てたクマデ（熊手）を買い、その暦の年のありとあらゆる幸運を祈る参拝客でひしめき合っていた由緒ある神社のおもかげは、もはやどこにもなかった。同じ一面に、太字の見出しでこう書いてある。「敵機動部隊を猛攻」。我が航空部隊が敵の航空母艦や戦艦を襲撃したという。この記事の口調はいかにも心強いものだったが、現場となった九州はここから恐ろしく近かった。別の記事を読むと、広島からおよそ四〇〇キロ離れた名古屋が空襲にあったという。「名古屋にB－29 百数十機で夜間盲爆」。実際は二九〇機もの爆撃機が街の上を三時間近く低空飛行し、この都市を、ここ一週間で二番目に大きな空襲にさらしていた。*[10]

広島の市民は、街に延びる三ヶ所の防火帯をつくるため、なおいっそう汗を流した。八月までには合計で八四〇一棟の建物が撤去されることになる。建物も色も騒音も生活感もない空き地がみるみる広がっていくが、それも序の口だった。県警本部では、今後予想される、三〇〇〇機の爆撃機による空襲の被害を回避する策を練っていた。住民はもっともっと空き地をこしらえる必要があるだろう。*[11]

その同じ三月、この街は賑やかな近隣住民を失っただけでなく、何より愛おしい集団を失った。二万三〇〇〇人を超える、まだ年端も行かない子どもたちが、列車で田舎の寺や神社、友人や親戚の家に疎開していった。広島駅に停車した列車からのぼる蒸気の下で、母親たちがハンカチで目を拭った。*[12]

高須ではキヌも含めた隣組の人たちが定期的に集まり、市の中心部まで歩いていって、指定された地区の建物を壊していたが、一九四五年の草木の芽吹く春もまた、とくに何事もなく過ぎていった。キヌの庭でも無花果の枝に緑の蕾が膨らみ、周辺では桃の花がそよ風に揺れて花びらがはらはらと落ちている。うららかな空気に甘い香りが漂っている。それでもマサコはこの春を、生気の感じられない春らしくない春だったと振り返る。

四月一日には、工業専門学校で最初の一年を終えたフランクが休暇で家に戻ってきた。高岡では雪がまだ膝下まで積もっており、列車をいくつも乗り換えて広島に帰ってくるのは一日がかりだった。それでもフランクは帰郷に胸をはずませていた。

本当なんだよ、とゲンマイチャ（玄米茶）をすすりながらフランクが母親に報告した。高岡は高須よりもずっと田舎だった。広島とは違って、高岡は軍事都市ではない。そこでの軍事訓練は、一中と比べれば「何ということもなかった」。それでも戦争は、この小さな町にも影響を及ぼしていた。フランクはマラソンの練習ができなくなった。校庭の土の走路にカボチャやサツマイモが植わっているのだ。学校もすでに通常のカリキュラムに沿って授業を進めていなかった。高岡でも多くの男が兵隊にとられたため、学生が高齢の農家の手伝いに駆りだされたが、農家の人たちでさえフランクに満足に分けてやれるほどの作物がなかった。寮の食事も足りなかった。朝食には、茹でたジャガイモ三個と味噌汁一杯、それとタクアンがふた切れだけ。昼食と夕食には、アルミ皿に転がる芋の数が二個増えた。それでも、母親がときどき現金を入れた封筒を送ってくれたおかげで、フランクはデパートの食堂に並ぶことができた。そこでは外食券がなくても雑炊が食べられるのだ。専攻分野にわくわくすることはなかったが、課題をこなすのは「とくに嫌ではなかったよ」。それに腹が空いているあいだは、まだ健康なうちなのだ。なんだかだと考え合わせると、高岡のつましい暮らしも、広島での重圧からの息抜きになった。*13

母親を動揺させたくなくて、フランクには黙っていることが一つあった。軍隊で三年の軍務を終え故郷に戻ったばかりの、高岡で知り合ったとある少尉が、日本の先行きは怪しいとこっそり教えてくれたのだ。その少尉が言うのに、フランクもいずれ徴兵されるだろうが、「いくら頑張っても無駄だね」。日本はこの戦争に負けるだろうよ、と。将校の口から敗北を予想する言葉を聞いて、フランクは愕然とした。いくら一中を忌み嫌ってはいても、政府、新聞雑誌、センセイからこれまで教わってきたことは、おおかた信じていた。日本が手詰まりになるどころか負けるだなんて、考えもしなかった。日本はまだ勝ち続けているにちがいないとフランクは思っていたが、この復員軍人の話がどうにも頭から離れなかった。*14

帰郷から一日二日して、フランクのもとに鮮やかなピンクの召集令状が区役所の吏員によって届けられた。このアカガミ（赤紙）を見たとたん、フランクの世界は砕け散った。紙の濃いピンク色は、若い兵士のはかない命の象徴として久しく用いられてきた桜の色だ（実際には染料不足で赤紙がピンクになっていたとも言うが）。齢《よわい》二十歳《はたち》の、いつもなら歓喜にわく満開の桜の季節に、フランクは召集を受けた。自分の命もせいぜいあと一、二年といったところだろう。召集令状は「死刑宣告」と変わりなかった。一九三一年から四五年にいたるまで戦争がひどく長引くあいだに、どこの家にも往々にして悲しみのなか胸に刻まれた特別な日のあったことだろう。自分にとってのその日を、フランクは著者への手紙にすべて大文字を使ってこう綴っている。召集令状が届いたその日は、「僕にとって忘れられない日」（"THE DAY I CANNOT FORGET"）になった、と。[*15]

一九三九年に一中に入学して以来、ずっと回避しようとしてきたことが現実になったその同じ年に、皮肉なことに、二重国籍をもつフランクはどちらかの国籍を選ぶことができるようになった。心の奥深くではいまもアメリカに惹かれているが、そんな書類を役所に出すなど露ほども考えたことはない。そんなことをすれば自分を当局に引き渡すのと同じことだ。刑は容赦ないものになるだろう。銃殺か、あるいは長期にわたる投獄か。徴兵を拒否すれば反逆罪にあたるのだ。

あれだけ精いっぱい努力しても、フランクは徴兵を避けられなかった。一九四三年一二月に徴兵年齢の上限は四〇歳から四五歳に引き上げられ、徴兵検査年齢は一九歳に引き下げられていたし、一九四四年二月には徴兵処分は徴兵検査前の一七歳に引き下げられていた。理系学校での徴兵猶予も一律には認められぬ方向となっていた。学籍はさておき年齢だけを見れば、この時点で一九二四年八月生まれのフランクは二〇歳になっていたから、一九四三年末から二年分を猶予されていたと考えても良かった。第一、この四月の徴兵は「根こそぎ動員」の一環であったため、そのあまりの規模の大きさに、日本の誇る帳簿係ですら軍事記録をかなりつけ損ねる始末だった。フランクとピアスはともに本土決戦を担う六〇〇万人を超える兵士の一人になるのだ[16]。

　末の息子を守ろうと、キヌは自分がやり方を知っている唯一の方法にすがった――すなわち運を少しでもよいものにするのだ。そこでヴィクターやピアスのときにしたように、フランクにもセンニンバリ（千人針）の腹巻をこしらえた。本来なら一〇〇〇人の女性に、布にひと針ずつ縁起のよい赤い糸を刺して縫い玉をつくってもらう。一つひとつの縫い玉が兵士の無事への祈りをあらわし、この素朴な肌着が心のこもったお守りに変わるのだ。けれど人に頼む時間もなかったので、キヌは少しの糸と残った針で急遽自分の手で縫った。

　一九四五年四月一〇日、フランクは広島城の南にある軍の施設に出頭した。ここはいまでは畑俊六元帥が司令官を務める第二総軍の司令部になっている。フランクの正式な配属先は、第二総軍、第一四五師団、第四一七歩兵連隊であり、第一総軍は東京を拠点としていた。フランクの階級は二等兵。素人の新米兵士、最下級の兵士だった。徴兵通知は手渡しが原則だったが、一銭五厘の葉書でも集められるというもっぱら比喩的な意味で「イッセンゴリン」とあだ名され、一ペニーの値打ちもないとされていた。フランクは絶望的な気分だった。「これでもう終わりだと思ったね[17]」。

　エリート校の一中で訓練を受けていたので、基礎訓練で屈辱的な目に遭うことはないだろうと、高を括っていたのも束の間、すぐに「卑劣な奴」に遭遇した。この一等兵は見たところ三〇歳くらいだが、戦争で負傷し、ガラスの義眼を入れていた。健康で、じゅうぶん訓練を積んだフランクを、この男は自分を脅かす者と見た。一等兵はフランクを嘲笑し、殴ったりビンタをしたりし続けた。それでもフランクは黙ってこの暴力に耐えていた。ところがある日、大隊長の大尉に呼ばれ、「お前は二世だな」と言われたときは背筋が凍った。軍は自分の秘密を知っていた。この上官は、同じ二世が指揮官を務める中隊にフランクを移すことを提案してくれたが、その後はなんの進展もなかった。[*18]

フランクの応召から三日経った四月一三日の夜、東京は大きなものでは今年四度目となる空襲に見舞われた。さらに、五月二五日から二六日にかけての空襲では、皇居の一翼が意図せず攻撃され火事になったが、天皇とその一家は脱出して無事だった。そのときは誰も知らなかったが、その日早くに広島で、さらに由々しき事態をもたらすことになる一件が、つつがなく終わっていた。アメリカの偵察機が一機、昼の時間帯に市の上空を旋回した。窓越しに写真兵がカメラで構図をとらえ、シャッターを切った。[*19]

その下の広島城の敷地内では、フランクが一日じゅう訓練に励んでいた。雲の切れ間から偵察機の描く飛行機雲も見えなかったし、指揮官の命令する怒号にかき消され、遠くのエンジン音も聞こえなかった。フランクには知るよしもなかったが、アメリカ軍は東京にある皇居よりも、この特別な用途を持つ城に注目するようになっていた。城から南西に少し歩くと相生橋がある。鉄筋コンクリート製のこの橋には、歩行者の歩く道と市内電車の両方が通っている。北にはチエコの暮らす白島《はくしま》の街、さらにその先にはヴィクターが鉄鋼工場で汗を流す三篠がある。この橋のたもとには、フランクがかつてハリー宛ての手紙を届けた日本赤十字社、そのすぐ南には、よく目立つ緑銅のドームを冠した広島県産業奨励館、さらにくだるとキヨの大切な明治堂がある。アメリカ軍の戦略家らが見るところ、相生橋はひときわ目立っていた。雲上を飛ぶB－29から眺めおろすと、橋はTの字のかたちをしていた。いずれこの相生橋は格好の標的になりそうだ、と戦略家らは踏んでいた。

25　フィリピンでの極限状態

ルソン島——切れ切れの緑のレースのようなフィリピン諸島を形成する七〇〇〇あまりの熱帯の島々のうち、中央にある面積が最大で人口が最多の島——が、この戦争の勝敗を握る鍵となった。連合国が勝てば、おそらく日本に対する決定的勝利が見えてくる。だがそうでないと、この戦争は島の中央の田んぼの広がるじめじめした平野部と、北部の冷たい雨に濡れそぼる山岳地帯で膠着状態に陥るだろう。語学チームを監督し、クラークソン将軍の通訳も務めるハリーは、日本軍からルソン島を奪還する戦いに加わる三つの軍団司令部と一〇個師団に散らばった一〇〇〇人を超える二世語学兵の一人だった。*1

マレー半島をくだり一九四二年二月にシンガポールを制圧した山下奉文《ともゆき》陸軍大将が、およそ二七万五〇〇〇人の部隊とともにフィリピンの防衛に備えていた。戦い慣れた部下の兵士たちは、この火山島のあらゆる絶壁、あらゆる頂《いただき》を知りつくしていた。この一月に山下将軍はマニラから一五五マイル北にある「夏の首都《サマーキャピタル》」と呼ばれるバギオに移動していた。かたやアメリカ軍の第三三師団は、これから二ヶ月半かけて、この都市をめざして進軍するのだ。標高五〇〇〇フィート近い場所にあるこの都市は、常緑樹や苔に覆われた山並みにひっそりと隠れ、流れ込む霧や靄にすっぽりとくるまれている。この急峻な登りは屈強な男たちですら難儀するだろう。

アメリカ軍が来るのを見越していた日本軍は、今後五年は持ちこたえる覚悟でいた。「バギオ周辺の山岳からなる地形は、そのためにはうってつけである」と山下大将麾下《きか》の師団の司令官が書いている。梯子やロープを使わないと辿りつけない崖の上や、何マイルも続くジグザグ道の急カーブの陰、歩道や大通りを縁どるジャングルの鋭いクナイの葉陰に、日本兵らは潜んでいた。かき集めた武器を手に、兵士たちは塹壕やトーチカ、洞穴に隠れて待ち伏せしていた。*2

前線の後ろとはいえ前方部隊にいるかぎり安全とまでは言えないが、それでも命の危険はないとハリーは踏んでいた。だが移動には油断がならない。日本軍は橋をいくつも破壊し、爆破による残骸や落石の散らばる道でアメリカ軍の前進を少しでも遅らせようとしている。第三三師団の兵士たちは、木の幹に体を縛ったり木の股に隠れている狙撃手からしじゅう発砲されながら、前進を続けていた。師団の犠牲者は増えていったが、フィリピン諸島全体では日本兵の死者数のほうが五倍以上も多かった。*3

岩だらけの地形を進む肉体的な負担も重なって、ハリーはまたもマラリアやデング熱の再発に頻繁に苦しめられた。つい最近までいた平野部やほかの熱帯の地と比べて、山地では気温が急激に下がるため、それが発作の引き金になった。ハリーはたびたび熱に浮かされ、悪夢にうなされた。ルソン島はハリーの心身の限界に挑んできた。それでも病気に屈して、前進する部隊に遅れをとるわけにはいかない。投降して捕虜になる日本人の数はぞくぞくと増えていた。アメリカ第六軍はルソン島で七二九七人の捕虜を得た。島の北部で捕虜を次々に尋問するハリーは、かつてないほど忙しかった。*4

雪崩をうったように捕虜が投降してくるのは、一つには心理作戦の効果が上がっているためでもあった。ルソン島上空を制した連合軍の飛行機は、投降勧告のビラを二五〇〇万枚もばらまいた。こうしたビラを、ようやく多くの日本兵が、信じるに足るものと思いはじめた。日本兵たちは指示されたとおり、投降勧告の「伝単」——伝単には、アメリカ兵にもわかるように「私は抵抗を止めます」という英文が日本文のほかに印刷されているものもあった——をおそるおそる掲げながら、投降するよう指定された場所に歩み出た。*5

このときハリーはビラを作ってはいなかったが、参考までにいくつか集めていて、そのなかに『落下傘ニュース』という、日本人の捕虜の協力を得て連合軍翻訳通訳部（ATIS）の二世が日本兵向けにつくった宣伝ビラがあった。見出しはこう叫んでいた。「米軍既に沖縄の四分の一を占領」「南方への海上輸送を完全に封鎖」「戦艦大和を撃沈」。呉の造船所で建造された、日本海軍の誉《ほまれ》とされる戦艦大和の運命も含め、紙面の内容はすべて真実だった。*6

かたや日本も情報戦に従事していた。ある漫画では、兵士に見立てた絵の具のチューブを、一本の手がぎゅっと握って赤い絵の具を絞りだしている。はずれた蓋は、切断されて転がり落ちた鉄兜をかぶった頭部に見える。そして「フィリピン」という文字のうえに、赤い絵の具が垂れている。「資本主義者は赤いものを際限なく欲しがるのだ！」と漫画は忠告する。「アメリカ兵《ドウボーイズ》よ、これはお前たちの血だ！　だがもっともっと絞りだしてやるぞ！」　連合軍兵士の頭蓋骨の絵が描かれた別のビラは「アメリカ兵よ、さらば！」と叫んでいる。とはいえ戦況が連合軍に有利に進んでいるのは、火を見るよりも明らかだった。*7

相変わらずどちらのプロパガンダよりもハリーの胸に響いたのは、日本語で綴られた、心のこもった個人の手紙だった——ほかの人には読めないようなティッシュペーパーほどに薄い紙に綿々と綴られた手紙。ある日、戦闘で殺された敵の死体から見つけた文書を兵士が語学チームのもとに届けてきた。ひと目見て、ハリーは手紙に軍事的な価値はないとわかった。それは死んだ兵士の妹が書いた「家族新聞」で、日付は一九四三年九月五日とある。そこには陽気な見出しとともに、色ペンでいくつか絵が描いてあった。皿にのった巻き寿司、釣り竿にかかった魚、熟れたトマト、目と鼻と口のある茄子、丸々と太ったネコ。生き生きとした日々の暮らしが伝わってくる——その甘美な喜びと、避けがたい悲しみが。細やかな筆使いには、遠く離れた兄に対する妹のあふれんばかりの愛情がこもっていた。この畳んだ紙を、兵士は二年近くも肌身離さず持っていたのだ。ハリーが受けとるころには、親指ほどの大きさの血痕が、重なった便箋に染みつき紙の縁を汚していた。*8

捕虜と遭遇する緊迫した場面では、激しい言葉の応酬に呼応して緊張がいや増した。あるとき、部隊に置き去りにされた日本の傷病兵がいるとフィリピンのゲリラや民間人から連絡が入ったので、兵士たちがただ死ぬのを待っている洞窟にハリーは急遽駆けつけた。ワクデ島では介入が遅すぎて、火炎放射器がジェリー状のガソリンを滝のように降らせるさまをただ見つめるほかなかった。だが今回は、工兵の運転するブルドーザーが、中の者が生きていようが死んでいようが洞窟を埋めてしまう直前に現場に到着できた。生き残った者が必要なのだ。兵士たちはいったん肚をくくれば、指揮官は誰で、部隊はどこに向かっていて、いつ何をするかを計画していて、さらに部隊があとどれほど持ちこたえそうかまで教えてくれるかもしれない。

ハリーは洞窟の入口に身をかがめた。排泄物や血液や腐った肉の強烈な悪臭に思わずむせ返った。中に進み、男たちの前に膝をつく。敵の兵士が生きているのか死んでいるのかわからないので、一人ひとりの口元に鏡をかかげる。二、三度鏡が曇ったので、まだ息をしている数人をＧＩたちに運ばせて外に出した。衰弱した男たちは眩しい陽の光にさらされた瞬間、事切れた[*9]。

ある日、近くで戦闘が起きている最中にハリーは師団の手術テントに駆け込んだ。重傷の日本人捕虜が、腹部を撃たれ出血していた。意識はあるが、「激痛に苦しんでいたよ」とハリーは振り返る。付き添っていた外科医から、捕虜の傷は致命傷で、死ぬのは時間の問題だと言われた。べっとりと血のついた台に横たわる患者に、ハリーはかがみ込んだ。戦闘の結果を左右しかねない質問にいくつか答えてもらわねばならないのだ。「何度も質問を繰り返したけれど、あまり答えてはもらえなかったね」。咳と一緒に血を吐くと、呻くような声で捕虜が訊いてきた。おれは助かるのか？　ハリーは一瞬どきりとし、本当のことを言うべきか迷った。それから、「ここには世界一の名医がいますよ」と、死にゆく男を励ました。質問を続けようとノートから目を上げると、捕虜はすでに事切れていた。わずか数分のやりとりだったが、これはハリーの戦時の体験のなかでも永遠に脳裏に刻まれるものになった。理屈から言えば、情報入手にこだわるのは戦時の緊急時ではしかたのないことだ。それでも気が咎める理由は、いわく言いがたいものだった。あの男の最後の神聖な瞬間に自分が割り込んだのかと思うと、胸がちぎれそうだった[*10]。

バギオまでの急峻な登り——翡翠色の斜面に白いテント、白亜の崖、真紅の火焔——を進みながら、ハリーは次の尋問に、次の戦闘地点に、次の第三三師団の突破に気持ちを集中した。砲弾がひゅるひゅる飛び交《か》い、銃撃戦の雷鳴が轟くそばで、自分の通訳が疲れも知らずに働いていることに目をとめたクラークソン将軍は、肯定的な評価を提出し、それがＡＴＩＳの最上層部にまで届いた。

週を追うごとに、いよいよ日本軍は由々しき状況に陥っていた。下っ端の兵隊が投降するのは見慣れたが、将校たちが首をうなだれ、足どり重く出てくるのも見かけるようになった。ハリーが最初に尋問した将校の一人は、負傷していたが口達者な男だった。部隊から逃げて投降する前は、怪我をして野戦病院に入院していたのだが、そのとき、部隊の撤退時に動けない患者を注射で死亡させよ、との指示が出ているのを漏れ聞いた。この将校は、日本人の看護師たちが注射器を手にベッドをまわり、おそらく「アンラクシ（安楽死）」だと言い含められたものを実行している様子を目撃した。怪我の軽い者や、時間が経てばじゅうぶん回復する体力のある者に致死量の薬を投与するというこの行為に、人道的なところなど微塵もない。憤懣やるかたない思いで、アメリカ人に何もかもぶちまけることにした、と将校は語った。[*11]

　四月二九日の日曜日、戦禍に見舞われたバギオの空を突く二本の竿に、アメリカとフィリピンの旗が揚げられた。この街は、ついに第三三師団と第三七師団の手に渡ったのだ。その翌日、ベルリンではアドルフ・ヒトラーが銃口をくわえ、引き金をひいて自殺した。五月七日の月曜日、ナチス・ドイツが無条件降伏した。枢軸国は崩壊しつつあった。ヨーロッパにいるアメリカ軍は、すぐにもアジアに移送されるだろう。第三三師団は歓喜に沸いた。

　夜のとばりが降り、その日の仕事が終わると、バギオの雰囲気は一転してアメリカ本国での郡の催し物《カウンティフェア》のような興奮に包まれた。大隊ごとに、酒をふるまうカウンターが用意され、商売気のあるフィリピン人たちが、サトウキビを発酵させてつくった「バシ」と呼ばれる酒を売る店を出している。それからダンスに映画、アメリカ軍慰問団（USO）のショーがたっぷり。なにより第三三師団は、「バギオを奪取せよ！」とのみずからのスローガンを達成したのだ。ビッグバンドの奏でる陽気なメロディに合わせて男たちは勝利に酔いしれ、お祭り騒ぎに興じていた。[*12]

一つだけ苦々しく思うのは、山下大将がひそかにバギオから撤退し、捕虜になるのを免れたことだ。これからも大将は指揮をとり、部隊を戦わせるだろう。それに、アメリカとフィリピンの旗が誇らしげに掲げられていても、どちらも半旗として山風《やまかぜ》に震えている。その月の初めにフランクリン・D・ローズベルト大統領が脳出血のために亡くなったのだ。そしてまもなく第三三師団は、その最後の任務がまだとうてい終わったとは言えないことを知る。

かたやハリーには、嬉しくてたまらない理由《わけ》があった。この三月に、なんと曹長に昇進したのだ。下士官兵のなかで最高位の階級だ。当時はまだ、将校に任命される二世がほとんどおらず、第三三師団の紋章である「黄金の十字架《ゴールデンクロス》」の下に六本の白線をつけたハリーは、いかにも「王様」気分だった。「僕の腕はシマウマみたいだったよ」。さらに六月には、心のこもったかたちで報奨を授与することで兵士たちに愛されるクラークソン「大将」が、にっこり微笑みながら、ハリーにもう一つのブロンズスター勲章のリボンをつけてくれた。[*13]

陸軍少将パーシー・W・クラークソンが、ハリーにブロンズスター勲章のリボンを付けてやる。1945年夏、フィリピンで。（提供ハリー・フクハラ）

自分が認められてきたことは嬉しかったが、それでもハリーは胸騒ぎがして、心から喜べなかった。太平洋では激烈な山場が迫っていた。民間人のギョクサイ（玉砕）を含めた凄まじい大量殺戮が、本土に最も近い日本の領土である沖縄で発生していることが、ハリーの耳にも届いていた。日本の指揮官らは沖縄の人たちに断じて降伏するなと命じ、人々はそれに従っていた。

戦闘はむごたらしいものだった。ある『落下傘ニュース』の見出しいわく、それは「血み泥の」戦いだった。結局、カミカゼ突撃を含めた三ヶ月にわたる激戦のすえ、沖縄では九万五〇〇〇人の民間人が自害するか、友や家族に殺されるか、自国の兵士の手にかかって死ぬか、敵の銃砲を浴びて絶命した。日本軍の戦死者は一〇万人を超えた。アメリカ軍の犠牲者は一万二五二〇人で、太平洋での戦闘では最も高い数字だった。MISの二世一〇人が終戦までに沖縄で死亡した。*[14]

そのときハリーにわかっていたのは、沖縄がサイパン島を思わせる大量殺戮の場であり、連合軍の兵士が日本の土を踏むときに遭遇するものの不吉な予兆だということだけだ。多くの者と同じく、ハリーもまたアメリカが日本本土に侵攻するものと思っていた。

侵攻の準備は進んでいた。ワシントンでは統合参謀本部とハリー・S・トルーマン大統領が、この秋に予定される複数の上陸計画を話し合っていた。ルソン島ではクラークソン将軍もまた、今後について思いあぐねていた。ときおり会話の途中でハリーのほうを見ると、「どう思うかね、この先を……」と訊いてくる。ハリーはその続きがわかった。そこで首を横にふると、「日本が降伏するとは思えません」と答えた。*[15]

皆に尊敬されるこの将軍にも、そしてその有能な曹長にも、アメリカの兵器の蓄えが増強されつつあることは知りようもなかった。五月の終わりには、ある目覚ましい兵器の標的として候補にあがった日本のいくつかの都市が、B－29による空襲を免れることになった。これらの都市は、新型爆弾が炸裂したときの効果を観察するために、まっさらのままにとっておかれるのだ。選ばれた三つの都市のうち、一つは西の軍事拠点、広島だった。

六月下旬から第三三師団は、その年早くにアメリカが奪還したマニラにほど近い炎暑の低地にふたたび集結し、訓練に励んでいた。長いこと南西太平洋にいたときよりも、兵士たちは目下のところ安全だった。ただし二世の語学兵を除いての話だが。

三年あまりも日本の支配下に置かれたあいだ、残忍に抑圧され、ようやく解放されたばかりの地元民からの敵意に、はからずもハリーはさらされることになった。フィリピン人は復讐したくてうずうずしていた。顔が日本人に見える者は、どんな軍服を着ていようが、誰でも暴力による報復を受けるおそれがあった。「地元のフィリピン人たちには違いがわからなかったんだよ」とハリーは言う。*16

彼らが怒る気持ちもハリーにはわかった。日本の占領下にあって、フィリピンの人々は服従を強いられ、殺害、強姦、拷問、略奪の苦しみを舐めてきた。一九四二年の凄惨な「バターン死の行進」には、アメリカ兵はもとよりフィリピン兵も巻き込まれた。そして一九四五年二月にこの国の首都が陥落するさいに、米軍による無差別爆撃の死者も含まれるがおよそ一〇万人の住民が虐殺された。「東洋の真珠」と呼ばれた美しいマニラの街は砕け散り、輝きをなくした抜け殻になった。住民は生活に必要な物も、生きる糧も失っていた。

ハリーは脅威を感じ、嘲笑を嗅ぎとった。「二世は喧嘩をふっかけられても乗らないよう用心しなきゃならなかった」。師団の兵士たちは、二世に対して滾《たぎ》る憎悪に気がついて、つとめて彼らを守ろうとした。ハリーにはまたも護衛がついてまわることになった。*17

フィリピンは日本での来たるべき決戦の序章だった。数百人もの補充兵が第三三師団にどっと送られてきた。ハリーには、太平洋戦域が初めての者たちに、本土侵攻で予期すべきことを教える役目もあった。だがそのためには、日本での戦闘を積極的に思い描くことが必要だった。マッシュビル大佐は、理想的な情報将校とはどうあるべきかをこう説明している。「鮮明かつ論理的な想像力こそ、まさに重要な資質である。敵の頭の中を覗けるようでなければならない」。マッシュビルは重々承知していたが、ハリーはこの才能を持ち合わせ、そのために、ひどく苦しむことになった。[*18]

二五歳になっていたハリーがまず気づいたのは、若い新兵たちが偏見をもっているというよりも、ものを知らないことだった。日本人と中国人と朝鮮人をどうやって見分けるのですか、と訊いてくる者もいた。戦場でサンダルやつま先の割れたブーツを履いているから、足指の股を見ればわかるのか？　まず見分けはつかない、とハリーたち語学兵は教えた。「敵は僕らと見た目はそっくりだ」。それまでハリーは、ジャングルの密林や山岳地帯で戦っている最中は敵の姿が見えるとはかぎらない、と兵士たちに教えていた。だが日本に行けば勝手が違う。国全体が敵の領土であって、さらに海岸沿いの市町村に人口の大半が住んでいて、侵攻部隊は空と海から大規模な攻撃を仕掛けたのちに、こうした海岸に上陸するのだ。「日本の土を踏んだら、その瞬間から誰彼かまわず君たちの敵なのだ」とハリーは忠告した。[*19]

ある日、語学兵たちの机に積まれた書類の山から、日本の女性たちから成る本土防衛部隊の写真が一枚出てきた。おそらく押収した文書と一緒に届いたもので、それは女たちがいかに自国を守るつもりかを目に見えるかたちで教えていた。写真の中の数十人の女たちは、ゾウリ（草履）にモンペ姿でほおっかむりをし、埃っぽい校庭に気をつけの姿勢で立っている。前列の者は古びた銃剣を担ぎ、後列の者は竹槍を手にしている。[*20]

写真を手にとって、ハリーはしばらくじっと見つめていた。銃剣を持つ少女の一人、若い盛りの頬のふっくらした娘は、チエコであってもおかしくなかった。後列でうつむく白手ぬぐいをかぶった華奢な年配の女性は、自分の母キヌであってもおかしくなかった。

26　戦う兄弟

新兵に日本軍についての教育を施す準備をハリーがしていた六月の同じころ、フランクは部隊とともに狭い通りを広島駅に向かって行進していた。梅雨どきの空気が肌にじっとりと張りつき、鉛色の雲が低く垂れ込めている。自分の部隊は海外に送られるのだろうとフランクは思った。この停車場は、艱難辛苦の旅の始まりなのだ。

フランクは不安を感じずにはいられなかった。部隊は準備万端とはおよそ言えない状態だった。仲間の兵士たちは、頭の回転が速くて、規律正しく、筋骨たくましい一中の級友たちとはほど遠かった。フランクの二世の友人ヘンリー・オグラは、すでに一年前に召集されていたが、いまは仙台でカミカゼ・パイロットになる訓練を受けている。陸軍航空士官学校を卒業し、中国で将校として軍務に就いている級友もいた。徴兵猶予を受けなかった一中のエリートたちは、同じく優秀な同胞に囲まれて、ただの二等兵よりはるかに敬意を払われる道を進んでいた。

訓練の日程は端折《はしょ》られ、部隊の弱点におよそ対処できるものではなかった。それでも訓練は肉体的にきつくて、一日が終わると誰もが安堵した。新兵たちは炊事・洗濯・掃除と何もかも自分たちでやらなければならなかった。部隊のために朝食をつくり、掃除をし、一日じゅう訓練を受け、それから夕食の支度をして給仕をする。「上官たちは何もしなかったなあ」とフランクは思い返す。自分たちは兵士ではなくて、召使いみたいな気がした。*1

訓練は兵士たちの弱みを際立たせたにすぎなかった。フランクの背嚢はおよそ一三キログラムの重さがなくてはならず、足りないとさらに岩や砂袋を上に載せねばならなかった。城内の広大な敷地や広島市内で部隊は一日およそ四七キロメートルを行進した。フランクは、背嚢の重さは二九ポンド、行進は二九マイルだなと思った。体の丈夫でない近所の知人が列から遅れると、フランクはかわりに男のライフルや砂袋をつかんで、空いているほうの肩に担いだ。歳をとって体力も弱り、足を一歩前に出すことすらおぼつかない者もいた。

広島駅に着くとフランクは、「新品」の服一式を手渡された。「夏に冬服だなんて」と首をかしげたが、よく見ると軍服はどれも中古で、フランクのような並みの体格の者には大きすぎるか、はたまた小さすぎた。もらったジカタビ（地下足袋）も不揃いで左右のサイズが違っていたが、これは歩兵には由々しき問題だ。だぶだぶの足袋に詰める靴下を余分に受け取ると、フランクは、唯一新しくもらったものを身につけた——二等兵という下っ端の立場をまざまざと見せつける星一個のついた帽子だ。*2

それでもフランクはまだ恵まれたほうだった。この国で最近になって召集された兵士のうちわずか三分の一しか武器を携帯できず、それもせいぜい原始的なもの——しばしば竹槍——だった。総力戦に向けて急遽大量動員するには、帝国陸軍の備えはいかにも頼りなかった。*3

「やれやれ」とフランクは思った。広島を離れるのも、母親と連絡がとれなくなるのも嫌だった。部隊の一部は城の敷地内に残るので、自分もここにとどまりたかった。ピアスは四月の終わり近くに、すでに師団とともに広島からどこか知らない場所に移動していた。

自分たち兄弟がどれほど幸運だったかを、あとからフランクは知ることになる。

フランクの部隊は行き先について何も告げられず、広島駅で列車に乗ったまま一週間近くも待たされた。もうどこに行こうがフランクはかまわなかった。自分の居場所を母親に教えることはできないが、教えていたら窓から握り飯くらいは差し入れてくれただろう。だがどうにも格好がつかないな、とフランクは思った。まったく兵舎がわりに、停まった列車で暮らしているなんて。

一週間ほど経ったある晩、列車はいきなりガタンと揺れて動きだすと駅を出た。線路を滑る車輪のリズミカルな振動に揺られるうちに、フランクはすとんと眠りに落ちた。翌朝、列車が止まって目を覚ますと、北九州のとある駅に着いていた。太平洋戦争中に貫通した関門トンネルを抜けて一夜のうちに列車は本州から九州に渡っていたのだ。トンネルのある海峡は、本州と九州の先端が触れるのではないかというほど狭いものだった。客車じゅうに広まった噂では、フランクの部隊が広島で待っていた船が、どうやら海に沈んだということだった。


フランクも列車に乗っていた仲間も知らなかったのだが、連合軍による攻撃で日本の艦船はすでに大規模な被害を被っていた。残った艦船は、ほんのわずかになっていた。建前上は安全とされている本土に係留している船も、修理がすむまでは航行できなかったが、修理に必要な材料も逼迫していた。このころになると、すでに日本から資源の豊富な南方までの海路上で、連合軍が制空権も制海権も奪っており、日本の燃料調達は大幅に制限されていた。

主要な港の近辺に住む者は、詳しいことはわからずとも、事の次第をすでに察していた。一九四四年が終わるころには、当時呉にいた二世の一〇代の青年ポール・エンプクもこう気づいていた。「なんで潜水艦を造らずに、こういつも横穴ばかり掘っているのか不思議に思っていました。それに、なんで船という船が外洋で戦わず、港に停泊しているのかも不思議でした」[*5]。

フランクの列車が九州に入るころには、呉の港はすでに使い物にならなくなっていた。七月一日の深夜から二日未明にかけて一五二機のB－29がこの街の上空に押し寄せ、一〇八一トンの爆弾を落として一八一七人の住民を殺害した。すでに撃沈された戦艦大和の母港である呉の市街は消失した。

遠い高岡に隔離されていたフランクは、呉の埠頭がどれだけ湧き立っていたかを見ていなかった。無惨な変わりようも目にしていなかった。九州に移動している途中だったので、呉を襲った悲劇さえ知らずにいた。兵卒は新聞を読むことも、ラジオを聞くことも禁じられていた。「ひどく疲れていて、自分から尋ねようともしなかったね」とフランクは言う[*6]。

キヌは新聞をとっていたが、それもどんどん薄くなり、ついには一枚を折り畳んだだけのものになった。キヌはラジオの前にもすわったが、ニュースは政府に検閲されていた。親戚や友人と世間話もしたが、声をひそめなければならないのは承知していた。キヌの読んでいる『中国新聞』は、軍がいまも南方にひそかに目を向けていることを匂わせていた。

この春、この新聞は戦地の場所をおおっぴらに伝えていた——ルソン島、硫黄島、そして沖縄。最近になって九州についての言及もあったが、これは紛れもない日本の国土だ。そしてトッコウタイ（特攻隊）にまつわる記事がますます紙面に載るようになった。この言葉の使われ方にも変遷があった。戦争の初期には、特殊潜航艇はさておき、この言葉はけして「生還を期さず」——出撃したら戻ってこないという意味ではなかった。ところが一九四四年の後半以降、特攻隊に加わる者は敵に被害を与えて己の命を犠牲にするものとされ、すべては本土侵攻を阻止することが目的とされた。特攻隊のなかでもカミカゼ特攻隊は賛美されたが、「特攻隊」という言葉が一般国民にも使われだすと、畏怖や尊敬の念を生むどころか、背筋の凍る恐怖を呼び覚ました。

キヌの見た新聞記事は、時局を曇り鏡に映したものだった。東京では密室の中で陸軍参謀本部が、アメリカは秋に本土に侵攻し、最初に九州、続いて本州への上陸を計画していると的確にも推測していた。四月の初めのフランクが応召する直前に、それに対抗して「ケツゴウ（決号）作戦」という、本土の最後の抵抗となる大規模な計画が立てられた。そして、海軍では「テンゴウ（天号）作戦」がやはり立てられた。おそらく、「ケツ（決）」とは「決然とした」という意味で、敵を撃退するか、もしくは――高貴なる敗北によって――戦死するとの国民の不屈の決意を表していたのだろう。[*7]

広島に司令部を置く第二総軍は、九州を侵攻から守る役目を担い、フランクの師団はまさにこの決戦のために編成されたものだった。一九四五年の七月半ばになると、九州に集結した日本軍は三七万五〇〇〇人、六個師団に達し、当時アメリカ軍が予想した以上に速いペースで増強されていた。七月が終わるころには、九個の戦闘師団が配備されることになる。八月の初めには、九州は五四万五〇〇〇人を超える兵士でごった返し、さらに民間の警防団も加わるだろう。日毎にその人数は増え続けることになる。[*8]

厚手の服を着て、合わない地下足袋を履いたフランクは、折尾《おりお》というなんの変哲もない町に降り立った。兵営についての配慮はなかった。部隊はうだるように暑い小学校に寝泊まりし、蚕のようにびっしり並んで板張りの床に寝たが、年季の入った床板は汗で湿ってじとじとしていた。部隊が訓練に励む埃っぽい校庭は、フランクに一中時代を思いださせた。そして彼らは待機した。広島で慌ただしく集合して以来、それはすっかりお馴染みになった日課だった。

その数日後、歩兵たちは一時間ほど歩いて、同じ北九州にある若松市の近郊に向かった。この一帯はうっそうとした森に囲まれ、田畑はまばらで、人口もごくわずかだった。部隊は休む暇はないと告げられ、北部沿岸にほど近い山に連隊本部を築く作業を任された。兵士たちはダイナマイトで岩を爆破し洞穴をくり抜き、つるはしで瓦礫を掻きだしてはトンネルを掘った。まもなく九州はあちこちくり抜かれ、陣地やトンネルや洞穴が張りめぐらされ、そこに砲座や銃座が敷かれ、枝葉をかけて偽装されるだろう。太平洋諸島全域で日本軍が行ったのと同じように。とはいえ、こうした作業はやみくもに着手され、未完に終わった。第一四五師団は、結局のところ、当初計画した陣地や兵器庫、要塞の建設目標の半分も達成できなかった。*9

ある日、二〇数人の兵士とともに、フランクは丘陵地を二列縦隊で前進していた。いつもと変わらぬ日に見えたが、突如頭上に飛行機のうなり音が聞こえてきた。指揮官が叫んだ。「タテガタサンカイ（縦型散開）！」中央で別れて縦方向に散らばって逃げろとの命令だ。この手順をフランクは暗記していた。一中で覚え、高岡で練習し、基礎訓練中に復習していた。見上げると、アメリカ海軍の小型戦闘機が一機目に入った。濃紺の丸に白い星が一つ、さらに白い横線の入ったマークでわかった。機体は低空飛行し、機関銃がちらりと見えた。瞬間、フランクの生存本能に火がついた。ぱっと脇に飛びのき駆けだすと、弾丸がひゅんひゅん飛来し、行く道に跳ね返る。一斉射撃は部隊を二分し、散開させ、土埃をいくつも立てて皆の足をかすめた。機影は幸い戻ってこなかった。奇跡的に、怪我人は一人も出なかった。[*10]

あれはP－51マスタングにちがいない、とあとからフランクは断言する。偵察写真を撮るのと、本州で連日起きている空襲でB－29を誘導するのに使われる小型機だ。この段階で、すでに日本には空襲を阻止できる飛行機がほとんどなかった。わずかに残っていたものも、本土決戦に備えて温存されていた。グアム、テニアン、サイパンを含めたマリアナ諸島と、さらに本土に近い東京南方の小笠原諸島で日本が基地を失ったことは、防空パトロールに支障をきたした。アメリカ軍は遠慮なくフランクの部隊のような兵隊たちをいたぶり、貴重な偵察写真を撮影していった。

ひと仕事終わるとフランクと仲間の兵士たちは、学校の講堂にぞろぞろと入っていった。部屋の中央に一人の将校がすっくと立ち、一同に発表した。自分たちをトッコウタイだと思え、と将校は命令した。それから将校は爆弾を手に抱えると、どうやって背中に担ぐか、あるいは腰に巻くか手本を見せた。次にダンボールを切り抜きベニヤ板で裏打ちしたアメリカのM2戦車の模型を持ちだした。そして兵士がどこで飛びだせばいいかを指し示し、こちらに向かってくる戦車の下にすべり込み、どうやって爆弾を破裂させるかを伝授した。その口ぶりは淡々としたものだったが、その場にいた全員が不安がっているのははっきりわかった。フランクの心臓がどくどくと脈打った。「あのときは、心底恐ろしかったよ[*11]」。

フランクが怖がるのも無理はなかった。中国との戦争が始まってすぐの、黄海の周囲に戦闘がまだとどまっていた一九三〇年代に、学齢期の子どもたちは張り子の戦車で軍事訓練をしていた。ところがこうした訓練は、もはや子どもの遊びなどではなく、前線は眼前に迫っていた。日本全土で兵士も民間人も人間兵器としておのれの身を投じようとしていた。人口はこれまでもずっと一億には足りず、さらに減り続けていたのだが――長引く戦争による被害、深刻化する飢餓、そしてそれに関連した疾病によって――国民は「イチオクトッコウ（一億特攻）」、敵を追い落とすために団結せねばならないと命じられていた。アメリカ軍の戦略家らはこの数字を本気にしたが、それは日本の粗末な備えの実態を表すものではとうていなかった。

だいたいM2戦車はすでに時代遅れになっていた。アメリカのM2戦車の大半がいまや訓練でしか用いられておらず、太平洋で使用されていた唯一の型も、一九四三年以降は使われていない。最新式の戦車は、もっとスピードが速く、搭載している火砲はじめ武器も改良され、より頑丈な装甲が施されている。しかもフランクの師団は、特攻隊に持たせる爆薬にも事欠き、近くの小倉にある主要な補給基地に要請しなければならず、フランクはこの小倉にいることがしだいに増えていた。*12

広島と同じく小倉は、苔生《こけむ》したお掘に囲まれた白亜の壮麗な城を擁する昔ながらの城下町だ。そして広島と同じく、ここは軍事的に重要な拠点でもある。広島には主要な軍司令部が設置され、将兵たちが駐屯していた。一方、小倉が貴重なのは、兵器庫があるからだ。フランクには知るよしもなかったが、その数ヶ月前、九州北部の先端に位置する小倉は、アメリカ軍の計画立案者らによる綿密な調査を受けていた。松林の続く丘をフランクが歩くころには、この街はアメリカの極秘兵器のために選ばれた標的の一つになっていた。

フランクにわかっていたのは、日一日と経つにつれ、ますます腹が減ることだけだ。細くなった腹回りに巻くベルトの穴がやけに余り、二〇歳の男にしては痩せすぎてがりがりだった。空腹に耐えかねたフランクたち兵士は、夜陰に乗じて農家の畑にやむなく出かけた。そして身の締まった熟れたトマトを太い茎からもぎとった。それから何時間か経ち、朝靄のなか農夫たちは畑の作物がきれいになくなっているのに気がついた。小動物のせいではなく、おそらくは軍服姿の男たちのしわざとにらんだが、その勘は当たっていた。

このころになるとフランクは、自分が生き残れる見込みはせいぜい「五分五分」だろうと思っていた。相も変わらず上官たちは日本が勝っていると言うが、それでも特攻隊は「ごくありふれた」ものになりつつあった。特攻訓練を受けながらもフランクが勝利をいまだ信じているのは、さながら忍耐や克己の訓練のように思えるかもしれないが、実際は何事も深く考えていなかったからにすぎない。ニュースに触れる機会もなければ、気分が明るくなるような気晴らしもなく、じゅうぶんな栄養すらもとれなかった。ひと働きしたあとに、ぺらぺらの偽の戦車の下に飛び込む一日を終えて宿舎に戻るころには、精も根も尽き果てて何も考えられなかった。「死ぬのはたいしたことじゃなかった」とフランクは振り返る。「国のために命を捨てるのはそんなに難しいことではないと、だんだんに思えてくるんだ*13」。

朦朧とした頭で過ごした七月も終わるころ、フランクは地方の詰所で伝言を受けとった。母親が若松で自分を待っているという。自分の居所を母が探しあててくれたのが心底嬉しかった。さっそく大八車を調達して町まで曳いていった。荷台は空っぽだが、軍の用事で出かけているふりをしたかったのだ。

互いの顔を見ることができて、キヌもフランクも我を忘れるほど喜んだ。キヌはたったいまピアスを訪ねてきたところだった。ピアスもこの近くに配属され、同じ師団の第四一八歩兵連隊で重機関銃士の訓練を受けているという。フランクにはまったくの初耳だった。もっと長く母と一緒にいたかったけれど、二〇分も経つと、自分が基地にいないことがばれやしないかとはらはらしてきた。こんなに遠くまで足を運んでくれたことを母親に感謝すると、フランクは大八車の取っ手をとり、車輪をきしませながら、ロバのように黙々と曳いていった。末の息子の後ろ姿が遠く小さくなって消えるまで、キヌはただただ見つめていた。

この一九四五年の困窮苦難の夏に、キヌはうんざりするお役所手続きのすえにようやく許可をもらい、切符代をなんとか工面して、九州に向かう兵士の集団に揉みくちゃにされながら、この厄介な旅を乗り切った。闇市で値切る時間も投げうった。それでも、どんな苦労も再開の喜びの前では吹き飛んだ。とにもかくにも二人の息子に会えたのだから。かつて外では夫の三歩後ろを歩き、権威ある夫に付き従ってきた内気な妻は、夫を亡くして一〇年以上経ったいま、自分でも思いもよらないほど果敢な女性になっていた。

二三歳のピアスはフランクよりも階級が上で、弟と比べて多少なりとも危険の少ない立場にいた。弟と同じように北部沿岸を防衛する役目を担っているが、重機関銃を受けもつ正規の兵隊であって、使い捨て同然の特攻隊ではない。とはいえピアスも、不規則な日課のために満足な食事をとれずにいた。背がひょろりと高く、痩せさらばえたピアスは、タバコで命を繋いでいた。岸辺に腰をおろし、煙の渦を頭上にくゆらせ、ピアスは自分の置かれた境遇をしみじみと考えた。九州で何が起きたところで、それは自分のウンメイ（運命）なのだ。そう肚をくくった。*14

八月になると、フランクはますますふさぎ込んでいった。当時撮影した写真のフランクは、きれいに顔をそりあげ、初々しくて、二〇歳の青年というよりまるで一二歳の少年のようだ。けれど、口もとの皺や生気のない瞳が、その年齢を明かしていた。フランクは強い意志をもった男で、それはこれまでの教育や訓練、忍従によって深く染み込んでいるものだ。一中で学び剣道で実践した武士道の精神が、フランクを奮い立たせ、こうした振る舞いをさせていた。戦争や苦難に対する、この向き合い方は、日本人の生き方に広く浸透していた。「義は勇の相手にて裁断の心なり。道理に任せて決心して猶予《ゆうよ》せざる心をいうなり。死すべき場合に死し、討つべき場合に討つことなり」と新渡戸稲造の『武士道』にもあるじゃないか。[15]

小倉の兵器庫で、フランクはピアスと同様に自分の運命を受け入れていた。「本音を言えば死にたくはなかった」とフランクはのちに書いている。それでも、自分は役に立つ兵士であることを証明しようと心に決めていた。「僕たちは一人残らず死んでゆく覚悟だった。当時は誰もがそんなふうに思っていたよ[16]」。

七月の終わりにルソン島にいたハリーは、アメリカをめざして意気揚々と広島を発った一九三八年以来、日本に最も近い場所にいた。相変わらずアメリカ兵に本土進攻への心構えを説いている。本土を守るのは、熟練の兵士たちと、決死の覚悟を決めた一般の国民たちだ。日本人の心理をいかに理解するかを説明するさいに、ハリーは弟のフランクが信じていることのあらましを伝えた。ただし、ハリーはこの世界をアメリカ人の目から見ていたのだが。「敵が戦うのは生きるためではない。死ぬために戦うのだ」とハリーは言った。「日本人は男も女も子どもも皆、最後の最後まで戦うだろう[17]」。

巨大な軍事組織の中の一曹長でしかないハリーは、首都ワシントンで議論されている日米双方の推定兵力や人的被害の予想についてはほとんど何も知らなかった。最初の上陸時にアメリカは七五万人を超える兵力を必要とするだろう。アメリカ兵の推定死者数は当初三万一〇〇〇人と少なかったが、日本の戦闘員の見積もりが急増したことで、その数はみるみる増えていった。戦闘が長引き、さらに大規模な作戦が必要になってくれば、犠牲者は六桁を超える数字になるおそれがある。

ハリーが知っていたのは、その秋に日本に侵攻する予定の最初の師団に第三三師団が入っていることだけだ。水陸両用車から降りて、銃弾や砲弾を雨あられと浴びながら浜を這いあがる予定の第三三師団の第一陣にはハリーは入っていないものの、さほど遅れずあとに続くことになるだろう。上陸すれば、ありとあらゆる砂浜や林や村が熾烈な戦いの前線になるのだ。

「沖縄の話」を聞いてハリーは震えおののいた。三ヶ月にわたるおぞましい激戦のすえ、六月の終わりに、ついに島はほぼ制圧された。アメリカ兵の三分の一が殺されるか、行方不明になるか、負傷して治療を受けたが、これは本土侵攻にとって幸先のよい数字ではなかった。最初に経験した上陸作戦以来、初めてハリーは自分が生き残れる見込みはまずなさそうだと思うようになった。ある大佐にこっそり聞いてみたところ、大佐は部隊の兵士の半数を失うかもしれないとひそかに見積もっていた。自分が最初の海岸堡に辿りついて数日でも生きていられる確率は、せいぜい「五分五分」といったところだろうとハリーは思った。*18

兄弟たちがどこにいるかはわからなかった。母親はきっと広島にいるにちがいない。「日本の侵攻に自分が加わると思うとぞっとしたね」。マラリアの発作がぶり返したハリーは、とうとうもうたくさんだと思い、延び延びになっていた休暇をとってアメリカに戻ることにした。*19

ハリーは、自分と同じく日本に身内のいる語学チームのリーダー二人に、一緒に休暇願を出さないかと声をかけた。一人はカリフォルニア出身のパット・ネイシで、広島で祖母に育てられていた。最初、将官と話をするには地位が低すぎると情報部から門前払いをくわされたので、三人は連合軍翻訳通訳部（ATIS）の高官にかけあってみた。自分たちには休暇をとる確固たる根拠がある、と三人は思っていた。たいした理由もないのにすでに故郷に帰った白人兵よりも、ずっと長いこと戦闘に加わってきた。日本とかかわりのない場所への異動なら、喜んで応じるつもりだ。

いまはマニラにいるマッシュビル大佐が、三人と会ってくれることになった。彼らが「三人とも部下のうちでも指折りの将校目前の二世」であることは大佐もわかっていた。三人が特別扱いを願い出るのをためらっていると察した大佐は、目の前にすわった部下たちにタバコを差しだした。ハリーは自分たちの希望を伝え、語学兵の数はもうじゅうぶん足りているはずだと説明した。ハリーのチームは一〇名から一二名に増員され、自分はもう必要ないと思われる。[*20]

黙って話を聞いていたマッシュビルは、いつもの厳格な態度を崩さずに、ハリーたちのことは「なくてはならない存在だ」ときっぱり言った。[*21]

自分たち全員が帰米であり、日本に身内がいることをハリーは説明した。「彼らを死に至らしめるようなどんな行為にも手を染めたくなかったんだ」とのちにハリーは言う。ハリーには家族のことが頭にあった。[*22]

ハリーが見たところ、大佐は「感じがよかった」し、「その気持ちはよくわかるといったふうだったが、気を持たせることはなかった」。部下たちの懸念については検討しておくとマッシュビルは請け合っただけだった。[*23]

大佐は部下たちの要求がいかに切実なものか、胸のうちではじゅうぶん理解していた。「彼らはこのことを何週間も考えに考えていた」とのちに回想録に書いている。[*24]

「彼らは自分たちで長いこと真剣に話し合い、いかにも理屈にかなった結論に達していた。戦闘師団が内陸に進軍するにつれて、通常の戦時捕虜のほかに民間人のための収容所が造られるのは疑いようもなく、そうすれば彼らの身内の多くがこうした収容所に入ることになるだろう。三人とも日本で相応の学校に通っていたから、誰かが彼らに気づくのは初めからわかっていた。それに彼らがアメリカ軍にいるせいで、戦闘に付随する狂乱やヒステリーのなか、彼らの親族――二人は母親が日本にいて、一人は母親以外の身内がいた――が、おそらく残虐ないじめに遭うこともまた疑いようもなかった」[*25]。

マッシュビルは、前線のすべての梯団の指揮官に対し、みずからの出身県に進攻する予定の語学兵がいれば、日本国内の別の攻撃地点に異動させるよう通知を出した、と述べている。

アメリカ軍は翌年の春まで本州に進攻する予定はなかった。マッシュビルは日本国民が故郷にとどまっているものと想定していた。ところが現実はまったく違っていて、とりわけ他県からピアスやフランクのような兵士たちが九州にぞくぞくと集まっていた。そしてこの戦場を生き抜いた者もまた、最後には収容所に入るのだろう。マッシュビルの指令次第では、パットが広島にいる身内、すなわち年老いた祖母と対峙するのは避けられたかもしれないが、ピアスやフランクが北九州にいたハリーにはなんの助けにもならなかったろう。

あとからハリーは大佐の参謀将校から電話を受け、部隊にとどまるよう命じられた。「どのみちうまくいくとは思ってなかったさ」と後年肩をすくめて言った。結局、この決定には従うよりほかなかったが、不吉な予感を払いのけることはできなかった。[*26]

一九四五年一一月一日の木曜日が来れば、ハリーは予想外の状況が起きないかぎり、「オリンピック作戦」の一兵士として水陸両用車から降りて、完全武装したまま海をかきわけ、南九州の砂浜に這いあがることになる。それは三ヶ所の海岸への大規模な上陸作戦で、ノルマンディー上陸作戦よりも多くの兵士や飛行機、艦船が投入されることになる。ハリーが北にどれほど進むかは、味方からの誤射をいつまで免れるか、容赦ない戦闘をいかに生き延びられるか、熾烈な戦いがいつまで続くかにかかっている。

この狂乱の夏、九州全土で旭日旗が風を受けて膨らむなか、日本軍は本土防衛のための決号作戦に備えていた。海岸に面した場所にたこつぼの壕や待避壕を穿《うが》ち、昔ながらの軍事訓練に励み、偽装した機関銃を手にし、センニンバリ（千人針）を巻いた腹に爆弾を固定する練習をした。北九州の丘陵地では、命令があればいかなる襲撃をも止めるべく南進する覚悟で、ハリーの弟たち、歩兵のピアスとフランクが大日本帝国の最後の反撃のために備えていた。

27　原子爆弾

　八月の初め、キヌが九州から帰ってきてすぐに、姉のキヨが玄関先にあらわれた。キヨは、養子縁組みしたおかげでできた孫の一人、すなわちトシナオとキミコの弟にあたる子の手をひいていた。このいとこたちは皆、フクハラ一家が大好きだった。キヨは遊びに来たわけでなく、しばらくこの家に置いてもらうつもりでいたのだ。

　キヨが家を出てきたのは、空に光るB－29の群れの一機が落としたビラを拾ったあとだ。ビラは、女子どもに街を出るよう警告していた。そこで、市の中心から数キロ離れたここ高須なら安全だろうと考えたのだ。こうした煽情的なビラは捨てねばならないと噂に聞いていたので、キヌに見せたあと、キヨは妹と二人でビラを燃やした。

　この話は真実だといくつかの家族が証言したが、そのようなビラが街に撒かれた記録はない。七月二八日、広島市の東三〇キロメートルたらずのところにある呉とその周辺には、さらなる空襲を予告し降伏を迫る六万枚のビラが降ってきた。B－29一機が呉や広島の近辺で撃墜され、その後市内に向けて突っこんでゆくのを遠くから見たという住民もいた。機上から投げ捨てられたか、あるいは目的地を外れて飛んできた伝単が、たまたま市の境界を越えて舞い込んできたのだろうか。*1

広島の空気は緊張に慄《おのの》いていた。日本で七番目に大きなこの都市が、大規模な空襲に見舞われるだろうことは誰もが予想していた。主要都市のうち、「火の雨」と呼ばれるものを免れたものはほとんどない。七月が終わるころには、全国で六四の都市が空襲を受け、一八万八三一〇人が死亡し、二五万人が負傷し、九〇〇万人が家を失い瓦礫の中をさまよった。新聞は空襲を報じたが、死傷者の数は載せなかった。とはいえ人々は、被害の程度にじゅうぶん気づいていた。*2

それでも広島は、おおむね難を逃れていた。四月の末にB－29が一機、市の中心部に小ぶりの爆弾を落とし、一一人の死傷者を出したくらいだ。それから京都――壮麗な神社仏閣、庭園、御所の鏤《ちりば》められた古都――もまた本州で空爆を免れている、もう一つの稀有な都市だった。*3

広島の住民はB－29に怯えながらも目を瞠《みは》り、数百機からなる編隊が唸りを上げて頭上を通りすぎると、ほっと胸を撫でおろした。高須出身の高等女学校二年生のタキコ・サダノブは、「B－29の白い飛行機雲が見えるのを心待ちにしていました」と振り返る。子どもたちは耳を澄まし、興奮して指差した。「今のはBの爆音だ」。本州のどこかほかの場所に爆弾を落としにいく飛行機をながめ、「どうして広島に落とさんのかねぇ」とマサコも首をかしげた。*4

不思議に思った広島の人々は、理由をあれこれ考えてみた。トルーマン大統領の母親がここに住んでいるのだ。たしかに、いとこは住んでいる。マッカーサー将軍の母親が日本人で、広島出身だって知っているか。アメリカの高官の息子が、ここで捕虜として収容されているからだ。広島は移民をおぜいアメリカに送りだしているから、アメリカ軍はわれわれに手を出さないのだろう。とはいえ、日系アメリカ人がこの広島に数千人も住んでいることには、誰も触れなかった。二世はとっくのとうに日本の社会に同化しているはずだからだ。[5]

こんなふうに人々は、待ち受ける運命に身構えていた。マサコは蚊帳《かや》の中で寝るときも、きちんと服を着て、運動靴を履き、防空頭巾を被って、「明日死ぬかもわからん」と覚悟していた。[6]

八月四日の土曜日、キヌとキヨとマサコは踊りをさらっていた。ポピュラー音楽もクラシックですらも奏でるのは禁じられていたが、軍歌に合わせてなど踊れやしない。そこで女たちは危険をおかした。たとえ詮索好きな隣人が、靴下の足で畳を踏みならす音や、鈴のような笑い声を聞きつけて、警官か憲兵に密告しかねないとしても。キヌとキヨ、そしてマサコも気にしなかった。

キヌの三味線を弾きたいところを我慢して、マサコはクチジャミセン（口三味線）で節をなぞってみた。キヌとキヨは一心に耳を澄まし、足をゆっくりと運びながら、見えない扇を顎のそばまでもっていくと、嫋《たお》やかに弧を描いてからすっと畳み、見えない帯に差し込んだ。頭の中で、女たちはだぶだぶのモンペではなく、きらきら光る着物をまとっていた。

外では真夏の容赦ない太陽が、仄暗い家を息苦しいほどに蒸しあげている。それでもげんなりさせる湿気などなんであろう。かすかに聞こえる昔習った調べを、キヌとキヨは夢見心地の耳で聞いていた。女たちは我を忘れ、一つになって、至福の瞬間《とき》に浸っていた。鳴き時雨《しぐ》れる蝉の声が、熱の入った口三味線をくぐもらせ、キヌとキヨの愛する舞いを守ってくれる。横暴きわまる戦争を、女たちはものともせずに生きてきたのだ。「誰にも聞こえませんでしたよ」とマサコが愉快そうに笑う。[7]

翌日、キヌとマサコは市中まで歩いていくと、勤労奉仕に駆りだされた二〇人を超える仲間に加わった。多くの都市が大被害に遭った焼夷弾による空襲に備えて防火帯をつくるため、これから一軒の大きな屋敷を取り壊すのだ。みな早朝から働いて、午後も遅くにヘトヘトになって帰ってきた。[*8]

キヌが腰をかがめながら家に戻ってくると、キヨが風呂に入りたいと言ってきた。だが風呂を焚けるほどの薪はない。荷車を曳いて市内に戻り、解体現場から木切れを集めてこなければならないが、一人では無理な仕事だ。姉に手伝いを頼めずに、キヌはしかたなくマサコに頼んでみることにした。

もっと良い時代なら近所で風呂の話が出ることもなかったろう。だがいまや熱い風呂はなくても我慢すべきもののうちに入っていた。キヌもマサコも薪の束をほぼ使いきったので、風呂を沸かすのは月にほんの数回に減らしていた。薪は配給されないので、防火帯をつくるために壊した家屋の瓦礫から調達してくるほかない。「本を燃やして風呂を沸かしている人もいました」とマサコは言う。[*9]

だがキヨにすれば、贅沢を奪われるのは看過できないことだった。それに一日の重労働からせっかく生まれた木材を、空き地にみすみす放っておくなんてもったいない。「ただでもらえるもんなら、もろうてこにゃあ」。そうキヨが言っているのがマサコの耳にも聞こえた。「たしかにおっしゃるとおりなのですが」。やれやれと言った顔でマサコが振り返る。[*10]

キヌの頼みを聞いて、マサコと父親は青くなった。春からずっとカネイシは、疲れやすい娘のことを心配していた。おそらく食事がいけないのだ。米のかわりに、きな粉をまぶしたぺんぺん草入りの糠団子に無花果《イチジク》の実だけだなんて。誰もが栄養不足で、病気にかかりやすくなっていた。マサコも体調が優れなかった。数ヶ月前にカネイシは、娘がときおり勤労奉仕を免除してもらう許可を得ていた。とはいえほとんど毎日マサコは魚雷工場で働き、特攻隊の兵器をつくる組み立てラインで身をかがめて働いていた。薪を集めるには荷車を曳いて延々と歩き、さらに炎天下で何時間もかがんで作業しなければならない。キヌのことは日頃から快く思っているが、それでもカネイシは彼女の頼みを断った。
ところがキヌはあきらめきれず、泣きつかんばかりに頭を下げた。キヌが姉の頼みを断れないのを知っていたカネイシは、とうとう折れた。気温と湿度が上がる前にかならず帰るとキヌは約束した。「そしたら早《はよ》う出んさい」。カネイシは渋い顔でそう言った。そこで二人は朝の五時半に待ち合わせることにした。[*11]
その晩、キヌもマサコもよく眠れなかった。広島ではぐっすり眠れた者などまずいなかっただろう。夜の九時二〇分に警戒警報が鳴り、その七分後に空襲警報が鳴った。そして午前〇時二五分に、また再度、空襲警報が響いた。それから二時間近く経った午前二時一〇分、ようやく解除のサイレンが鳴った。切れ切れの眠りのあとに、広島を永遠に変えることになるその日が始まった。

八月六日の月曜の明け方、カネイシに起こされたマサコは疲れてぐったりしていた。昨夜から父親はますます心配になっていた。少しばかりの朝食を出しながら、父親は気が気でなかった。「からだに気いつけてな」。そう言って娘を送りだした。[*12]
通りに出ると、キヌが眠たそうな眼をして待っていた。汲み取り業者にはぴったりの時間帯だが、とはいえ計画を変更するにはもう遅かった。キヌはわざわざ古い大八車を借りてきていた。木の車輪が二つついた重たいものだ。マサコが長い取っ手をもち、後ろからキヌが押す。二人は前日に防火帯をこしらえた現場をめざして出発した。
空が赤紫色に染まるころ、キヌたちは黙々と歩いていった。おんぼろの荷車のガタガタいう音に合わせて、女たちの体が上下に揺れる。日の出とともに、ウグイスやツバメがさえずりだした。暑さがしだいに増していく。けれどありがたいことに、街はまだがらんとして人影もなく、二人は悠々と先を進んだ。

目的地に着くころには、湿度もだいぶ上がっていた。薄雲のかかった空に感謝しながら、キヌとマサコはさっそく「屑物」、つまりすぐに燃えそうな細い木っ端を探したが、空き地はとうに拾い尽くされていた。残っていた柱や壁の残骸は重たくて、しかも荷車に載せるには長すぎたし、なんの道具も持ってきていない。「最低限のことをしただけで、とくに良い木を探していたわけではありません」とマサコは振り返る。大急ぎで木片を荷車にいくつか投げ入れると、二人は帰路につくことにした。[*13]

この足取り重い道のりを「おばさんは渾身の力を込めて押してくれました」とマサコは言う。マサコは前日の建物解体での派手な「綱引き」の疲れが残り、荷車にもたれかかった。キヌも節々が痛んだにちがいないが、何も言わなかった。マサコは本来なら大八車の重みを引き受け、年上のキヌを助けるべきところなのだが、キヌが自分を家まで「半分運んでくれる」あいだその身を休めていた。[*14]

敵の気象観察機が一機、街の上空を旋回し、それが引き金となって空襲警報が鳴った。空襲は普通夜間にあるので、住民の大半はおそらく心配することはないと判断した。案の定、午前七時三一分には警報解除のサイレンが鳴った。キヌとマサコはまもなく己斐《こい》まで辿りついた。ここまで来ると広島も田園風景に変わる。キヌたちは、市中の解体現場に向かう町内の友人たちとすれ違った。[*15]

「オハヨウゴザイマス！」女たちが声を掛け合う。二人とも早うから街に出よるんね！ もう暑うなっとるね！ 女たちは手を振ると、それぞれの道をまた進んでいった。隣人たちは東に向かい、マサコとキヌは荷車を軋ませながら未舗装の道をえっちらおっちら西に向かった。広島のいたるところで、キヨの孫娘のキミコを含む生徒たちがめいめい指定された場所で働いていた。市内のいたるところで、ヴィクターを含む作業者たちがぞくぞくと工場に入っていく。市内のいたるところで、チエコのような住民たちが台所で立ち働いていた。[16]

　目に入れても痛くないほど可愛いマサコのために、父親は二度目の朝食の支度を終えていた。家に入るとすぐにマサコは手を洗い、父親と食卓についた。台所の窓越しに、キヌが井戸の水を汲んで、足指の股にこびりついた泥をこすり落としているのが見えた。一瞬の穏やかな風に、キヌの髪が乱れた。[17]

　午前八時一五分、鮮やかなオレンジ色の光が空に閃《ひらめ》いた。「ピカ！」人々はその光をこう呼んだ。およそ考えもつかないことが起こった。一個の原子爆弾が、広島の上空で炸裂した。

　その瞬間、高須じゅうでガラスの窓や扉が吹き飛んだ。マサコは走って押入れに飛び込んだ。キヌも台所に駆け込み、身を隠した。キヨは家のどこかほかの場所にいた。

　そのときの体験は、広島のどこにいたかで大きく違ってくるが、高須にいた人の多くは、物音一つしなかったと振り返る——派手な爆発音も、突然ガラスが割れた音も覚えていない。マサコの見た世界は、しんと静まり返っていた。「あっというまの出来事でした」。最悪のことは終わったように見えたので、マサコがそろそろと押入れから出てみると、家の中はひどいありさまだった。ありとあらゆるものが散乱し、ガラスの破片が床に飛び散り、フスマ（襖）というフスマがはずれ、よじれた天井の隙間から空が覗いている。家そのものも歪んでいる気がした。けれど冷蔵庫やコンロはそのままで、スプーンもいつもの引き出しにきちんと収まっている。マサコは急いで外に飛びだした。[18]
キヌもこちらに向かって走ってきた。鉄兜のかわりに、アメリカ製の鍋を頭にかぶっている。「おばさんはひどく取り乱して、たった一人で外に出てきました」とマサコは言う。キヌの家もめちゃくちゃになっていた。市中の方角に面した窓やドアはすべて吹き飛んだが、風が通るようにと開けておいた窓だけは無事だった。廊下はきらきら光るガラス片で覆われ、透き通ったガラスの弾《たま》が階段の壁に突き刺さっている。空襲に備えて窓に貼っておいた十字のテープが、ねばねばした切れ端になって転がっている。キヌが外に出てみると、榴散弾のようなガラスの破片で庭があばたになっていた。家も土台からいくらか傾《かし》いでいる。立ち木と生垣も焼け焦げて、何より奇妙なのは、生垣の影が家の壁に焼き付いていたことだ。科学的根拠には異説があるが、巷間伝わった放射能により影が固定されるこの現象は、人間の場合にはのちに「人影」(ヒューマンシャドウ)と呼ばれることとなる。[19]
「何が起きたんか!」キヌが大声で叫んだ。マサコにもさっぱりわからない。すぐ近くの駅で爆弾が落ちたのだろうか、なんであれ、近所は奇妙なほど静かだった。見上げると、空には巨大な黒雲が転がるようにむくむくと膨らんでいる。のちにこれは「キノコ雲」と呼ばれ、核の時代の到来を告げる、身の毛もよだつ象徴となる。[20]

その朝、キヌの甥で一五歳になるトシナオは、慢性的な腹痛を診てもらうため自転車で病院に向かっていた。ところがたまたまタイヤがパンクしたので、自転車を借りに友人の家に行こうと向きを変えた。その瞬間、比治山《ひじやま》が盾となり、トシナオを爆風からかばった。すぐにトシナオは歩いて家に帰ろうとしたが、どこに向かおうといたるところ「火の海」だった。黒煙が渦巻き、噴き上がった火焔が広がり、火の粉を吐き散らしている。トシナオがようやく家に戻るまでに丸一日がかかった。[*21]

トシナオの妹のキミコは一二歳の女学生で、兄よりも先に市中に着いて、午前八時一五分には市役所付近の家屋を引き倒している最中だった。ふと空を見上げると、思いがけないものが目にとまった――落下傘。そこに付けられた装置は、爆発による空気圧などの影響を記録するものだった。次の瞬間、閃光がかっと空に煌《きら》めいた。爆心地となったT字型の相生橋からわずか八〇〇メートル足らずの場所にいたキミコは、瞬時に視力を失った。

着ていた服が焼け焦げ、裸同然になり、むきだしになった肌に布地の藍の模様が焼き付いたのも、キミコには見えなかった。皮膚が真っ赤に膨《ふく》れて裂けたのも、キミコには見えなかった。級友たち――まだ息のある生徒たち――が自分と同様に重傷を負っているのも、キミコには見えなかった。宇品の港のある東の方角に、キミコはよろよろと歩きだした。家からしだいに遠ざかっても、この道しか進めなかった。足もとの倒れた人の体につまずきながら、濛々と立ちのぼる煙を吸い込みながら、やけに研ぎ澄まされた聴覚と嗅覚だけを頼りに、燃え盛る炎の連なりをキミコはどうにか踏み越えていった。

地を震わせる揺れの瞬間、チエコは台所にいた。「庭に爆弾が落ちたかと思いました」とチエコは回想する。柱がめりめりと倒れてきて、チエコと寝たきりの一〇三歳になる祖母の上に家が崩れ落ちてきた。防空訓練が強化され、チエコは祖母に毛布をかけて火を消す練習もしていたが、祖母は「わしを殺す気か?」と抵抗した。アメリカに親戚のいる「祖母には戦争のことがよくわかっていませんでした」。チエコと祖母は崩れた家の下敷きになってしまった。チエコは自力で瓦礫から這いだした。

だが炎はみるみるうちに広がり、ひゅうひゅう悲鳴をあげて舐めるように迫ってくる。祖母を助けたくても、チエコにはどうすることもできなかった。*22

朦朧《もうろう》とした頭で、チエコは避難所に向かった。同じ方角に進む人たちは、ほとんどが全裸に近い姿で、みな両手を胸のあたりまで上げ、皮膚がワカメのようにだらりと垂れている。真っ赤な顔に眼だけが異様に飛びだし、体は血まみれで、鉄の匂いが焦げた肉の異臭に混じり合う。「地獄でした」とチエコは言う。「タスケテクダサイ」と乞いながら、人々が目の前でばたばたと倒れていく。*23

そこから五〇〇メートルほど離れたシゲル・マツウラの家も倒壊し、折れた柱や梁がめったやたらに落ちてきた。広島城の軍司令部にいた父親は、城内の大火をどうにかくぐって生き延びた。ガラス片が首筋にいくつも刺さったまま、太田川まで一目散に走って逃げた。眼をカッと見開いた黒ずんだ屍《しかばね》で覆われた川を、炎が縫うように走っていく。家まであと少しの距離を、くすぶる燃えさしや猛り狂う火焔をなんとかよけながら進み、ついに家の前でくず折れた。奇跡的にも、よそにいて無事だった妻が、倒れている夫を見つけて介抱した。*24

白島《はくしま》のこの界隈では、二八五棟の建物のうち倒壊しなかったのはわずか一パーセントだった。この高級住宅地は数日のあいだくすぶり続けたのちに灰になった。*25

相生橋や広島城、白島からやや北西に行った三篠《みささ》では、ヴィクターが働いていた。工場は、一キロ半ほどしか離れていない爆心地から押し寄せた衝撃波を受けて自壊した。地面の下に生き埋めになったヴィクターは、無我夢中で外に出られる隙間を探した。やっとのことでがれきの下から這いだして、炎があがり、つんとくる煙の立ちのぼる通りに出ると、目の前で大勢の人間が息絶えていた。避難所に指定されていた小学校は倒壊し、赤々と燃えている。ヴィクターは北の丘陵地に向かう群衆のあとをついていった。どうすればいいかはわかっていた。三篠にいる者は、北にある安佐の村に避難することになっている。ところがやむをえない理由があったのか、あるいはそうしたかったからなのか、ヴィクターは北東の祇園に向かって歩きだした。ここは父親の先祖代々の故郷で、父親の眠る勝想寺があった。この寺に父は青銅の釣り鐘を寄付していたが、鐘は戦時に銃や爆弾、重火器をつくるために溶かされていた。[*26]

ヴィクターのいとこで、父親の兄の娘にあたるアイコが、広島の都心から北に五キロほど行ったこの祇園に住んでいた。結婚してまもないアイコが、その朝遅くまで寝ていると、突然、家の窓が粉々に割れた。このとてつもない爆発から三〇分後、家の前の太田川の水が真っ黒に染まった。このおぞましい光景はおそらく灰のせいだろうとアイコは思った。[*27]

ところがそれだけではなかった。続いて奇妙な黒い雨が降りだしたのだ。市の中心部ではにわか雨になり、祇園の先や、またとりわけ高須では激しい雷雨になった。空が暗くなって、いちめん雲に覆われ、トリハダ（鳥肌）がたつほど寒くなった。空が口を開いて、親指の先ほどもある油ぎった泥のような黒い雨粒を吐きだした。あたると痛いような雨で、そこここにべっとり付着し、たまるとどろりとした塊になった。空から降ってきたのは、ちりと空気中の水滴と放射性の煤のおぞましい混合物だった。高須では、屋根から漏れてきた雨でマサコの布団が濡れた。あとから何べん洗っても、真っ黒な染みは消えなかった。[*28]

「お化けみたい」とアイコがインタビューで呼んだ人々が、足をひきずりながら、ときに互いの体を支え合いながら、「ゾロゾロゾロゾロ」通りを続いてゆく。男と女の区別もつかず、頭髪は焼け失せ、皮膚はぺろりと剥け、体じゅうひどい火傷《やけど》で火ぶくれしている。この魂の抜けたような人々を、アイコは家に招き入れた。口のきける者は「ミズヲクダサイ」と呻くような声をあげた。爆弾が落ちてから、水道が止まっていた。アイコは非常用の井戸まで走っては戻り、走っては戻りして必死に水を汲んだ。[*29]

カツミといつも呼んでいたヴィクターが、ふいに戸口にあらわれたので、アイコは驚いた。猛火と爆風をくぐり抜け、黒い雨を浴びながら、ヴィクターはアイコのもとに辿りついた。両肩と背中が灰白色に変化し、腫れて火ぶくれになりかけていたが、顔はきれいなままだった。「ちゃんと歩いていました」とアイコは言う。「話もできました」。ヴィクターの火傷は比較的軽かった。重傷者であふれ返ったわが家で、アイコはヴィクターを休ませることができなかった。カツミはアイコを困らせたくなかったので、自分は歩いて家に帰れるからと伝えた。ヴィクターがそのまま歩き続けるのか、それとも避難所になった学校にひと晩泊まるのか、アイコにはわからなかった。[*30]

日が暮れて夜になっても、巨大な雲はまだ街の上空を覆っていた。市内を出た先の村落や集落に人々が列をなして押し寄せた。祇園のアイコは、まるで「誰も彼もがここに来た」ように感じた。高須まで続く山沿いの道にも、叫び声や泣き声が響き渡った――「まるで動物の吠える声のようでした」とタキコ・サダノブは証言している。[*31]

高須の家では、キヌがキヨとその日あったことを話して気持ちを落ち着けようとしていた。市街に住んでいる家族や親戚は、まだ誰もここまで辿りついていない。地元の病院や国民学校、役所や会館、神社は負傷者であふれている。この界隈はどこも同じだった。一〇〇〇人を超える人々が助けを求め、水を欲しがった。ただならぬ爆発がまた起きるのではないかとキヌは恐れ、家族が無事かどうか知りたくてたまらなかった。[*32]

いまだ正体不明の爆弾で広島が破壊された翌日、太陽がじりじりと照りつけ、炎は変わらず燃え続けていた。キヨは家にとどまったが、キヌは果敢にも家族や友人を探しに市中まで歩いていくことにした。山沿いの道は、街から逃れてきた重傷を負った避難者たちと、家族や友人の安否を気づかい半狂乱で街に押しかける人たちの、反対方向に進む列で渋滞していた。「身近な者を探しに行かなくては、と誰もがすぐに思いましたから」とマサコは言う。[*33]

トシナオは朝になってようやく家に辿りついた。妹のキミコは自宅から歩いていける場所で勤労奉仕に出ていたが、いまもまだ戻っていない。ひどく取り乱した母親とともにトシナオは妹を探しに出かけた。

海まで行く鉄道の終点である宇品に着いたころには、すでに夜になっていた。この一帯で手当を受けている数百人もの名前の書かれた張り紙に、トシナオと母親は急いで目を走らせた。「不思議なことに、妹の名前がすぐに見つかりました」。ニシムラ・キミコ、と。大きな倉庫に駆け寄ると、二人は「キミコチャン、キミコチャン！」と声をかぎりに叫んだ。トシナオが驚いたことに、妹が返事をした。[*34]

トシナオと母親には、それがキミコだとわからなかった。びっしり並んだ毛布や筵《むしろ》の一枚に、キミコは身を横たえていた。顔がぱんぱんに腫れて、体じゅうに火ぶくれができている。皮膚はずるずるに剥けていた。家に連れて帰ろうと思ったが、ここでひと晩休ませることにした。薬を融通してもらおうと、トシナオの母親が医者に幾ばくかの金を手渡した。[*35]

打つ手がないというのがどこまでのものか、母親にはわからなかった。医師や看護師、応急手当てを手伝う人たちも、綿や新聞紙を裂いたものやカーテンの切れ端を包帯がわりに使っていた。やけどの絶え間ない痛みを少しでも和らげようと、錆止め用の油や料理用の油を塗っている。医師は、みるみる少なくなっていく殺菌用のマーキュロで傷口をさっと拭うだけだ。どの治療も適切なものではなかったし、何もかもあまりに不足し、あまりに遅すぎた。[36]

「僕たちはキミコを落ち着かせようとしました」。トシナオと母親は、キミコを夜中まで介抱した。倉庫の中は暑い空気がよどんで、血と排泄物の甘酸っぱい不快な臭いがたちこめていた。そこここで嗚咽や泣き声が響いている。「オカアサン」。ほうぼうですすり泣く声がする。くたくたに疲れていたトシナオは、板張りの床で妹に寄り添ったまま眠ってしまった。不安な夜のどこかで、母親がトシナオをつついて起こした。キミコは、すでに息を引きとっていた。[37]

それから何年か経って、トシナオは、それでもありがたかったと思うようになった。キミコが一人ぼっちで死ななくてよかった。おかげで何が起きたかわからずに家族が苦しまなくてすんだのだ。その日、勤労奉仕に就いていたキミコの同窓生のうち、四〇〇人以上が亡くなった。四〇〇人以上の犠牲者を出したのは、ハリーとピアスの母校の山陽商業学校を含め五校だった。その日、市内全域で動員されていたほぼ七二〇〇人もの生徒が命を落とした。この犠牲者の数を知ったトシナオは、「僕は幸運でした」とあとから振り返る。「妹を見つけることができたのですから」[38]。

キヌもトシナオたちの家族を探していたが、その日の昼も夜もトシナオとキヌの動線が交わることはなかった。あとからキヌは、キミコ——いとこのハリーがアメリカに発つときに駅まで見送りに来てくれた、スモックを着た赤いほっぺたの女の子——が速やかに火葬されたことを知る。キミコの亡《なき》骸《がら》は、おびただしい数の遺体とともに積み上げられ、藁をかぶせて火を放たれた。

しばらくあとになってから、キヌは自分の目にした恐ろしい光景について少しばかり口にした――こちらをひたと見据える、丸裸の、血まみれの、焼けただれた、この世のものとは思えぬ姿になった人たちを。だが、それ以上はあまり語らなかった。破壊のさまは凄まじいものだった。ドーム型の産業奨励館と赤十字社はまだそこに立ってはいたが、まばゆく光る緑銅のドームは消えていた。ハリー宛の手紙をフランクが投函した赤十字社の建物は、窓のないコンクリートの骨組みだけになり、周囲には真っ平らにひしゃげた景色がえんえんと広がっていた。

広島城も燃え尽きた。天守は爆発時の熱線には耐えたが、その後の衝撃波などにより下部が上部の重さに耐えきれずに崩壊した。広島城という白い巨獣《ビヒモス》はくず折れて、焼け落ちた燃えさしの山になってしまった。隣接していた兵舎も倒壊し焼失した。まだ立っている樹木もいくらかあったが、中央から真っ二つに裂けているか、葉の一枚もない黒々とした枝を弱々しくのばしている。フランクの部隊が訓練を受けていた敷地の入口に立つコンクリートの柱はまだ残っているが、両の柱にわたっていた堂々たる錬鉄の門は、溶けて跡形もなくなっていた。言うまでもなく、この周辺にいた人たちも。*39

キヌは明治堂まで行こうとしたが、本通りに近づくことすらできなかった。この界隈はあっというまに全焼した。いまもまだ炎があがり、火の粉がはぜている。爆心地から南東わずか三〇〇メートルのところにあった、かつての夢の王国、明治堂は、もはや姿かたちもなかった。本通りにあった建物は一〇〇パーセント焼失した。*40

避難所に着いたチエコは、みるみる弱っていった。背を丸め、吐き気を催すようになった。嘔吐し、発熱し、下痢のせいで体を折り曲げるようにしていたが、原因はわからなかった。数日が経ち避難所を出なくてはならなくなると、遠い親戚の人が、畳二畳ほどの掘っ建て小屋を瓦礫の中に立ててくれたが、そこはチエコがかつて我が家と呼んだ、賑やかな家族の暮らしていた場所だった。顔を真っ赤に腫らして、具合もますます悪くなっていたチエコは、海外に出征した兄の帰りを祈るように待っていた。もしまだ生きていてくれたなら、この兄が、生き残ったただ一人の身内なのだ。[*41]

それから二日経った八月九日の木曜の朝、キヌがいまも広島をくまなく歩きまわり、ヴィクターがいまも祇園の学校で養生しているときに、二機のB－29が小倉の上空を旋回した。ここは二つ目の原子爆弾の標的の第一候補である都市だった。ところが爆弾を落とす予定の兵器廠に工場から出たのか煙霧がかかっていて、隠れて見えない。目標地点を突き止めようと二度試みたあと、B－29のパイロットは投下を中止し、南西に向かった。午前一一時二分、日本を襲う二つ目の原子爆弾が、長崎の上空に投下された。

B－29が小倉に近づいたとき、フランクは逃亡した朝鮮人の徴集兵二人を探して、市街と軍の兵器庫のあいだを歩きまわっていた。新聞では「新型爆弾」のことがすでに報じられていたが、相変わらずフランクは新聞雑誌を読むことができずにいた。「ピカドン」――広島でそう呼ばれた――の噂も耳に届いていなかった。何が起きていたのかこれっぽっちも知らずにいた。階級が高くもないのに、フランクはつい最近、分隊の隊長に任命されたが、二世の言うことを朝鮮人が聞くと大尉は本気で思っているのかと怪しんだ。どちらも外国人、要は不適応者とよそ者ではないか。苛立ちながらも二人を探したが、無駄な骨折りに終わった。[*42]

B－29が最初に小倉を標的としていたことを知らなくて、フランクは幸いだった。実際フランクは、惨事を二度も免れていた――広島の中心部には所属部隊の一部がまだ駐屯していたし、さらに小倉の城下町では重要な兵器敞の近くにいたのだ。
市の中心部に出かけて五日ほどして、キヌは壊れたわが家に戻ってきた。キヌは体の芯まで疲れていた。ヴィクターの消息はまだわかっていない。悲報が伝わり、悲しみに暮れる友人たちが集まった。あの運命の朝、已斐《こい》でキヌとマサコがぱったり会った女たちは、この地区からたまたまその日に出動していた隣人五一人の中の一団だったが、ほぼ全員が重傷を負い、一人また一人と死んでいった。[*43]
夏が盛りを迎えるにつれ、高須では屍《しかばね》にアオバエが群がり、八月から一一月に入るころまで、悲痛な火葬の儀式がえんえんと続いた。[*44]

瓦礫と化した広島の街に息を呑み、隣人たちが続けて亡くなり、若い姪のキミコを失ったキヌは、家に戻って翌日か翌々日にヴィクターが玄関扉をあけて「タダイマ！」と叫んだとたん、顔いっぱいに笑みを浮かべた。

ヴィクターが家に戻ってくるまで一週間もかかった。健康な人間なら、普通は高須までぶっ通しで歩いても午前中か午後には着くはずだ。屈強な田舎の人間なら、ふだんから当たり前のように歩く距離だが、このいつもの道のりも、怪我を負い、たった一人さまよう者には、死と隣り合わせの長旅になった。「みんな命がけで歩いていました」とマサコは言う。「家に帰りたかったのです[*45]」。

キヌの長男は二階に上がるとすぐに布団に突っ伏した。くたくたに疲れて、具合も悪く、血の滲む背中の火傷の痛みに顔をゆがめた。キヌは心血を注いで看病した。高須では誰もがそうだったが、キヌの配給も涙がこぼれるほど少なかった。近所では皆がなんとかしのげるようわずかなカボチャやサツマイモを分け合った。薬などなかった。電気は水道やガスより先にかろうじて復旧したものの、どれもこれも、からからガタンと音を立て、動きだしてはぷすぷす止まり、使えたり使えなかったりであてにならない。高級な水洗トイレも、電気がこないと無用の長物だ。ヴィクターが庭に穴を掘って排便しているところをマサコはこっそり見てしまったが、庭の草陰にはまだガラス片がきらきら光っていた。物資の不足に苦しみ、痛みにあえぎ、不安がつのるばかりの日々だった。戦争は続いていた。ヴィクターの具合は、ますます悪くなっていた。そしてキヌにも、病が忍び寄っていた。*46

VI 余波

28　ほろ苦い再会

広島に原子爆弾が落ちたことを初めてハリーが耳にしたのは、マニラにいたときだった。真っ先に頭に浮かんだのは、これでようやく戦争が終わり、自分は本土侵攻に加わらずにすんだということだ。「それについては誰もが喜んでいた」。ところが、このニュースがいかに深刻なものかを知ると背筋が凍った。この市の大半が消滅したかもしれないというのだ。[*1]

具体的な数字はまだ曖昧で、あとから変わる可能性もあったが、それでも犠牲者の数は気の遠くなるものだった。一瞬のうちに数万人が死亡したという。爆弾投下の一六時間後に、トルーマン大統領がラジオを通じて次のように宣言した。「なおもわれわれの条件を受け入れなければ、この地上でかつて見たこともないような、破壊の雨が空から降り注ぐものと思ってよいのであります[*2]」。

それでも日本は降伏しなかった。連合軍による九州侵攻の計画は、予定どおり進められた。八月一〇日、長崎に原子爆弾が落とされた翌日、ハリーはこの一帯の航空写真を見せられ、敵軍と戦うさいの戦闘序列（陸軍において戦時に発令される、ある軍事作戦を目的とした作戦部隊の臨時編成）についての指示を受けた。ハリーはさらに少尉に昇進し、ついに晴れて将校に任官された。

来たるべき本土侵攻に備えて語学兵の需要が高まったため、陸軍省は連合軍翻訳通訳部（ＡＴＩＳ）に新たな費用を出す計画を立てていた。少尉や中尉への任官が、三八名から三〇〇名と一〇倍近く増えた。太平洋戦域で二年以上務めたすえに、ハリーの肩には光り輝く金の線章が加わった。*3

マッシュビル大佐はマニラで兵士たちに宣誓就任させ、いつもながら自分の部下たちに感銘を受けた。「二世以外の連中だったら、マニラをめちゃくちゃにしかねなかっただろう。なんといっても、二日間で七〇〇人も昇進するなどというのは、兵士たちが軽く受け流せることではないから」と大佐はさまざまなレベルでの昇進についてこう回想しつつ、「ところが二世はこの知らせを、過去に悪い知らせを受けたときと同じように厳粛かつ謙虚に受け止めたのだ」と綴っている。*4

だが広島が壊滅したとの噂が漏れ聞こえるにつれ、ハリーの気分は暗くなった。家族が被害に遭ったかはわからなかった。「日を追う毎につらくなってきたよ」。さらに気落ちすることに、捕虜収容所にいる数百人もの日本人捕虜に、この爆弾について説明する仕事がまわってきた。この兵器に対応する日本語がまだ存在しないので、ハリーたち語学兵は、「原子の（atomic）」と「爆弾（bomb）」をつなげて「ゲンシバクダン（原子爆弾）」という文字どおりの訳語をこしらえた。実際、同じ言葉が日本でも使われていた。*5

目の前に並んですわる捕虜たちにハリーはこう告げた。この強力な兵器は「ＴＮＴ爆弾数千トンに相当」するもので、「たった一度の爆発で、広島全市が吹き飛んだのだ」。どのみち彼らに伝えるよう命じられたのはそのことだった。核分裂の性質まで突っ込んで話すことはできなかった。「原子爆弾とは何なのかも知らなかったからね」。被害についても説明できなかった。荒廃した状況を頭に浮かべるのは難しかった。放射線の影響に関する報道は、それ自体が謎めいていて、日ごとに変わった。

ただし漏れてきた情報は、ただならぬものだった。少なくとも一〇〇年のあいだ、広島には草木も生えないだろうといった恐ろしい予想もあった。*6

捕虜の中には、おそらく広島出身か、広島に家族や親戚のいる者もいた。重苦しい一日の、肌にまとわりつく暑さのなか、放心したままの捕虜たちのまわりを蚊がぶんぶん飛んでいる。言葉を失った捕虜たちは、何一つたずねなかった。沈黙がどれほどの思いを押し隠しているのかをハリーもじゅうぶんに理解していた。*7

それから数日経った八月一五日の正午、捕虜たちの日本にいる同胞の民が、天皇の声を初めて耳にすることになった。ラジオから流れる天皇の言葉を聞きに、隣近所の人々が集まってきた。雑音がひどいせいで、鼻にかかった天皇の甲高い声も「公式令」に定められた言葉遣いも、いっそう聞きとりにくかった。現人神《あらひとがみ》とみなされた支配者と、その下々の臣民との隔たりが、かつてないほど広がったように見えた。短い呼びかけのなかで、天皇はその臣民に「耐え難きを耐え、忍び難きを忍ぶ」よう求めた。戦争は終わった。自分たちの国は負けたのだ。人々はうなだれ、ある者は安堵して、またある者は苦悩のあまり声をあげて泣き、それからあまたの複雑な思いを胸に、葬式のように押し黙り、おのおの自分の家に帰っていった。*8

同じころ、はるか彼方の太平洋戦域全体を、目もくらむような歓喜の波が席巻していた。この全域に一五〇万人を超えるアメリカ兵が送られ、そのうち七五万人がフィリピン諸島に駐留していた。マニラは瓦礫の散乱する街から一瞬にしてアメリカ人とフィリピン人の騒々しい祝祭の場に変わった。その晩、車で渋滞した通りという通りで運転手がひっきりなしにクラクションを鳴らし、兵士が鉄パイプでジープをカンカン叩いては銃を天に向けて発砲し、オレンジの曳光弾が空にいくつも弧を描いた。翌日、第三三師団の兵士たちは二日酔いに呻く仲間を介抱しながら、師団の機関紙『ギニアピッグ』の見出しを見てにやりと笑った。「戦争は終わった――二四時間経ってもいい見出しだぜ」。[*9]

ハリーはどうにも気持ちの折り合いをつけられずにいた。この戦争は三年と八ヶ月続き、そのうち二年以上も太平洋を島伝いに移動してきた。侵攻は覚悟していた。「そしたら戦争が終わったんだよ」。家に戻りたかった。けれどおおかたのアメリカ兵とは違って、ハリーには迷いがあった。ハリーにとっては、家族との強い絆と自分の居場所は、一つに重なるわけではなかったからだ。[*10]

母や兄弟たちが広島にいるとしたら、はたして生き延びることができたのだろうか。「考えれば考えるほど、気持ちが沈んでいった。皆が死んだとしたら、それは僕のせいだとすら思うようになった。僕は自分から志願して、皆を敵にまわして戦ったのだから」。自分がアメリカ陸軍に入隊しても家族とはなんら関係ないと、ずっと自分を納得させてきたのだが、いまになって自分は共犯者なのだという後ろめたい思いに胸がつぶれそうになった。[*11]

初めのうちは、日本に行くと思っただけで耐えられなかった。「行ってもしかたないと思ったよ」。けれどしばらくして、やるだけやってみようと覚悟を決めた。フィリピン諸島での長びいた任務から多くの二世が解放されていたが、ハリーは第三三師団に付いて日本に行くことを決意した。配属された先がどこであろうと、そこから広島まで行けるかどうか判断すればいい。[*12]

それから二週間あまり経った一九四五年九月二日、雲が低く垂れ込めた、ひんやりとした夜明けの東京湾で、おびただしい数の米英の軍艦に囲まれた戦艦ミズーリ号が、連合国に対する日本の正式な降伏を待っていた。午前九時少し前、梅津美治郎《よしじろう》参謀総長と重光葵《まもる》外務大臣の率いる総勢一一名の日本全権団が、終戦前に建造された最後の米国艦船にかかるタラップを歩いていた。ミズーリ号は重々しい空気に包まれていた。トルーマン大統領の出身州にちなんで、ニューヨーク海軍造船所にて大統領の娘のマーガレットから命名されたこの船は、これまで硫黄島、沖縄、そして日本沿岸部への攻撃に臨んできた。ほかならぬこの朝、東京に向けられたミズーリ号の一六インチの大砲九門が装塡され、ここから必要とあらば二七〇〇ポンドの砲弾を六〇秒以内に二〇〇マイル以上飛ばすことができた。

水兵たちが、艦船の甲板上にそそり立つビルのような建造部分にひしめき合いながら身を乗りだし、外国の記者やカメラマンたちが、巨大な砲架に陣取って眼を凝らし、陸海軍の将官たちが、緑のフェルト布をかけた台から少し離れた場所にずらりと並んでいる。マッシュビル大佐に先導されて、チーク材の甲板にあがった日本全権団を出迎えたのは、嫌悪の視線と水を打ったような静寂だった。将校たちに混じって、その場に二世の少尉が三人いた。カリフォルニア出身のトム・サカモトとノビー・ヨシムラ、そしてハワイ出身のジロー・ユキムラだ。トムとノビーはハリーと同じく、一時期を日本で過ごした経験があった。ノビーには、やはりハリーと同じく徴兵年齢に達した兄弟がいた。日本全権団の味わった不快きわまる思いを、彼らほど理解した者はいなかった。[*13]

連合国側の人間たちと並ぶと日本人がやけにちんちくりんに見えるのにトムとノビーは驚いた。語学兵たちには息の詰まる沈黙が一五分ほども続いた気がしたが、その間、日本全権団は待たされたままだった。「これは一国が完全な敗北によって面目を失った場面だった」とトムは書いている。「敗戦国がどれほど惨めなものかを痛感させる場面だった」[*14]。

降伏の手続きは、艦長が祈りをささげ、アメリカ国歌「星条旗」の録音が流れることで始まった。ダグラス・マッカーサー将軍、連合国九ヶ国の代表、そして日本の政府高官二名が、正式な降伏文書二通に署名した。数分のうちに万事がすべて終わった。

インクの乾くあいだ、数千もの艦上戦闘機とB－29「超空の要塞《スーパーフォートレス》」が東京湾や沖合の空を轟音とともに旋回し、手探りの占領の黎明期に連合国の軍事産業の力をこれみよがしに見せつけた。トムはこう書いている。「私にしてみれば、南西太平洋諸島のむし暑いジャングルで二五ヶ月も戦ったあと、戦艦ミズーリ号で迎えたこの瞬間は、自分が光栄にも目撃できた何よりも感極まる一幕だった」[*15]。

それから一週間と経たないうちに、トムは日本の状況を見て打ちのめされた。広島を訪れた外国の報道陣に通訳として付き添ったトムは、爆弾が「街全体の空気を吸い尽くしてしまった」ように感じた。病院には、大半が老人や婦女子からなる患者たちが横たわり、ひどい火傷を負って、顔じゅう水ぶくれになっていた。真っ黒いハエがたかっていた。東京に向かう飛行機に早々に乗り込んだ記者たちは、「誰もひと言も口をききませんでしたよ」と、トムは何十年経ったあとも声を震わせて語る[*16]。

最初に日本に来たアメリカ人のなかでも、トムとノビーのこの反応は、いまや敗戦国となったかつての帝国の地をまだ踏んでいないハリーにとって、決して良い兆しとは言えなかった。

九月二五日、第三三師団は広島の約二五〇キロメートル東にある和歌山県の海岸に上陸した。晴れ渡る空の下、上陸船がぞくぞくと兵士たちを吐きだし、ハリーも膝までの水をかきわけ浜にあがった。日本人が数人、砂丘に腰をおろし、険しい顔でこちらを見据えている。人気《ひとけ》のないがらんとした通りをずんずんと進んでゆくと、道端のそこここに子どもたちがたむろしているのが目にとまった。ボタンのついたぼろぼろのシャツから骨ばった肩があらかたむきだし、凹んだ腹のあたりの布がだぶついている。どの子も皆、頭皮をぼりぼり掻いているようだ。見ると頭にシラミがびっしりついている。

ハリーの同僚で同じく広島に家族のいるマス・イシカワは、港近くに上陸すると、海岸沿いにずらりと掘った塹壕や、先の尖った竹槍の束が目にとまった。「僕らはあれに立ち向かうはずだったのか」。そしてこう自問した。「そうなったら、いったい僕らは何をしていたことか」[*17]。

背景の複雑なハリーとマスだけが自分の気持ちと格闘していたわけではない。人垣の中に、ヒデヨシ・ミヤコという一〇代の青年がいたが、彼はアメリカ人をそれまで一人も知らなかった。この敵を憎んではいたが、それでも思わず目が釘付けになった。本当は来たくなかったのに、母親に無理やりよこされた。アメリカ人が菓子を配っていると聞いた母親は、妹のためにおやつを手に入れたがった。けれど女は強姦されるという噂を誰もが聞いていたので、ヒデヨシが家族を代表して行くよりほかなかった。砂糖の甘い味を一度も知らぬ妹をちらりと見てから青年は家を出た。

ヒデヨシは目を丸くした。昼間だというのに、ジープやトラックがヘッドライトをつけたまま、輸送船からぞろぞろ出てくる。後ろから押さないと上り坂をあがれない、日本の木炭バスとは雲泥の差だ。兵士たちは完全武装しているが、若くて、陽気で、にこにこ笑っている。手を振っている者もいた。「旅行から帰ってきた友だちみたいに見えました。自分たちがいままで戦ってきた敵ではなくて」。

つい最近まで特攻隊の兵士として訓練を受けていたヒデヨシは、驚きに目を瞠った。兵士たちがチョコレートを投げたので、あわてて何枚か掴《つか》んだ。この五年ものあいだ、甘い菓子など口にしたこともない。警戒心がいっきに吹き飛んだ。群衆に混じってヒデヨシは思わず叫んでいた。「ギブ・ミー・チョコレート！」その瞬間、この長くて過酷な年月にくすぶっていた憎しみが「シャボン玉がはじけるみたいに消えました*[18]」。

群衆の中に誰も知った顔は見つからなかったが、ハリーもまたこの光景にあっけにとられた。そこには反発心のかけらもなかった。「信じられなかったよ」とハリーは言う。まだ口にするほどではない、ほんのかすかな希望の種が、共犯者の責め苦をいくらか軽くしてくれた。いつの日かまた戻ってこられる機会があったなら、「僕には戦後の日本の復興を手伝う責任がいくらかあると思ったね」とハリーは回想する*[19]。

神戸の師団司令部に配属されたハリーは、第三三師団の主任通訳を務めることになった。アメリカ人の戦時捕虜を解放し、日本軍を武装解除し、治安を維持する役目を与えられ、連日仕事に没頭した。空いた時間には、広島についての情報を探し求めた。もしも鶴のように飛んでゆけるのなら、広島は二五〇キロ先にある。かの地がいまどうなっているのか、まるで誰も知らないかに見えた。ハリーが上陸する少し前に、占領当局は軍と日本の報道機関に対し、原子爆弾についての報道を禁止した。ハリーは神戸でアメリカ人の官僚や日本の警察にひそかに当たってみたけれど、彼らも非公開の情報をいっさい持っていなかった*[20]。

一〇月の初めに軍の報道管制は解かれたが、日本のメディアによる報道は禁止されたままだった。家族の安否を確認するのは、どうやらひと筋縄ではいかなそうだとわかった。アジアに駐留するアメリカ部隊のための機関紙『パシフィック・スターズ・アンド・ストライプス』は、広島で家族を探す二世の記事をいくつか掲載していた。ある兵士は三人の姉妹を見つけたが、母親はすでに亡くなっていた。別の記事は、さらに三人の兵士が広島と長崎で家族を探していると報じていた。「身内の者を見つける努力は、これまでのところ、いずれも報われていない」と記事にはあった。[*21]

「どんなささいな報道も、予想していたより暗いものだった」とハリーは言う。「爆弾が落ちていない場所ですら、人々は飢え死にしかけていた」。精神の平穏を失う覚悟で身を捩《よじ》る思いの捜索をすべきどうか、正直自分でもわからなかった。「家族を探して徒労に終わるのが怖かったし、何かわかったところで、ひどくつらい思いをするんじゃないかと怖かったんだ[*22]」。

それでも、ほんのかすかだけれど希望ももっていた。思えばニューギニアでシゲル・マツウラと驚くべき遭遇をしたからかもしれない。あれから一年も経つが、あのときのことがずっと頭にあった。「マツウラについて言えば、どうみてもありそうにないことだった」。この厄介な遭遇について、別の見方をしてみたらどうだろう。ともかく自分もマツウラも、この戦争を生き延びて、ともに未来が待っている。もしかして広島でも、同じくらいありそうにない筋書きが用意されているともかぎらない。「ひょっとしたら」とハリーは考えた。「僕の家族が奇跡的に見つかるかもしれないぞ[*23]」。

クラークソン将軍に相談すると、広島に行くことを特別に許可してくれた。ときたま訪れる記者や増え続ける科学者の集団を除いて、まだ広島はおおむね立ち入り禁止になっていた。植物が異様に成長し、城内の軍本部の焼け跡にはカンナが青々と芽吹き、大輪の花をつけている。そして病気も蔓延していた。医師たちが広島を訪れ、なぜこれほど多くの患者が二、三日おきにばたばたと死んでいくのかを突き止めようとしていた。この不可解な新しい病気を、医師は「ゲンバクショウ（原爆症）」と呼んでいた。[*24]

ハリーはこの街に行こうと二度試みて挫折した。こぢんまりした軍用車隊《コンボイ》に、衣類と毛布、食料品を載せて向かったが、狭い道路のあちこちが破損していて、もと来た道を引き返さざるをえなかった。だが苛立ちや不安に駆られても、しばらく待ってから再度挑戦することにしたのは正解だった。場所によって海面より低い広島は、九月にまれに見る大型台風に襲われ浸水した。雨が何日も降り続き、街を貫流する七つの川が氾濫し、半数以上の橋が流され、砂利道に亀裂が走り、原爆投下後すみやかに復旧した鉄道をまたも停止させた。一一月まで鉄道の運行が完全に再開される見込みはなかった。激しい豪雨のせいで、爆弾の影響を調べていた京都帝国大学の科学者一一人が犠牲になった。大規模な土砂崩れによって彼らのいた病院が流されたのだ。一〇月八日には、次の台風がこの一帯を襲った。この街の受難は果てしなく続くかに思われた。高須近辺では、豪雨で田畑に深い水たまりがいくつもでき、爆弾で壊れた家々が水浸しになった。役所では、救助や救援に要する職員が足りなくなった。[*25]

それでも住民は、この事態に対処した。美しい宮島では、ハリーのいとこたちが海岸に石を積みあげ堤防をこしらえ、押し寄せる波が蛇行する小道を伝ってひしめく家や店をなぎ倒すのを防いだ。マサコは壊れた橋を通らずに、渡し船で川を渡って高須から市中に入った。マサコは洪水で橋がしょっちゅう流されたことを覚えている。この秋には、おそらく広島の空も涙していたにちがいない。[*26]

一〇月一六日、ハリーは三度目の挑戦で広島に向かった。運転手を調達し、スピードと機動性を優先して一台のジープに詰めるだけのものを詰めた。運転席に座るのは、ハリーの運転手のチェスター。

六フィート三インチの青い目のブロンドで、ミシガン州出身の農家の青年だ。ハリーいわく「おっかなびっくりの」チェスターと、絶望的に方向音痴のハリーの二人組は、午前一〇時に出発した。ハリーは期待で胸をふくらませた。こうなったら一刻も早く家族のいる家に戻りたかった。[*27]

二人は西に向かい、アメリカ兵もジープも見たことがない人たちの住む村々を通りすぎた。車はわだちの刻まれた道を土煙をあげて進み、岡山市内に入ったが、ここは激しい空爆の被害からまだ立ち直っていなかった。橋が何本か流されているので、線路を横断し、さらに幅は広くてもさほど深さのない川を渡っていくしかない。駅前でいったん止まり、通過する列車を避けようと運行予定をたずねたが、駅長は表情一つない顔でわからないと言うだけだった。しかたなく二人は先を行き、線路をがくんがくんと跳ね越えた。運を天に任せ、お尻が痛くならないよう、ゆっくりゆっくり進みながら。チェスターがハンドルを握り、ハリーが指示を出す。「引き返すことなど頭になかったなあ」[*28]。

とある鉄道の合流点で、あともう少しで線路を渡り終えるというときに、ジープの車輪が軌条と軌条のはざまに挟まってしまった。二人の耳に、こちらに向かってくる列車の音が聞こえてきた。ハリーが走って後ろにまわり、ジープを押して上下に揺らしたが、エンジンが唸りをあげるもタイヤはびくとも動かない。田んぼでその様子を見ていた農夫たちがぱらぱらと逃げだしたが、通りすがりの数人が駆けよってきて、車の端を持ち上げてくれた。「間一髪」でジープはガタンと動きだした。ハリーが言うに「アドレナリンがぶわっと出たよ」[*29]。

広島まであとわずか八〇キロメートルほどの、激しい空爆を受けた福山に着いたころには、すでに通りは闇にとっぷり沈んでいた。市内の街灯も道路標識も、だいぶ前に戦争遂行のため供出されていた。すでに二人は一日じゅう移動していた。広島までの道路の状況を聞こうと、警察署に立ち寄った。

二階で寝ていて降りてきた署長は、いきなり二人のアメリカ兵に挨拶されて泡を食った。ハリーはチェスターを前に突きだし、将校のようにふるまわせ、自分は部下の通訳のふりをした。「ただ立っているだけでいいからね」と、この一九歳の兵士のそびえ立つ巨体とライフルが威を振るってくれることを祈った。青年は精いっぱいがんばった。口がきけないみたいに見えたし、「ずっとがくがく震えていた」けれど。土地の情報をいくらか仕入れると、二人は休憩もとらずに先に進んだ。*30

道すがら、ときおり日本人の復員兵がたむろしているのを見かけた。消毒用アルコールで酔っ払った男たちが、大声で歌ったり叫んだり、ああだこうだ言って揉めている。衝突を避けるようにとの警官の忠告に従って、ハリーとチェスターは男たちをよけて遠回りした。

とうとう呉までやって来た。ハリーには懐かしい土地だが、ここもB－29によって破壊されていた。ガソリンを補給しにアメリカ軍の基地に寄った。どこに向かうのかと衛兵に聞かれたので、「広島だ」とハリーが答えた。

「あそこには入れません」と衛兵が言った。ハリーとチェスターはそそくさとその場を去った。「どのみち、誰も僕らを止める者はいなかったよ」。呉から先は舗装路になっている。冒険家たちには、なんともありがたい眺めだ。午前一時を過ぎたころ、車は市境《しざかい》を越えた。*31

広島駅でハリーはジープを降りた。この堂々たる鉄筋コンクリートの歴史的建造物は、焼け焦げて、ひび割れた骨組みと化し、窓も天井も床も抜け落ちていた。この場所から、街が数マイルも果てしなく見渡せた。水平に広がる眺めを遮《さえぎ》るのは、ぽつぽつとわずかに残る建物の残骸だけだ。

「何もかも不気味で、生きているものなど何一つないかに見えた」とのちにハリーは書いている。「動くものもなければ、物音一つしない。唯一無傷に見えたのは、市内電車の線路と、かつてお寺があった周辺の墓石くらいだった」。胸がつかえて苦しくなった。これでは高須の家が無事だとはとうてい思えない。*32

ふと見ると、男が二人、焚き火を囲んでいる。線路からはずれて瓦礫の中に垂直に突っ立った市内電車に、男たちは腰掛けていた。高須まで行きたいのだが、どこでなら川を渡れるかとハリーがたずねた。男たちは酔っぱらっているらしく、酒の匂いをぷんぷんさせて、顔を上げようともしない。炎が男たちの顔をちらちら照らしている。「魂が抜けてるな」とハリーは思った。

ついにチェスターとハリーは、普通なら一時間もあれば着くはずの高須に、駅から数時間かけて辿り着いた。高須に近づくころには、日が昇りはじめていた。神戸からほぼ一日がかりの旅だった。*33

高須の優雅な街並みは、この世ならぬまどろみに包まれていた。ジープの音を聞きつけて、せめて犬でも吠えてくれないかと思ったが、生きとし生けるものの姿は皆無だった。戦時中に飼われていた動物は、餓死するか食料にされたのだと、あとからハリーは耳にした。頭がぼうっとなりながらも、ハリーは母親の住む家の前に車を止めるようチェスターに合図した。この家には一九三八年の数ヶ月間、暮らしていた。ふと見ると、玄関先の生垣が黒焦げになっている。家はいくらか傾いていて、屋根がめくれているようだ。玄関扉に向かう途中で、ハリーははたと足を止めた。扉の塡《は》めガラスが一枚残らず失くなっている。*34

家の中では、一階の畳の間で寝ていたキヌと、たまたま来ていたキヨの二人が、ジープの音にびっくりして跳ね起き、家の前で車が止まるのを慄《おのの》きながら見つめていた。敵の兵隊が略奪しに来たと思った二人は、階段を転がるように駆けあがると二階に隠れた。高齢の女性ですら強姦されると噂に聞いている。

チェスターと肩を並べたハリーは、扉を叩いて、しばらく待った。ようやく扉が開くと、奥に姉妹が立っていた。二人をよく知らなければ、きっと誰だかわからなかっただろう——どちらもめっきりやつれてしまい、顔色も悪く、ひどく年老いて見えた。そのうえ困ったことに、母親もおばもハリーをきょとんと見つめている。

キヌはチェスターを見上げて、それからハリーに視線を落とし、何度も視線を往復させた。ハリーは、抗マラリア薬のアタブリンの副作用で自分の顔が黄ばんでいるのは知っていたが、ひと目見て自分だとわかってくれるものと思っていた。ところがさっぱり反応がない。

「母さんたちの目に、僕は一人のアメリカ兵にしか見えなかったんだ」とハリーは推しはかる。姉妹は怯えているようだった。とうとうキヌの目がハリーの目と合ったので、ハリーは大きく息を吸ってから、丁寧な口調で、ミドル・ネームを名乗り、「お母さん、カツハルです。ただいま帰って参りました」と言った。[*35]

キヌは目をぱちくりさせた。誰もひと言も発しない。ついに、キヨが甥っ子だと気づいて大声をあげた。「ハリーじゃないの！」キヌは目に涙をいっぱい溜めて、黙ってそっと両手を広げた。これまでの年月も、離れていた距離も瞬時に消えて、母と子はしっかりと抱きあった。[*36]

二人が体を離すと、キヌはなんとか冷静に頭を働かせようとした。ハリーの軍服と拳銃を見てキヌは混乱していた。ハリーはアメリカにいるはずだし、軍隊に入ったなんて寝耳に水だ。「あんた、ここで何しよるんか？」どこかから逃げてきたのだろうか。それならすぐにジープを隠さなくては。[*37]

「なんで母さんたらそんなこと言うのかな？」と首をかしげながらも、ハリーは大歳神社の近くにジープを隠した。ここは少し前から原爆被災者の救護所になっている。おそらく母親は、近所の人が占領軍の車を見てどう反応するか心配したのだ。報復されないよう息子たちを守ろうとしたか、あるいは近所の人をむやみに脅かしたくなかったのだろう。ハリーにはわからないことが、一家の暮らしにはずいぶんとあったのだ。*38

七年ぶりくらいか、ハリーは母親の家に入った。玄関広間にはアール・デコ様式の吊りランプが下がり、昔々父親が中折帽をかけていた鏡のついたスタンド型の帽子掛けが置いてある。ヴィクターは二階で寝ているとキヌが教えた。階段を上がっていくとき、ハリーは階段の壁にガラス片が埋まっているのに気がついた。兄の部屋の扉を開けると、汗と乾いた血と膿の匂いに思わずむせ返った。ヴィクターは布団にうつ伏せになって寝ていた。むきだしの背中には皮膚がほとんどなかった。

ヴィクターは最初、弟のことがわからなかったが、ハリーが声をかけると弟の目を覗き込んだ。「兄はあまり話すことができなかったよ」とハリーは振り返る。それでも微笑んでハリーの声に耳を傾けた。*39

ハリーは兄の顔をまじまじと見た。その顔はひどい火傷を負っているふうには見えなかった。ヴィクターは長い年月と数々の苦しみを経ながらも、穏やかな顔で、ハリーと懸命に話そうとしていた。兄弟はほんの少しのあいだ言葉を交わした。自身の火傷のことについてヴィクターは何も言わなかった。

階下ではキヌがおろおろしていた。ハリーとチェスターに何か出してやろうにも、サツマイモの薄切りとティーカップの水しかないのだから。自分たちをなんとかもてなしたい母親の気持ちはありがたかったが、ハリーは何か食べたい気分でもなかった。それよりすぐにでもピアスとフランクに会いたかった。キヌの話では、二人ともつい最近こっちに戻ってきて、いまは働いているという。まだ朝も早いうちからハリーはフランクの職場まで歩いていくことにした。

少し前に戻ってきて以来、家族には食料と薬が必要であることをフランクは痛切に感じていた。戦後はインフレが急激に進み、フランクは闇市を利用せざるをえなかったが、そのためには金をできるだけたくさん、手っ取り早く稼ぐ必要があった。数日前から儲けになる仕事を始めていた。錆びついた英語を磨きなおして、アメリカの原子爆弾調査団が正確な爆心地を突き止める作業の手伝いをしている。ここ数日のあいだ、目標地点の近くに建つ建物や小屋の扉を叩いては、「爆弾が落ちたとき、あなたはどこにいましたか？」と日本語で訊きまわっている。[*40]

だが、なかなか進んでは答えてもらえない。「「ドウゾヨロシク」と挨拶してから」質問に移ろうとすると「いい顔はされなかったよ」。調査団の医師たちは住民の顔や背中を調べても、治療はしなかった。なかには意思の疎通をはかれないほど弱っている人もいたが、それでも戦勝者たちを拒むことはできなかった。こうしたやりとりにフランクは胸が悪くなった。ハリーがあらわれたとき、その日もフランクは研究者との憂鬱な巡回訪問に出かける仕度をしていた。[*41]

ハリーの顔を見ると、フランクは飛びあがらんばかりに喜んだ。とはいえアメリカ軍の制服にはとまどった。母の書いた手紙を何度も投函したというのに、どうしてハリーは軍隊になど入ったのか。それに、いまもソーダ瓶の底みたいにぶ厚い眼鏡をかけているから、徴兵検査に受かったとも思えない。二世として強制送還されてきたのだろうか。それに、このハクジンの兵士はハリーの護衛なのか、それともハリーがこのアメリカ人の運転手なのかな？　この白人の男がハリーに何を言っているのか、フランクにはひと言も聞きとれなかったが、どうやらハリーも弟が混乱しているのがわかったようだ。「僕と神戸に行かないかい？」　ハリーが日本語でフランクにたずねた。幼いころは兄の自転車のサドルにちょこんと腰掛けたし、少年のころはハリーの馬鹿話を夢中で聞いていたし、一〇代のころは兄のために蓄音機をせっせと回したフランクに、迷いはなかった。「はい」と答えた。何年離れていたって関係ない。病弱な母と兄の面倒を見るために、本当なら毎日金を稼がなくてはならないのだが、それでもフランクは上司になんとか言い訳すると、兄弟そろって出発した。*42

一行は船に乗って、ピアスに会いに広島湾に浮かぶ島の一つに渡った。この島の病院で、ピアスはアメリカ人科学者の通訳として働いている。ピアスも兄に会えて目を輝かせて喜んだ。けれど神戸に行きたくないかとハリーに訊かれると、返事をためらった。いつも出しゃばらない性質《たち》のピアスは、さしあたって広島にとどまることにした。

それから数時間も経たないうちに、ハリーと、ハンドルを握るチェスター、そして後部座席のフランクは、荒廃した白島《はくしま》の街に入った。ここで小屋に一人で暮らしているチエコを見つけた。チエコもヴィクターと同様、痛みに弱音を吐くことはなかったが、深刻な放射線病にかかっていた。神戸まで連れていってあげるから、そこで治療を受ければいいとハリーが勧めた。チエコはその申し出を断ったが、ハリーの思いやりには感謝した。「兄さんの帰りをここで待っとらんといけんけえ」。戦地から兄が戻ってくることにチエコは望みをつないでいた。*43

ハリーとフランクとチェスターの三人が次に向かったのは、そこからほど近い場所にある、マツウラ家がさしあたってわが家と呼んでいる片屋根の小屋だった。ハリーもフランクもこの高齢の夫婦には会ったことがなかった。キヌやキヨと同じく、この夫婦も突然の訪問客にたいそう面食らった。ハリーが日本語で挨拶し、自分も以前、この白島に住んでいたと話すと、二人はぽかんとした顔をした。夫妻の一人息子は健在で、いまはオーストラリアにいるが、いずれ戻ってくるだろうとハリーが伝えると、妻は顔をこわばらせた。この母親は息子が死んだという知らせを一年前に受けとっていた。息子の部隊は「全滅しました」と母親が言った。「あの子は死にましたけえ」。そうではないといくら言っても、「あの人たちはアメリカ軍の制服を着たハリーの話に耳を貸そうともしなかったよ」とフランクは言う。それにハリーの話が本当だと認めれば、息子が捕虜になっていて、名誉の戦死などしていなかった恥辱と向き合わねばならなくなる。ハリーが善意でしたことは、完全に失敗だった。「しかたがないよ」とフランクがなぐさめた。*44

その晩、一九三八年以来初めて、キヌの息子のうち三人が一つ屋根の下に揃った。もちろんチェスターとキヨも一緒だが。キヌは疲れた様子で食欲もほとんどなかった。しばらくしてフランクは母親の具合が悪いことをハリーに打ち明けた。キヨにも日頃の元気はなかったが、歯に衣着せぬ物言いは健在だった。「おばさんは、あの白人の青年を家から追いだせと言ったんだ」とフランクは振り返る。ハリーはおばの要求を聞き入れなかった。その晩、母親の家に泊まったハリーは、チェスターと一緒の部屋で寝た。*45

広島を発って神戸に向かう前に、ハリーは隣近所をまわって、母親の面倒を見てくれたことへの感謝を伝え、年長の息子としての礼儀を果たした。ドアをあけてハリーを見たマサコは、マツウラ家を慌てさせた軍服のことには触れなかった。マサコは大喜びし、いつもの歌うような弾んだ声で叫んだ。

「ご無事でよかった！」[*46]

食料や物資を持ってすぐに戻ると約束すると、ハリーたちはジープ――工具箱とスペアタイヤがなくなっていたが、あの晩、神社の脇に停めたときに盗まれたらしい――に乗り込み、途中、物資を積むために呉の近くの基地に立ち寄った。衛兵が運転手ではなくハリーに敬礼すると、フランクはきょとんとした。兄の立場がいま一つ呑み込めていなかった。さらに工具とタイヤはもとより軍の配給品や板チョコ、オレンジなどの入った箱をハリーが車に積みはじめると、その量のあまりの多さとハリーの堂々とした振る舞いにあっけにとられた。走行中に食料品が転がらないようフランクはしっかりと手で押さえた。あのオーバーンでの最後の夏、母親が現金よりも野菜や果物を集めていたときにそうしたように。

真夜中を過ぎたころ、一行は神戸に着いた。衛兵が今度もハリーに敬礼し、チェスターがいとまごいをして下士官兵の宿舎に戻っていくと、フランクはハリーのあとについて将校の宿舎になっている豪華なオリエンタル・ホテルに入っていった。そのときようやくフランクは、ハリーの立場を理解した。頭がすっかり混乱し、おまけに板チョコを何枚も食べて気持ちが悪くなったフランクは、その晩一睡もできなかった。

それでも翌日には、長らく配給になっている新鮮な卵がいくつも入った夢のような朝食をたいらげるほど元気になった。ハリーと一緒なら将校のエリアでも、フランクも好きな食堂で食事をとっていいと、クラークソン将軍が言ってくれた。そのうえ新品のアメリカ軍の下士官や兵の着る制服の冬用と夏用を二着ずつ、それから綿の下着に革靴まで、正式な軍帽以外一式全部をフランクにくれた。フランクの着ているカーキ色のコクミンフク（国民服）は高岡の学校にいたときに支給されたものだったが、あちこち擦り切れ、真鍮のかわりの粗末な木のボタンも黒い塗装があらかた剥げていた。アイロンのかかった新品の服をもらって、フランクは気が遠くなるほど嬉しかった。そして食欲もまだまだとまらなかった。それから数日のあいだ、一日五食も腹におさめた。何切れもの牛肉、山盛りのマッシュポテト、たっぷりのマヨネーズ。これまで胸を焦がしたありとあらゆるものが、セルフサービスで、桁外れの量で、目の前に用意されているのだ。

兄弟は膝付き合わせ、腹を割って話したりはしなかった。お互いにどんな苦労をしたかは知らずとも、フランクはこの兄を無条件で信頼することにした。思い起こすかぎり、この兄が大好きだったし、尊敬していた。「ハリーは兄と父親の両方を兼ね備えていたようなものだったな」とフランクは言う。戦争で深い淵が穿《うが》たれようと、この兄とのあいだを邪魔するものなどあるものか、そうフランクは思った。[*47]

神戸への道すがら、ハリーは思いがけない満足感にひたっていた。母親が見つかった興奮がまださめやらず、嬉しくて胸がはち切れそうだった。「また会えるとは思っていませんでした」とハリーは日本人の記者に語っている。[*48]

この喜びにはさらに褒美があった。宮島の紅葉《もみじ》が鮮やかな朱に染まるころ、自分のくだしたもろもろの決断に対する罪の意識は和らいで、ハリーは家族の安否をつねに案じる日々から解放された。シカゴにいるメアリーも含めて、フクハラ一家は生き延びたのだ。

29　心乱す一通の手紙

一〇月も終わるころ、海軍による「マジックカーペット」作戦（第二次世界大戦で戦った兵士を本土に帰還させる計画）の一環として、第三三師団が部隊をアメリカに移しはじめた。太平洋地域にいる二〇〇万人の兵士が、これから一年かけて祖国に船で戻ることになる。二週間ごとに、有頂天になった「ゴールデンクロス」の兵士たちがパンパンにふくれたダッフルバックを肩からひっさげ、名古屋港に向かうため神戸で列車に乗り込んだ。イリノイの州兵から連邦軍に編入されていた師団だったため、「シカゴで会おうぜ！」という仲間たちの声が賑やかに飛び交うなか、クラークソン「大将」も部下たちの見送りに駆けつけた。列車が線路をがたごとと滑りだすと、部隊の楽団が「蛍の光」を演奏した。この歌をハリーは二ヶ国語でそらで覚えていた。*1

去っていく仲間に加わりたかったけれど、いまここを発つわけにはいかなかった。母親とヴィクターの具合が悪かった。九州から戻ったとき、頭髪が抜けたため母親が頭に布を巻いていたとフランクから聞いている。さらに歯茎から出血し、下痢の痛みで体を折り曲げるようにしていたが、それは放射線障害の典型的な症状だった。急性の症状はおさまったが、母親は体力を消耗していて、感染症にかかりやすくなっていた。そしてヴィクターはとりわけつらそうだった。火傷の痛みはまだおさまらず、治りも遅くて、体の不調はいっそうひどくなっていた。

戦争が終わってほっとしたのも束の間、人々には生き延びるための試練がこれでもかと待っていた。ささいなものから深刻なものまで、病が次々に顔を出した。毛細血管の不快な炎症である霜焼けが手や足にしょっちゅうできたし、チアミン欠乏による脚気やチフス、天然痘や結核にかかった。被曝が原因で免疫機能の低下した患者は、深刻な感染症にかかると命の危険があった。[*2]

広島では誰もが――患者も、介抱する家族も、診察する医師も――じゅうぶんな栄養をとれば回復が促されると知ってはいたが、食事を改善するのも並大抵の苦労ではなかった。経済が落ち込み、物価が急騰し、正規の市場でも闇市でも体にいい食材はなかなか買えなかった。皆と同様、マサコもこの時期を「タケノコ生活」と呼んでいた。タケノコの皮を一枚ずつはいでゆくように、着物や家財を売って食料などに変えるからだ。自分たちの暮らしを「タマネギ生活」と呼ぶ者もいた。売る物を選別するのもつらいうえ、一枚ずつはぐように大切にしていた物を手放すときに、涙もぽろぽろこぼれるからだった。[*3]

「普段着のほうが、値が高くつきました」とマサコは言う。「宝石よりも、ダイヤモンドよりも」。占領下にあった最初の年に、価格統制されているはずの正規の市場で卸値が五三九パーセントも跳ねあがった。物資の量も種類も豊富な闇市では、さらに値がつり上がる。贅沢品は持っていてもしかたなかった。ゆくゆくは自分の娘に譲るはずの絹の着物をマサコは売り払った。甘いものがどうしても欲しくて、板チョコ一枚に大枚をはたいた。[*4]

誰よりもつらい思いをしたのは、かつて羽振りのよかったキヨだった。コンペイトウ（金平糖）などの菓子の需要が減り、注文の入ったわずかな量をつくるにも配給の砂糖では足りず、商売は上がったりになった。戦後に皆が競って土地を買いだすのは、まだ先のことだったし、たとえ明治堂の土地を売っても、インフレが利益を食ってしまっただろう。所有していたほかの不動産も打撃を受け、家賃収入も途絶えた。やり手の商売人だったキヨは、孫のトシナオによれば、初めて「将来に希望を持つ」のをやめてしまった。アメリカの軍人たちは土産物を欲しがっていた。生計を立てるため、キヨはやむなく自分の艶《あで》やかな着物を売り払うようになっていた[*5]。

キヌもまた闇値についていけなかった。メアリーの着物を手もとに残しておくとも言わなくなった。ある日、ピアノを現金で買いたいという地方の学校との仲買人に出会った。キヌにとってこのピアノは心温まる思い出の詰まった宝物だ――シアトルでヴィクターやメアリーを膝の上にのせてあやした若かりしころから、オーバーンで元気溌剌な三人の息子を夢中で育てた日々、そして広島でチエコやマサコとともに鍵盤に指を滑らせた麗らかな午後――それでも米を買う金が必要だった。戦時中なら重くてかさばる物を売ればすぐに警察に目をつけられたろうが、もうその心配は無用だ。おそらくは自分と息子たちで二、三ヶ月あれば食べてしまう米一俵と引き換えに、立派なモナーク社のピアノが刺し子のふとんにくるまれ家から運び出されるのを、キヌはじっと見つめていた。せめてものなぐさめは、このピアノを囲むであろう若い生徒たちが、いまでは皆で揃って思う存分大きな声で歌えることだ。それに何より息子たちが飢えずにすむのだ[*6]。

第三三師団が解散すると、ハリーは家族を神戸に呼び寄せた。数部屋ある一軒家の二階を借りたのだ

フランク、ハリー、ピアス（左から）。1945年秋、神戸にて。フランクはクラークソン将軍によって支給されたアメリカ兵の服を着ているが、帽子だけは日本のものである。マラリアでやせ細ったハリーは、広島への原爆投下の4日後の1945年8月10日に少尉に昇進していた。（提供ハリー・フクハラ）

が、大規模な空襲に遭った都市では掘り出し物だ。広島の病院は重症患者でいっぱいで、ヴィクターやキヌのような比較的軽い患者の治療にまで手がまわらない。神戸では医師に診てもらえたが、それでも原爆症の患者をどうやって治療すればいいか、医師たちも途方にくれていた。

その冬、兄弟たちは並んで正式な写真を撮った。マラリアのせいもあり、かつてないほど痩せたハリーが軍服姿で中央にすわり、両脇に弟たちが並んでいる。フランクはカーキ色のアメリカ軍の制服を着て、日本の帽子をかぶっている。アメリカ軍の食事を何度もおかわりしたおかげで顔がだいぶふっくらしている。スーツにネクタイ姿のピアスは、まるでのんきな学者みたいだ。アメリカ軍の少尉を挟んで日本軍の兵卒だった弟が二人。日本の肖像写真らしく誰一人笑っている者はいない。オーバーンのアルバムに欠けていたヴィクターは、具合が悪くてこの場にも加われなかった。

家族が少しずつでも前に進んでゆくことをハリーは願っていた。起業の才があるフランクは、さっそく土産物屋を開き、錆びついた英語を磨きなおして進駐軍に骨董品を売るようになった。ピアスは元の道に戻り、学校を卒業することにした。母親とヴィクターが重い貧血症を患っていることを兄弟たちはまだ知らずにいた。「ときおりヴィクターは話ができたよ」とフランクは言うが、ハリーは「兄の状態は良くない」とわかっていた。それでもハリーは目をそらし――ヴィクターの背中の傷痕《あと》がだんだん消えて、痛みが和らぐことを願って——明るい未来だけを必死で見ようとしていた。

日本にとどまるようハリーに無理強いする者はいなかった。ハリーは出発の手続きを進めたが、それは翌年の三月一日までかかった。軍役を終えたらハリーは戻ってくると家族は信じていたのだが、それがいつになるかは誰も知っていなかった。再会してまもないころにハリーとフランクは神戸新聞のインタビューを受けた。そのときは、いったんアメリカに帰ったあと、ふたたび神戸に戻って、できればカレッジの専門を生かして貿易事業をやりたいとハリーは記者に語っている。その場の雰囲気もあったし、家族と再会したばかりで舞いあがってもいた。思わず口をついて出たもので、具体的に計画していたわけではなかった。

正直なところ、ハリーは日本に住みたいとは思っていなかった。結局は、一度も心から親しみを覚えたことのない、いまでは荒廃した国だった。戦後の大変な時期を家族が乗り越えられるようこれまで助けてきたし、自分のいないあいだも家族が生活に困らないようできるかぎりの援助はするが、アメリカが手招きしていた。ハリーは家族と愛情で結ばれながらも、ふたたび別れて暮らすことになる。キヌとピアスとフランクがハリーを見送るのは、これが初めてではなかったが。

一九四六年三月一四日、ハリーはワシントン州フォート・ルイスに着いて、なつかしい地を踏んだ。もはや旧交を温めたくてしかたない、無邪気で怖いもの知らずの一八歳ではなかったし、オーバーンで寒々とした対応を受けたことを忘れてはいなかった。シアトルでひと晩過ごすと、故郷に背を向け列車で南に向かい、太陽のまぶしいカリフォルニアをめざした。そこでマウント夫妻を訪ねるつもりだ。ハリーがようやくワシントン州オーバーンの芳しい匂いのするイチゴ畑に戻って、瀟洒なレンガ造りの家が並ぶ大通りを車で走ったのは、それから半世紀あまりも過ぎてからのことだった。「なんてこともなかったよ」とハリーは口にした。*8

続いてハリーはシカゴにいるメアリーのもとに向かった。姉はフレッド・イトウと再婚し、娘がもう一人生まれていた。メアリーは弟の顔を見て大喜びし、もうすぐ六歳になるジーニーもおじさんに会えて大はしゃぎだった。それでもハリーには、姉は充実した人生を送っているのだし、自分の進む道はやはり自分で見つけなければならないとわかっていた。

シカゴで二世仲間の復員兵や第三三師団の同僚と再会し、あちらこちらで半端仕事に手を出した。配給制の米や肉を売り買いし、「灰色市場」(グレイマーケット)――闇市(ブラックマーケット)と合法的市場(ホワイトマーケット)の中間――で商売したが、しょせんはうさんくさい世界だった。それから第三三師団の友人の手を借りて、空き家となった建物で下宿屋を始めてみた。けれど厳しい寒さに閉口し、熱帯にいたとき以来、持病になっていたマラリアがぶり返した。

年の瀬になると、ミシガン湖からひどく冷たい風がびゅうびゅう吹いてきたので、ブーゲンビリアの咲き誇るロサンゼルスにたまらず逃げだすと、エイミーとカズのもとに転がりこんだ。オーバーン時代からの旧友エイミーと、広島出身の親友カズの夫婦は、トゥーレアリとヒラリバーを出てから元の暮らしに戻っていた。だがここロサンゼルスでハリーにはすることが何もなかった。求人に応募するたびに、人種的な問題が浮上するのだ。通りを歩くと、つねに嘲笑されている気がした。「カリフォルニアは最悪だったよ」と振り返る。「軍服を着ているときは平気なんだが」。軍服を着ていても、仕事にはありつけなかった。自分が中国人だったら、これほど職探しに苦労はしなかったろうにと思った。*9

忠誠なる市民の強制収容を「違憲」とした一九四四年の最高裁判決（エンドウ事件判決。一九四三年のヒラバヤシ判決では夜間外出禁止令の、一九四四年のコレマツ事件判決では西海岸からの排除を、それぞれ「合憲」としている）、さらには連合軍の勝利をもってしても、日本人の悪いイメージが払拭されることはなかった。一九四五年の一月から収容者は西海岸に戻ることを許されたが、社会が根底から変わるには時間がかかった。アメリカ社会にふたたび受け入れてもらおうと奮闘しても、この国に対するこれまでの自分の献身と忠誠が、果たして評価されているのかといぶかった。「ほとほと嫌になったよ」とハリーは言う。友人のベン・ナカモトも、戻ってきてから露骨な人種差別を味わった。「ある日の午後、一人のハクジンが空き缶を引きずった車で、とんでもなくうるさい音を立てながらうちの庭に入ってくると、私に向かって「ここから出ていけ」と言ったのです」と書いている。「命を危険にさらしたあげく、こんな歓迎を受けるなんて」。何十年経ったあとも、思いだすと怒りに震えた。[10]

ハリーのあまりの変わりように、エイミーは心配した。いつもなら冗談ばかり言って、機転がきいて、楽しいことが大好きな人なのに。「ハリーはすっかり道を見失っていましたね[11]」。

差別という暗い影のほかにも、ハリーを悩ませていることがあった。ヴィクターから来た手紙が、どうにも気がかりだったのだ。その手紙には母親が結核で弱っていてハリーに会いたがっているから日本に戻ってきてほしい、と書いてあった。「此の手紙が着き次第貴君が帰国するや否やを通知して下さい」。また、キヌが神戸から高須に戻りたがっているとも書いてある。日本語では珍しくないことなのだが、すこぶる重要な情報がすっぽり抜け落ちていることが、はっきり書かれている以上のことを物語っていた。一見すると、この手紙は簡潔でわかりやすくて、とても丁寧に書かれている。だがくずし字の筆跡の奥にある何かが気になった。[*12]

手紙はカツミ――つまりヴィクター――からだが、「代筆」となっている。このくずし字の文字は、女性、おそらく母親が書いたものにちがいない。何より胸騒ぎがするのは、これを書いた者がヴィクターの気になる病状にいっさい触れていないことだ。ハリーの瞼に浮かぶのは、兄の、ところどころえぐられ、血が滲み、赤い肉のむきだしになった、焼けただれた背中だけだった。数行の文章すら書けないほど衰弱したヴィクターの、命の火が消えかけているのではないかと怖くなった。兄の名で書かれた手紙を受けとったのは、これが初めてのことなのだ。[*13]

日本はどこの国ともまだ外交関係を結んでおらず、この被占領国は合衆国の庇護下で機能していたので、無職で就労先も特別なビザもないハリーに日本に戻れるチャンスはなかった。とはいえ、よくよく考えてみれば、答えはおのずと浮かんできた。軍隊ならば、きっと自分を母と兄のもとに送ってくれるにちがいない。

一九四七年二月、二七歳のハリーは除隊してまだ一年も経たないうちに、ふたたび軍隊に戻った。つい一年前までは日本を出たくてたまらなかったのに、いまは違った。「だいぶ帰りたい気持ちになっていたよ」。その年、アメリカの大学生の四九パーセントは復員兵で、拳銃を鉛筆と本に持ち替え、拡大する中流階級のなかでたしかな将来の計画を立て、キャリアとマイホームを手にする夢で胸膨らませていた。かたや功績をあげても、いまだ社会の底辺にしがみついているハリーは、卒業証書を手にする夢はしばしおあずけにするしかないとあきらめた。[*14]

ハリーは身体検査なしでふたたび軍に入隊した。検査を受けたら合格しなかっただろう。慢性のマラリアを気にとめる者はいなかった。この病気は、占領が終わった年の一九五二年にようやく完治するのだが。それから目が悪いことも、ぶ厚い眼鏡をかけていることも、誰も何も言わなかった。基礎訓練に登録させられもしなかった。軍、とりわけ情報部は、経験を積んだ語学兵を日本で必要としていた。この敗戦国にハリーが戻る必要があるのと同じくらいに。徴募係の将校はハリーの軍歴をひと目見ただけで、首を縦に振った。そこには、ハリーの人柄についての最高の評価、そして授与されたリボンやメダル、名誉としか言いようのない賛辞が整然と並んでいた。

一九四二年に自分の魂を救済すべく軍に入隊すると決めたときと同じくらい、一九四七年のいま、母親と兄弟のためにできるかぎりのことをする決意は固かった。「家族のために自分は何かすべきだと感じていたのだ」とハリーは語る。「自分の人生のうち二年か三年、日本に戻って家族を助けるのに」使おうと思った。それからまたカリフォルニアのカレッジに戻ればいい。[*15]

カレッジを卒業するのがその一〇年も先になるとは、当時は思ってもいなかったし、自分をかくまい、そして傷つけた「黄金の州」カリフォルニアについに腰を落ち着けるのが、さらにその四〇年先になるとは想像もしなかった。フランクがどれほど身近な存在になるのかも、ヴィクターに何が起きるのかも予想できなかった。ロサンゼルスでくすぶっていたとき、ハリーには、生まれた国に対する自身の忠誠をいずれ母親がどれほど誇りに思うことになるのかも、また最初は収容所から逃げだすために入った軍隊で、自分がどれほどの高みにのぼっていくのかもわからなかった。

一九四七年の初めには、キヌと、ヴィクター、ピアス、フランクは、戦時に四年近く消息がわからず、戦後すぐの混乱のさなかに再会できたハリーの帰りを神戸で待ちわびていた。戦時のやりとりとは違い、平和な時代が訪れたいまなら、自分たちのいかにも日本人らしく奥ゆかしい便りから、この切迫した状況を察してもらえるにちがいない。たとえ迷っていても、きっと連絡をくれるはず。明日でも、来週でも、いな来月ですらなかろうとも、きっとできるかぎり早くハリーは帰ってきてくれるだろう。

30　平和、そして贖罪

ハリーの思いをよそに、軍には軍の決まりがあった。日本に向けて発つ前に、軍の情報部に入るため、ハリーには日本語の再教育の授業を受ける必要があった。おそらくハリーなら教える側にまわれただろうが。続いて情報の基礎講習を受けたが、これも勝手知ったる内容だった。日本の土を踏んだときには、一九四七年の九月になっていた。その四ヶ月前に、ヴィクターは三三歳の若さで、放射線による火傷の後遺症で亡くなった。ハリーは父の死に目にも、兄の死に目にも会えなかった。

フランクもヴィクターの最後を看取ることができなかった。いまではおばのキヨもいれた一家の大黒柱を務めるフランクは、真珠の養殖業に乗りだし、出張で一週間留守にしていた。出かける前に、ヴィクターの部屋に顔を出した。ヴィクターは具合が悪そうだった。「なるだけ早く戻ってきておくれ」。そう言われたことを、フランクは覚えている[*1]。

原子爆弾に被爆して以来、ヴィクターはずっと病に苦しんできたが、それでもその静かな最期は唐突に訪れた。ヴィクターの死ぬ間際に、ピアスとキヌだけがそばにいられた。出張から戻ったフランクが神戸の借家の二階に駆けあがったときには、すでに葬式も終わり、ヴィクターは茶毘《だび》に付されていた。部屋に置かれた仏壇の前で、フランクは線香をたむけた。フランクは悲しかった。「兄が逝ってしまったのが信じられなかったんだ」[*2]。

小さいころから期待をかけられた繊細な心の持ち主のヴィクターは、不可抗力の事態によって人生を幾たびも中断され、アメリカと日本のどちらにも根をおろすことができなかった。アメリカでの差別を逃れるために幼いうちから広島に送られ、思春期にはワシントン州に連れ戻され、大人になると今度は帝国陸軍に召集されて、軍隊では二世だからと虐げられ、日本の戦争の道具にされた。ヴィクターは、その知的能力と専門教育に見合った職業で身を立てることができなかった。自分の家族を持つこともかなわなかった。道半ばで亡くなったヴィクターは、原爆のことを口にせず静かに息を引きとった。

キヨもまた、軽い放射線障害のせいで体力も気力も弱り、精神的に立ち直れずにいた。白血球数が低下し、ちょっとした虫刺されが治らないだけで気に病んだ。入退院を繰り返していた妹のキヌが、結核にかかって咳き込むのを見てはおろおろした。不安に追い討ちをかけるように、経済状況も逼迫した。一族の堂々たる女主人は、「特権階級から無一文になってしまったのです」とマサコは語る。一九四八年になるころには、一〇年以上も続いた戦争と終戦直後の時期を経て、キヨは体調を崩し、骨の髄まで疲れてしまった[*3]。

なによりキヨは希望を失くしていた。半世紀近く繁盛させてきた、あの明治堂の復活に、手を貸してくれる者が誰も見つからないのだ。トシナオの家族はキミコの死からいまだ立ち直れず、商売をする気になれなかった。フランクも広島にとどまる気はなく、あとを継いでほしいとのキヨの頼みを断った。かつて後継者にと考えていたメアリーはアメリカで暮らし、もう戻ってはこないだろう。ヴィクターは死んでしまった。人生で初めてキヨは、腕まくりして先へと進むのをやめてしまった。

一九四八年七月二八日の真夜中も過ぎたころ、キヌを訪ねて高須に来ていたキヨは、ふらりと表に散歩に出た。セミが鳴き、空は太田川の底のように漆黒に染まっていたが、空気は爽やかで隣近所はまだぐっすりと眠っている。キヨは高須駅に向かった。高須駅は、己斐《こい》にある西広島駅と故郷の宮島行きのフェリーをつなぐ広島電鉄宮島線の、西広島の次の駅だった。宮島では、いつ何時ひょっこり顔を出したとしても、親戚たちが喜んで迎えてくれるだろう。キヨは、ゆっくりと聞こえてくる電車の音に耳をすまし、遠くに瞬く光を見つめた。吸い込まれるような光だった。ハリーが昔シアトル行きの列車に器用に飛び乗ったように、キヨもまた周到に次の行動に出た。いつものように抜かりなく、足を一歩前に踏みだした。車輪の音がしだいに大きくなり、光の輪がぱあっと広がった。光が手招きしていた。キヨは待った。電車が駅に近づき速度を緩めるほんの数秒前に、キヨは前に飛びだした。午前三時三〇分、六二歳のこの女家長の死亡が宣告された。[*4]

一九五〇年になれば日本の経済が持ち直し、六〇年代に入れば二桁の成長を遂げることを、キヨは知るすべもなかった。原爆投下により壊滅した本通商店街も、のちに息を吹き返すことになる。かつて明治堂があった一画の上には、真新しいスズラン灯が光輝き、商店街も買い物客でふたたび賑わいを取りもどす。あともう少し辛抱していれば、キヨの暮らしも、生活の質も、上向いていたことだろう。とはいえ自死は、もともと西洋よりも日本のほうが受容される傾向にあり、また戦後の国民が「キョダツ（虚脱）」と呼ばれる無気力状態に陥るなか、さほど珍しいものではなかった。それは降伏による安堵が薄れたあとに訪れる漠とした失望感であった。それでも、虚脱や放射線障害、罹災者を襲う不安や抑うつに住民が苦しむ広島で、自死は一九四六年から五四年にかけての死因のわずか〇・五パーセントにすぎない。とはいえ世紀の変わり目に登場したキャリアウーマンたるキヨは、世の習わしには従わなかった。死においてすら、みずからの決めた道を孤高に進み、やもめの夫を残して逝ってしまった。*5

フクハラ家の周辺には、挽回のチャンスをつかんだ者もいた。ニューギニアで捕虜になった広島時代のハリーの天敵、シゲル・マツウラは、オーストラリアの捕虜収容所にいたときに原子爆弾の記事を読み、キノコ雲の写真を見た。両親が生き残ったとはとうてい思えず、日本に帰りたいとも思わなかったが、選択の余地はなかった。

一九四六年の春、シドニーから引き揚げ船に乗り込んだ。マツウラは知らなかったが、彼はその年に強制送還された五〇〇万人の日本兵の一人、そしてオーストラリアから出航した八〇〇〇人を超える兵士の一人だった。日本に戻れば、卑怯にも生きて捕虜になったがために処刑されるにちがいないと思っていた。捕虜になるのは「何より恥ずべきこと」であるのは誰もが知るところなのだ。*6

日本の港に着いたとたん、チフスの予防のために眼に滲みる消毒粉ＤＤＴの白煙を浴びせられ、シラミを駆除すべく髭を剃られ頭髪を乱暴に刈られた。これには参ったが、不吉なことは何も起きなかった。群衆に紛れ込み、東京に出て、知り合いの女性を何人か探してみたが、女たちは戦時中に結婚していた。一週間経ち、ほかにべつだん策もなく、しぶしぶ広島行きの列車に乗り込んだが、驚いたことに故郷に戻ると両親が見つかった。

自分は白い目で見られ、じゃけんにされるだろうと思っていた。しょせん自分は「生きている英霊」、好ましからざる人物、本来なら名誉の戦死を遂げていてしかるべき男なのだ。故郷の町や村に戻った多くの復員兵が虐げられ、のけ者扱いされていた。恥ずかしさのあまりマツウラは頭《こうべ》を垂れたが、両親が怒りも驚きも落胆すら見せなかったことに胸を撫でおろした。*7

あるアメリカ人のおかげで自分たちには心の準備ができていたのだと、母親が打ち明けた。前に近所に住んでいた二世だという。自分たちの一人息子が生きていることを「多少なりとも」受け入れるには、時間がかかった。それが本当なら、これまで聞いていた息子の部隊の立派な最期も、息子の悲劇的な死も、息子の英雄としての立場もすべて忘れなくてはならない。それでいい、と両親は思った。自分たちのたった一人の息子と再会できる望みをつないだ両親は、息子が帰ってきたいま、天にも昇るほど嬉しかった。*8

一〇年近く軍隊にいたあと、民間人として暮らす苦労が待っているマツウラには、こうして両親にあたたかく迎えてもらったことが、その後の生きる支えになった。ハリーとは一九八九年に四五年ぶりに再会を果たすのだが、マツウラは生涯ハリーへの恩を忘れなかった。

試練を乗り越えたもう一人は、チエコ・マツモトだ。チエコは奉仕と義務に縛られ、喜びの少ない暮らしを送ってきた。被爆後にひどく体調を崩し、みずから命を絶とうとすらしたが、一九四六年に兄が戦地から引き揚げてくると元気をとりもどした。さらにチエコが驚いたことに、自分に求婚者が現れたのだ。一つ年下の心優しい男性で、戦前からチエコのことを知る、兄の友人だった。この背筋をぴんとのばした復員兵が、自分のどこを気に入ったのかはわからない。「私のことを不憫に思ったに違いありません」とチエコは言う。症状がうつるかのように疎まれ、被爆者であるために社会的に烙印を押されていたにもかかわらず、いずれにせよチエコは結婚の申し出を受け入れたのだ。症状は徐々におさまり、結婚生活は愛にあふれるものとなり、二人の娘も授かり、娘たちは母親を心から尊敬した。手入れの行き届いた日当たりのよい家の中で、繊細な和紙を使って日本人形をつくりながら、チエコはほのぼのと満ち足りた顔をしていた。「一生懸命に生きていて」とチエコは言う。「幸せになりました」。*9

ほかにも、悲劇に屈せず精いっぱい生きて、日本の目覚しい発展に尽くした者たちがいた。ハリーの兄弟たちは未来に向かって突き進み、さまざまな分野に身を投じた。ピアスは、昼は神戸大学に通い、夜はアメリカ軍の通訳を務めた。得意な英語を使って日本の大手貿易会社で働いた。この業界は、日本が輸出志向の経済国家として再生する要《かなめ》の役割を果たすことになる。ハリーは弟のフランクを呼び寄せて、軍属の通訳として雇い入れた。それから四年後にフランクは名古屋に腰を据え、アメリカ軍基地で軍属として働き、さらに小規模なケータリング事業を、当初はアメリカ人向けに始めて成功を収めた。

しかしフランクとピアスは、過去の代償も払うことになった。心配していたとおり、フランクは徴兵された時点でアメリカの市民権を失っていた。ピアスも同じだった。フランクが地元の領事館にほとんど問い合わせても、曖昧な答えしか返ってこなかった。一九五四年には残念な結果が判明した。アメリカに戻りたいといまも強く願っていたフランクに、「国籍喪失証明書」が発行されたのだ。戦時に帝国陸軍の特攻隊に配属されたことが自分の運命を左右したのだろうかとフランクは疑った。フランクの国籍ははじめの一五年はアメリカ、次の六年は二重国籍、それから一七年は日本、その後亡くなるまでの五三年間はアメリカと変化してゆく。*10

一家のなかでアメリカの市民権をもつのは、この時点でハリーとメアリーだけになった。中尉として軍に再入隊したハリーは、一九六〇年には陸軍少佐に昇進したし、在日米陸軍東京渉外事務所長にまでなった。

それ以前に、ハリーは日本国内の六つの都市に配属された。最初のうち疑わしげな目でみていた地元の行政官たちも、この二ヶ国語に堪能で、積極的な、物怖じしないアメリカ人将校に親しみを覚えた。「あの人は違っていましたよ」と東京都の役人ヒデオ・ミワは、一九四七年に最初に会ったときのハリーの印象を振り返る。一つには、ハリーは日本人を敵として見ていなかった。「アメリカ軍から何を要求されても、政府は断ることができませんでした」と富山県の役人、キヨシ・ハシザキは言う。この県にハリーは一九四八年に派遣されたが、ハリーは「無理なことは何一つ要求してきませんでしたよ」[*11]。

日本の政府や警察内の交渉相手に、ハリーは自身の経歴を語らなかった。それでも合衆国の軍務を通して日本を援助する使命感に駆られていた。ハリーを突き動かしたのは、罪の意識だった。自分に与えられた任務にハリーは全力で取り組んだ。そのかたわらで地域社会にも積極的にかかわりを持った。若いころは、とりわけパーティを、それもとびきり贅沢なパーティを開くのが好きで、役人から戦争孤児まで日本のありとあらゆる階層の人たちを招待した。それから、日本の設備や人員が深刻なほど不足している時期に、近隣に火事があれば消防車をよこしたり、希少なペニシリン――これが手に入れば父親の命も助かっただろうが――を、この薬がないと命を落とす家族のいる知人に届けたりもした。日本人の同輩たちは、ハリーがこちらの気持ちを汲みとってくれることに幾度となく驚き、深く感謝した[*12]。

中年にさしかかったころ、「ハリーが日本を好きになってきた」ことにフランクは気がついた。訓練のためときおりアメリカ本土に赴く以外、日本にいればいるほどハリーは、アメリカの軍事的・政治的目標の達成には互いの共通項を見出すことがいかに必要であるかを理解した。それは「野心的な」試みであって、「自分のやりたかったことをいくらか達成しつつあると感じたね」とハリーは語る。*13

かつて国際貿易で身を立てようと夢見た男は、結局、情報や貿易上の機密におけるスペシャリストになった。自分の仕事について詳しくは語らないが、ハリーは冷戦時代の数々の活動にかかわり、それは日本の労働組合の成長、左翼運動の高まり、日本共産党の伸張、朝鮮戦争の勃発などに関係するものだった。一九五〇年に始まった朝鮮半島での紛争は日本の再軍備にはずみをつけ、自衛隊の創設につながった。通常の軍隊を持つことは戦後の日本国憲法によって認められてはいないものの、この国の自衛隊と警察機構は強大な組織であって、ハリーはこれらの組織と緊密に協議し合った。

一九六〇年、ついにフランクとピアスのもとに嬉しい知らせが届いた。戦争が終わってほぼ一五年経ったいま、彼らが望むなら、アメリカの市民権を復活させることができるというのだ。三〇代半ばになっていたフランクは、英語をひと言も話さない妻でビジネスパートナーでもあるタミコに、ワシントン州に移住する考えを打ち明けた。タミコもアメリカの市民権を取得できるという。肝を潰したタミコは、一瞬のためらいもなく英語で「ノー、ゴー!」と断った。妻の家族もおそらく賛成してはくれないだろう。フランクが二世であることも認めたくないのだから。一家の保守的な教えや戦時の経験から、二世というだけでも彼らにはじゅうぶん悩みの種だったのだ。フランクはあきらめた。アメリカでの自分の未来もどうせ山あり谷ありだろう。それでも人生をやり直すにはもう若くなかろうと、フランクは大胆な選択をした。一九六二年に自身の日本国籍を正式に放棄し、かわりに妻との婚姻関係を通じて日本での永住権を取得したのだ。二つの国に身を裂かれるのは、もう二度とごめんだった。メアリーやハリーと同様に、フランクも――たとえどこに住まおうが――アメリカ人なのだ。*14

ピアスも同じだった。ただしピアスはもっとうまく立ちまわり、二重国籍者になって二つのパスポートを手に入れた。日本で暮らし、働いて、家族を養うが、自分の生まれた国とのつながりを断つことも、国を愛する気持ちをないがしろにすることもなかった。

きょうだいのうち苦労したのは、収容所に入っても戦禍を目の当たりにはしなかったメアリーだった。メアリーはロサンゼルスで夫のフレッドと三人の子どもたち、ジーン、リリアン、クライドとともに暮らした。クライドという名は、ハリーの大好きな雇用主にちなんでつけたものだ。メアリーは献身的な母親で、家計を助けるため他人の家の掃除も引き受けた。いつも元気溌剌で、ユーモアを忘れず、肝のすわった母親を子どもたちは尊敬した。そしてメアリーは自分の意見を曲げなかった。「アメリカで暮らすなら英語を話さなくちゃだめよ」とジーンにしつこく言って聞かせた。メアリーはフレッドと喧嘩するときにしか日本語を使わなかったから、もちろんジーンがもっぱら使うのは英語だったのだけれど。それでも、働き者で頭の回転の早いメアリーがいくら自分の苦悩を隠そうと努めても、娘たちは母親の胸の奥の悲しみを見抜いていた。*15

メアリーは最後まで自分の母親を許すことができなかった。母親のキヌはというと、たった一人の娘をあきらめきれず、流れるような文字の手紙を送り続けた。メアリーは母親からの手紙を読まなかった。それどころか手紙が届くたびにひどく腹を立てた。便箋を細かくちぎって封筒に詰めて、「差出人に返却」と書いた。「お母さんが死んだとき後悔するんじゃないの?」娘がたずねた。[16]「まさか《ネバー》、ありえない《ネバー》わ!」とメアリーは答えた。自分は傷つけられ、ほったらかしにされ、捨てられたのだという思いを拭えなかった。ヴィクターと同じく広島に送られてから、ずっと自分の居場所を見つけられずにいたのだ。母親が自分を日本に送った理由はわかっている。多くの一世の両親たちと同様、昔ながらの教育を受けた娘は裕福な男性の妻として何不自由ない暮らしを送れると思ったからだ。とはいえ七歳から一四歳までは子どもがまだ母親を必要とする年ごろなのだ、とメアリーは断言した。「この時期を逃したら、もう二度と戻ってこないのよ」。そう言ってメアリーは嗚咽した。[17]

日本でキヌは三人の息子のもとにかわるがわる泊まり、息子たちの仕事を誇らしく思い、順風満帆なそれぞれの家族を慈しんだ。プリーツスカートをはき、キャットアイ風眼鏡をかけたおしゃれなキヌは、ハリーの子どもたちに日本の昔話を語りきかせ、フランクの娘と一緒にピアノを弾き、ハリーが一時期アメリカに赴任したさいには、同行した家族のもとにしばらくのあいだ滞在した。キヌは相変わらずメアリーに手紙を書きつづけたが、その思いは届かなかった。

一九五三年に、キヌは貸していた高須の家を、アメリカ製の天井灯と家具付きで売りに出した。新しい持ち主は、年代物の美術館のように、この家を大切に扱ってくれることだろう。一九六七年になるころには、フランクの店は繁盛し、ピアスとハリーは東京で昼夜を問わず働いていた。広島に戻りたくてしかたなかったキヌは、その数年前に故郷に帰っていた。キヌは短期間だが高齢者施設に入っていた。ニュース映画でカレンダーの日付がぱらぱらとめくられるように、日々は過ぎていった。

一九六七年の八月、七五歳の誕生日を迎えたこの月に、キヌは胃癌と診断された。日本では珍しくない病気で、キヌがヒバクシャ(被爆者)であることに必ずしも関連があるとはかぎらなかった。陸軍中佐になっていたハリーは、東京から原爆病院まで母親の見舞いに訪れた。「広島には行く気になれなかった」とハリーは新聞で語っている。オーバーンやヒラリバーと同様に、広島はできるだけ避けたい場所だった。*18

キヌ――かつては透けるような白肌の写真花嫁、大恐慌時代にはやつれた寡婦、戦時には息子たちを思い額に皺寄せた母親、そしていまはハイカラなおばあちゃん――には死期が迫っていた。人口過密の国で貧困に苦しむ者にとって、移民がひと旗あげるチャンスだった一九〇〇年代の初め、キヌは日本からアメリカに合法的に移住した。一九三三年に広島に戻ったときには、すでにこの国は中国で紛争状態にあった。キヌは原子爆弾の投下を生き延び、日本経済が不死鳥のようによみがえり、高みに昇るのを見届けた。たった一人の娘とは疎遠なままだったが、良かれ悪しかれ、キヌは「コドモノタメニ」を拠りどころにして生きてきたのだ。

息子たちは相談し合った。母親に少しでも長生きしてもらうため、あらゆる手を尽くしたかった。マサコは夫の転勤が続き、遠方で暮らしていたので、キヌの具合がそれほど悪いとは知らずにいたが、チエコが駆けつけ、最後まで心許せる友として枕元でキヌの手を握ってくれた。

一九六八年の一月、藁にもすがる思いで受けた手術のあと、キヌは肺炎にかかった。それから三日後の真夜中を少し過ぎたころ、キヌの命の火は消えた。二月三日、キヌは自分の愛した街でその生涯を終えた。その日は奇しくもヴィクターの誕生日だった。

亡くなった母親に敬意を表することで、メアリーはせめてもの罪滅ぼしをしようと思った。一九七五年、メアリーは一九三六年に日本をあとにして以来、初めて日本に向かった。「ママのお墓にかならず参ってくれよ」とハリーが頼んだ。「もちろんよ！」とメアリーが答える。赤いカーネーションの花束を、祇園の勝想寺にある母のお墓に供えるつもりだ。この寺には父親とヴィクターも眠っている。メアリーは、母と娘が離れていた一年ごとに一本ずつのカーネーションの花束を持っていこうと考えた。ところがピアスとフランクが用意したのは九本も一〇本も足りなくて、三人は慌てて花屋という花屋をまわった。ようやく最後に入った店で、きっかりした数の申し分ない花束ができた。*19

一九七〇年、ハリーは大佐に昇進した。自身の分野で到達できる最高の位だ。陸軍情報部（ＭＩＳ）では、およそ六〇〇〇人の二世が第二次大戦で軍務に就き、そのうち三〇数人がその後に大佐にまで昇進した。その多くは収容所から志願した者たちだった。なかでもハリーはその名声と行動力から「ミスターＭＩＳ」と同胞たちに呼ばれていた。一九七一年に軍を引退するとき、ＭＩＳでの軍の役職を、特別なことだが民間の立場にかたちを変えて、それからさらに二〇年その職を務めた。自身の説明によれば、ハリーは東京を拠点にし、「国家ならびに地方レベルの日本の主要な民間ならびに軍の情報・保安機関とともに、相互に関心のある情報案件にまつわる」仕事をした。一九八九年には裕仁《ひろひと》天皇が崩御されたが、それは日本の戦後の終わりを告げるものだった。それはまたハリーのキャリアの終幕でもあった。一九九〇年に、ハリーは七〇歳で完全に引退した。この四〇数年のあいだに、日本の同胞たちは戦後の焦土から立ちあがり、国家の要職にのぼっていった。その間、ともに国会議事堂の煌めく廊下を歩き、東京の中心に立つ煉瓦造りの官庁で大いに論じ、自衛隊の簡素な宿舎で協議し合った。政治家や高級官僚、将官クラスの者たちは、占領下の屈辱的な時代を決して忘れることはなかった。そして、ハリーがつねに変わらず彼らの尊厳を守ったことも、その記憶から消えることはなかった。「彼らが何者でもなく何一つ持たなかった時代から、すべてが始まったのだ」。一九八〇年代初頭にハリーの上官を務め、のちにハリーの尊敬する友人となった陸軍少将スタンリー・ハイマンはそう語る。[*20]

一九九〇年の九月、合衆国に永住すべくついに日本を発つ前に、ハリーは勲三等旭日章を授与された。これは御璽と首相の署名の入った誰もが憧れる日本の勲章である。ハリーはこれまでに授与された数少ないアメリカ人の一人、そして三人の二世のうちの一人になった。これは日本政府が初めてアメリカ軍の情報将校に公式に敬意を表した、個人的にも政治的にも偉業と呼べるものだ。その翌日には、アメリカ政府による最高の勲章の一つ「顕著な連邦文民功労への大統領賞」を授与された。豪華な額に入った表彰状が、ハリーの自宅に並んで飾られた。軍務についた数十年のあいだずっと、ハリーはアメリカと日本の架け橋になっていたのだ。

ハリーは一九四九年に、日本で戦時を過ごした同じバイリンガルの女性、テリーと結婚した。夫婦は四人の子どもに恵まれ、子どもたちの誰も両親や祖父母が受けたような差別を経験することはなかった。ハリーとテリーの子どもたちはそれぞれの道を歩み、カレッジを卒業し、アイビーリーグの大学院に進み、みずから選んだ職業に就き、本土やハワイで企業の重役室への階段をのぼっている。もっぱら日本の米軍基地で育った彼らは一〇〇パーセントのアメリカ人だが、それでも日本の流儀にも慣れ親しみ、移民の亡き祖父が夢見ていたものを体現している。

ピアスとフランクは民間人としての人生を送った。ピアスが二世であることを知る人はほとんどいない。彼は生涯でいかにもプラチナ級の成功をなしとげた。日本の大手一流企業で出世街道を歩み、巧みな手腕で勤勉に働き、寡黙さに喜びを感じつつ合弁事業を取り仕切った。それでもネイティブの発音の英語をどこで習ったのかと訊かれると、ためらうことなくホワイトリバー・バレーのオーバーンの街だと答えた。

フランクは不動産に手広く投資した。日本経済がバブルに浮かれた、いちばん景気のいい時期には、資産価値がもとの買値の一〇〇〇倍に跳ねあがった。窮屈な日本の組織とはいっこうに肌が合わず、自営業として独立独歩を貫いて経済的に成功した。一人娘のヒトミは、国立《くにたち》音楽大学を出てピアニストになった。フランクは大学を卒業しなかったし、母親の宝物のモナーク社のピアノは一俵の米と交換されたが、フランクの娘は祖母の趣味に感化され、また天賦の才にも恵まれた。

兄弟たちはとりわけ自分たちの人生を、穏やかに、満足げに、謙虚な言葉で振り返る。二ヶ国語を操り、二つの文化のなかで育ち、見るからに自信に満ちた彼らは、自分たちの成し遂げた仕事を誇りに思い、愛する家族に囲まれ、そしてハリーには宴会好きの麻雀仲間もそろっている。彼らの日々は平穏で満ち足りていて、とくにハリーとフランクはしょっちゅうホノルルで一緒に時を過ごす。ここでフランクはワイキキを見下ろす広々とした部屋を所有している。キッチンでは、タミコがアメリカ製のぴかぴかの鍋とフライパンで、義兄のハリーの大好きな繊細な味つけの和風の料理をつくってくれる。

ところが一九九〇年代の半ばから、ハリーの見る夢に暗い影が差すようになった。それは、仕事を引退し、働きすぎの日々から解放されて何年か過ぎたあとのことだ。口に出すのもつらい、そうした夢は、かならずしも悪夢とはかぎらないが、ひどく心をかき乱され、悲鳴をあげて目を覚ます。ときには一九三〇年代の広島で受けたうんざりする軍事教練の夢を、ときには日本軍に召集されるのでないかと怯える夢を、ときには肝を冷やした最初の上陸時の夢を見る。けれどもそれよりもっと頻繁に、ヴィクターが――ハリーが目をそらさずにおれなかった、あの焼けただれた背中をしたヴィクターが――夢の中でハリーのもとを訪れるのだ。フランクとハリーの失くした、あのおとなしくて気のいい兄のヴィクターが。[*21]

エピローグ　ホノルルでの静穏な日々

二〇〇六年の八月、メアリー・フクハラ・イトウは、ロサンゼルスの自宅で、八九歳でこの世を去った。ヒラリバーで養子に出すのを断固拒否した娘のジーンによれば、メアリーは三人の子どもたちを自分の遺した最高の財産だと思っていた。「母の強さと変わらぬ愛情のおかげで、私たちは何不自由のない素晴らしい人生を送っています」とジーンは著者への手紙で述べている。*1

おばのキヨに似て、メアリーは大胆で何をするかわからないところがあり、自分の生きた窮屈な時代にあって、思うがままに生きようとした女性だった。ジーンは母親を、「謎めいた人」であり、「終生、反抗的なティーンエイジャー」だったと形容する。メアリーはミッキー・マウスが大好きで、八八歳までつま先に手が届き、ずっと親友だった広島のいとこと最後まで連絡を取り合っていた。メアリーは自分で気づいているよりも、実の母親のキヌに似ていたのかもしれない。自分の身に何が降りかかろうとも、きまって「コドモノタメニ」をいちばんに考えた。*2

何十年も前のこと、メアリーは火葬会社のネプチューン・ソサエティに登録を済ませ、ジーンには、「あたしは天国に行くのだから、地面の下に埋めなくていいからね」と話していた。これまでどんな決断をするときも――広島とオーバーンのどちらを選ぶか、アリゾナの収容所にとどまるかシカゴに逃げだすか、それともロサンゼルスに移り住むか――メアリーは自分の意志を貫いた。波乱に富んだ出だしから、穏やかな最後のときまで。*3

二〇〇八年の九月、ピアスは結腸癌により八六歳で亡くなった。ヴィクターのように辛抱強くて控えめなピアスは、痛みはあっても愚痴一つこぼさなかった。ピアスが亡くなる数日前に、フランクはいますぐピアスに会いにいかねばならない予感がした。名古屋から新幹線に飛び乗ると、二時間足らずで横浜に着いた。すでに朦朧としていたピアスは、最初弟のことがわからなかったが、フランクが帰るまでには意識が戻った。それから数日後に、一人息子を残してピアスは息を引きとった。

きょうだいのなかでも、相変わらずいちばん仲の良かったハリーとフランクは、姉や二人の兄弟よりも長生きした。二人はできるだけ頻繁にホノルルで顔を合わせた。ハリーはホノルルで暮らし、フランクも一年に数ヶ月はここで過ごした。

いまから数年前のこと、ハワイにいる陸軍情報部（ＭＩＳ）の退役軍人たちが、ホノルルの日本文化センターで新年を祝う昼食会を開いた。会場の近くには、広島からこの姉妹都市に贈られた、宮島の大鳥居のレプリカである鋼鉄製の朱の鳥居が立っている。ハリーとフランクは、この鳥居の脇を通って、車で会場に向かった。

「おはようございます、大佐《カーネル》」「ごきげんいかがですか？　大佐《カーネル》」。大半が二世の退役軍人でひしめく宴会場の、正面中央のテーブルに向かってゆっくりと歩きながら、ハリーは左右の友人たちと挨拶を交わす。いっせいに始まった英語と日本語の会話で部屋は喧騒に包まれた。六〇年近く連れ添った妻のテリー、長男のマーク、その妻のモナ、そして娘のシャリー、それからフランクとタミコが同じテーブルについた。かつて敵だったフランクが、いまこうして陸軍情報部（ＭＩＳ）の祝宴に参加していることを、誰も不思議に思う者はいない。この場にいる退役軍人のなかには、ほかにも戦時に日本に家族のいた者がいる——激戦地となった沖縄に、絨毯爆撃で焦土となった東京に、灰色の廃墟と化した広島に。ここ何年か、米日両国でひらかれる祝賀会でフランクはハリーの隣にすわることがよくあった。フランクもまた、大勢の招待客に会釈して微笑んだ。

スピーチが続き、フルコースの料理が供された。ハーモニカ・バンドがハワイの名曲を演奏した。四時間にわたる会も終わりに近づくと、招待客は立ちあがり、「ゴッド・ブレス・アメリカ」を歌った。続けて司会者が、「螢の光」を歌うよう一同に呼びかけた。誰もがにわかに日本語で歌いはじめた。言葉が皆の唇からよどみなくこぼれだす。この歌詞は、彼らが最初に母国語で覚えたものだった。

数十年のときが消えていく。年配の男たちは、かつて日本語教室に通うため、カリフォルニア州やワシントン州、ハワイの仏教会の階段をのぼった小学生だったかもしれない。また教育を受けるため、両親の祖国に帰されて、広島や山口、熊本などの学校の教室で、丸刈り頭に詰襟の制服を着て直立不動で立っていた一〇代の少年だったかもしれない。男たちの声が震えることはなかった。彼らの記憶が——歌詞はそらで覚えていた——揺らぐことはなかった。

ハリーとフランク（左から）。2005年、白川郷にて。フランクは1945年4月に召集されるまで、近くの富山県高岡市にある工業専門学校に通っていた。ハリーは、1948年に駐留軍の一員として、その近くの富山市に配属された。フランクは富山市でハリーの元に身を寄せた。（著者撮影）

戦争に引き裂かれた自分たちの過去、穏やかな現在、そして喜びに満ちた新しい年を讃えて、男たちは歌った。

二世との結婚をいまも家族に認めてもらえずにいる、五五歳になったフランクの妻タミコは、夫と義兄が声を揃えて歌う姿にひたと視線を当てていた。しっかりと結ばれた二人の絆に胸を打たれ、「きょう、はじめてわかったわ」とタミコは日本語で小さくささやいた。*4

歌い終わるとすぐに、今度は力のこもった英語版での「螢の光」が始まった。戦時の敵意と身内を失う苦しみとを乗り越え、いまでは夢のように穏やかな日々を送るハリーとフランクの兄弟は、まばたきする間《ま》もなく言葉を切り替えた。力強くはっきりとした二人の声が混じり合ってゆく。

フランク・カツトシ・フクハラは、二〇一五年一月八日に、名古屋で亡くなった。ハリー・カツハル・フクハラは、その三ヶ月後の四月八日、シアトルで父親が亡くなったのと同じ日に、ホノルルで息を引きとった。

謝辞

たくさんの方々に、お世話になりました。

ハリー・フクハラは、このプロジェクトを揺籃期から支えてくれました。ハリーの弟のフランクも、同じくらい情熱を傾けてくれました。多くの点で本書は、二人の高潔な性格と、分かちがたい絆への賛歌なのです。ピアス・フクハラとメアリー・イトウは、貴重な思い出を語ってくれました。メアリーの存在が、この本にどれだけ花を添えたかを当人に伝えられないのが残念でなりません。ハリーとフランクの家族は、このプロジェクトに兄弟が向けてくれた関心を、終始あたたかく、快く見守ってくれました。私からの数々のお願いを、寛大な心で受け止めてくださったすべての皆さまに感謝いたします。ハリーの妻のテリーが、本書が出版されることを知っていたらどんなによかったのにと思います。フランクの妻のタミコには、何度も食事をご馳走になり、いつもあたたかく迎えてくれたことに感謝します。ハリーとテリーの子どもたち――マーク、ブライアン、そしてシャリー・フクハラ――それからフランクとタミコの娘、ヒトミ・オカニワは、本書の出版企画を喜んでくれました。ピアスの息子トシヒロと、メアリーの娘リリアン・ラムにも感謝します。ロサンゼルスを案内してくれて、連絡を欠かさず、思い出を語ってくれたジーン・フルヤへの恩は忘れません。彼女はこの世でとびきり素敵な人で、メアリーにとっては娘、そしてハリーにとってはヒラリバーに入ったときに一緒だった姪なのです。

合衆国では、たくさんの方々と言葉を交わし、文書でやりとりしました。残念ながら、中にはすでに亡くなった方もおられます。

日本では、フクハラ家のたくさんの友人や知人の方々からお話をうかがい、その見識の恩恵にあずかりました。とりわけチエコ・イシダ、アイコ・イシハラ、シゲル・マツウラ、そしてマサコ・ササキにインタビューできたことに感謝します。マサコ・ササキは本書にこのうえなく重要な役割を果たしてくれました。彼女が快く、ざっくばらんに語ってくれたおかげで、このストーリーが生き生きとした、厚みを持ったものになりました。エイコとケンジ・マエカワには、広島の自宅を幾度となく見学させていただいたことに感謝します。

この本ができる道のりには、欠くことのできない人間が四人います。本書は、私の友でありメンターでもあるロン・パワーズがいなければ、書かれることはなかったでしょう。途中であきらめて、別のことを始める口実ができるたびに、作家の中の作家であるロンが、頑張ってやり抜くよう背中を押してくれました。ロンの妻の生化学者で学部長でもあるオーナリー・フレミングは、英知に満ちた鋭い意見を述べて支援してくれました。パム・アレンはグローバル・リテラシーの優れた提唱者で、アマースト大学の一学年からの友人ですが、彼女は本書の出版にまつわる私の苦労話を聞くと、矢も盾もたまらず自分の著作権代理人のリサ・ディモナを紹介してくれました。仕事熱心で、賢くて、不屈の魂の持ち主であるリサは、情熱をもってこの企画を引き受け、前よりもはるかに良い方向に進めてくれました。窮地にいた私を照らしてくれたリサという太陽に出会えたことが、私にとってどれほど幸運だったかを思わない日はありません。

私の幸運ははかりしれず、とうとうハーパーコリンズ出版社にまで届き、そこにゲイル・ウィンストンという、編集者の鑑のような類稀なる人物がいました。ゲイルの敏腕な手法、鋭い眼識、編集の手並みには舌を巻きます。ゲイルは本書の核心をつかみ、魅力を引きだしてくれました。急な依頼にもかかわらず、キヨコ・ニューシャムが書誌情報をチェックしてくれました。米陸軍戦史センターの歴史部門責任者で、最も信頼に足る書籍 *Nisei Linguists*〔『もう一つの太平洋戦争——米陸軍日系二世の語学兵と情報員』（森田幸夫訳、彩流社、二〇一八年）〕の著者でもあるジェームズ・C・マクノートン博士が、多忙なスケジュールのなか時間をとって原稿を読んでくれました。ただし、いかなる間違いも、すべて私自身によるもので、あらかじめお詫び申し上げます。

アマースト大学で指導教員を務めてくれた故レイ・ムーアは、世間知らずな学生のときから私を学者のように扱ってくれました。フレッチャー法律外交大学院での私の指導教員ジョン・カーティス・ペリーは、一般向けの本を書くよう私に勧めてくれました。タフツ大学の名高い教授ソル・ギトルマンは、本書の出版を熱心に見守ってくれました。

ホノルルでは親しい友人たちが、いくつもの段階を私が切り抜けるのを助けてくれました。デビーとアツシ・フナカワ、そしてジャン・オッピーとハリーの末娘のパム・ツザキに深く感謝します。デビーとアツシ、ジャン、そしてパムは、日々の執筆作業ゆえに強いられる孤独から私を救いだしてくれましたし、喜びを感じながら、熱心に仕事をし、満ち足りた人生を送る手本を見せてくれました。

最後に私の子どもたち、マサとアンナに心から感謝します。二人は私の毎日を輝くものにしてくれて、この本のために何年も我慢し、私を応援してくれました。数えきれないほどの朝、二人はコンピュータの前で書類に顔を埋《うず》める母親を目にしてきました。アンナは、私が仕事でうわのそらだったひと夏を辛抱してくれて、私がノルマの頁数を終わらせるまで文句一つ言わずに待っていてくれました。出版契約が決まったときに、学校にいたマサに電話をかけて知らせました。大喜びするあの子の声を聞いたときが、私にとって人生でかけがえのない瞬間になりました。

（日本語版出版にあわせて書き直しました）

訳者あとがき

本訳書『黒い雨に撃たれて』は Pamela Rotner Sakamoto, *Midnight in Broad Daylight*, New York, 2016 の翻訳です。原題はエピグラフにあるとおりで、峠三吉『原爆詩集』所収の詩「炎」のなかの一行である「まひるの中の真夜《まよ》」の英訳です。また、著者のパメラ・ロトナー・サカモトさんは、原著を「私の両親、サンドラとハワード・ロトナーに」献げています。

アメリカでは Goodreads や Amazon.com のレビュー数だけでも、日系アメリカ人を扱った書物——日本人・日系人によって書かれたものもそうでないものも、小説もノンフィクションも歴史書も含めて——の中で群を抜いています。パメラさんの豊かな文学的素養があって、「読み物」としてたいへん面白くできています。巻末の「著者紹介」をご覧いただければおわかりのように、初めは「アーモスト・同志社フェロー」として来日し、日本に通算一七年間も滞在していたので、日本語も流暢です。

二〇一七年のもう暑くなってきた頃のことでした。面識のなかった著作権事務所の社長さんから出講先に電話をいただき、パメラさんからのご指名で翻訳をやらないかとのお誘いでした。長いあいだ日系人については深い関心を寄せてきた身です。著名なハリー・フクハラ氏とフランク・フクハラ氏兄弟の名前は知らないはずもありません（山崎豊子の『二つの祖国』のモデルとされたことは内心どう感じていたのか。二世の知人であの本を高く評価していた人間を池田に限っては知りません。ハリー氏について調べてゆくと、たとえば引退後五年経ってから、一般週刊誌に四週にわたって「日系二世・米軍情報将校が初めて証言した「ふたつの祖国・裏面史」」という連載がありました。最終回は「60年安保・アイク訪日中止」でした）。原著の評判も聞いていたので、早速慶應義塾大学出版会に連絡をし、同社が翻訳権を取得しました。そのしばらくあとでしたか、台湾の研究者から『白夜』というタイトルで翻訳が出ていますよと聞かされました。在米の友人たちからも、スーパーにも積まれているほどよく読まれていると知らせてきましたし、『ニューヨーク・タイムズ・ブックレビュー』や、日系人強制収容については古典と呼べる『マンザナールよさらば』の著者ジーン・ワカツキ・ヒューストンさんも原著に好意的でした。ただ、日本を扱った本だけに、日本語への翻訳は、他の言語への翻訳と比べて難しい作業になるだろうなとは思いました。

その後、三冊の訳書――ティモシー・スナイダー『暴政』、ピーター・ポマランツェフ『プーチンのユートピア』、ふたたびスナイダー『自由なき世界』――の刊行をはさんで、この度本書を世に問う運びになりました。当初から、原爆投下から七五年の節目の八月を一つの目安としていたのです。ただし、本書は、原爆を投下された広島の状況や太平洋戦争を俯瞰しようなどというだいそれた意図をもって書かれたものではなく、また専門書、研究書の類いでもありません。あくまでも、もともとはアメリカの一般読者に向けて記された、太平洋の両側に分かたれたある日系人家族の興味深いライフ・ヒストリーです。インタビューやオーラルヒストリーからこれだけ面白い作品を書くところにパメラさんの真骨頂が発揮されています。ハリー氏とフランク氏兄弟の懐にとびこんでいた度合いがうかがえます。わが国でも「一般書」として広く読まれることを願っています（アメリカではパメラさん、テレビに何度も登場していますが、本書は narrative nonfiction であるという紹介がいちばんしっくりきました）。

本書の翻訳については、以前より翻訳家としての力量と真摯な姿勢に敬意を抱いていた西川美樹さんにまずお声をかけました。いずれ一緒に共訳書をと願っていたためです。西川さんは、広島までフィールドワークにも出かけました。広島市の高須も訪れ、元の福原邸に現在お住まいの前川謙二さん、榮子さんご夫妻にお目にかかり、原爆で飛散したガラスが壁に突き刺さったままなのを見せていただいたり、本書にも再三登場する重要な「インフォーマント」の隣家の佐々木（旧姓金石）正子さんからもお話をうかがってきました。また、広島弁については、「広島の知り合いの方に確認していただけました」とのことでした。西川さんという掛け値なしに素晴らしい共訳者を得られなければ、本訳書がこのような形で完成することはありえませんでした。

比して池田のメリットは、年齢が上のぶん、高野虎一だとか吉岡隆徳だとか昔の人間の名前に敏感だったり（日本人・日系人を扱った書物の場合、固有名詞にあやしげな読み方がしばしば見受けられます。原著でも同様であると指摘しても、その価値を貶めることにはならないでしょう）、日系人のことに知識を持っていたり、歴史的な背景について親近感があることだったのでしょう。結果として、まさに理想的な共同作業になったと感じています。

前の段落で固有名詞のあやしげな読み方に言及しましたが、さらに言えば、こうしたジャンルの本の宿命のようなものですが、著者がアメリカ人で、主としてアメリカ人の書いたものや英訳されたものを参考にして記すと、日本人の立場から、あるいは時代背景からして、この記述はどうかなという部分が必ずいくらも出てきます。あえて毛を吹いて疵を求めずとも、原著において、たびたび誤りや齟齬に遭遇しました。こちらも勝手に修正もできませんから、パメラさんにときおりまとめて通知すると、その度に But please know that I am open to corrections and will follow what you and Mrs. Nishikawa advise. とか I am thankful for your double-checking. あるいは Thank you for catching the errors, such as Mary's return trip to Japan, and correcting them. といった数々の言葉を受け取って、パメラさんの謙虚さには感銘を受けました。原著の本文や原註の矛盾や誤りを正したり（やや大きな矛盾や過誤もありましたし、また逆にこちらがディテールに拘りながら作業を進めた部分もありました）、補いを施したり削除をしたことも含めて、本訳書全体についての「最終的な責め」の比重は訳者のなかでも池田にだいぶ傾いています。よく日本語訳を Japanese version と言いますが、今回は言葉どおりにそうなりました。

文体に気をつけながら内容面にも配慮しつつ推敲を重ねる過程では、ずいぶんと調査や問い合わせを行わざるをえませんでした。そうするなかで、戦史研究家の門池啓史さんの知己を得ました（著書に『日本軍兵士となったアメリカ人たち』）。生前のフランク・フクハラ氏とは昵懇の間柄であり、フランク氏から伝わる資料をお借りしたりしました。また、フランク氏のお嬢様、岡庭仁美さんとも何度もお話しできました。一例を挙げれば、お忙しいなかを九三歳になるフランク氏の多美子夫人に問い合わせて本書上巻三五頁に出てくる家紋（三ツ《みつ》石持方喰《こくもちかたばみ》）まで確認していただくなど助力をいただきました。フランク氏の自筆メモにその後の訳者の調査を加えると、本文にも挿入しましたが（下巻一五六頁）、国籍だけでもアメリカ（一五年間）、二重国籍（六年間）、日本（一七年間）、アメリカ（五三年間）と、めまぐるしいものです。背景にはフランク氏の地理的な移動だけでなく、日米両国の国籍法の変化が複雑に絡んでいました。どこまでも「二つの祖国」でした。

いちいち具体的な名前を挙げることは叶いませんが、ほんとうにいくつもの組織や機関、またさまざまな方面の専門家の方々にまことにお世話になりましたことを、ここに記し感謝いたします。また、今回も池田詩穂には、新たに振り直した原註箇所の同定や、訳者用の用語集の作成などいろいろと手伝いをさせました。

二世語学兵の偉業は、戦後も長いあいだ機密事項扱いでした。ハリー氏は米陸軍大佐で退役したのちも要職に留まり、アメリカでも日本でも数々の栄誉に輝きます。フランク氏も実業家として成功を収めます。最晩年まで仲の良い兄弟であったことは誰もが証言するところです。ハリー・フクハラ氏とフランク・フクハラ氏のご兄弟が、原著の刊行を待たずに二〇一五年に亡くなられてしまったことが残念でなりません。訳者が横浜山手の育ちのせいか折に触れ共通したものを感じるためもありましょう。今ではフクハラ一家がまるで身内のように感ぜられます。この一家の歩んだ道を、読者の皆さまにも本訳書で一緒に歩んでいただければと願っています。

池田年穂

二〇二〇年三月二日　四〇年の感謝を込めてHへ

［付記］日系アメリカ人との関わり

池田にとっては、一九九〇年代は平賀二郎氏——氏の「ツールレーク」収容所でのなかなか痛快な journal つまり日記を『鶴嶺湖《ツーリレーキ》日記』として活字にしました——をはじめ一世の親しい方々が亡くなったことで記憶されます。二〇〇九年になって機会があって『石が叫ぶだろう——アメリカに渡った日本人牧師の自伝』(*A Stone Cried Out*) というポジティヴな自伝を翻訳したシゲオ・シマダ牧師も一九九四年にシアトルで亡くなりました。そして、二〇〇〇年代をはさんで、この一〇年間は二世（や時として三世）の友人、知人の物故が相次ぎました。

毎日のようにメールを頂戴していた旅行業界の大立て者だったタイラー・タナカさん（一九二八年生まれでしたので戦争にはゆきませんでしたが、一〇代で強制収容を体験、戦後に兵士・下士官として日本に駐留など、ハリー・フクハラさんの生き方に通ずるところが多々ありました）と兄のコネチカット大教授のジョンさんが二〇一二年に相次いで亡くなりました。二人のあいだのアイリス・フクタキさんは九四歳で幸いまだご存命ですが。拙訳『悲しみにある者』（ジョーン・ディディオン著、二〇一一年刊行）の翻訳に際しては、舞台の一つであったＵＣＬＡ病院の医師であったタイラーさんの娘のダイアンさんに随分とお知恵を借りました。現在は南カリフォルニア大ケック医学校准教授を務めています。

あるいは、アメリカの司法の世界できわめて重要な人物となっていたジェフ（リー）・アダチさん。彼が二〇歳で書いた *Maniwala Boy* は面白い作品でした。彼の許可を得てずいぶん昔に拙訳『タダシの青春』を刊行しました。アダチさんの両親や祖父母が強制収容体験者でしたが、ジェフは日本語は苦手でしたので、送った訳本についてアルファベットで「タカラノモチグサレ、モッタイナイ」とメールに書いてきました。なんと、昨二〇一九年まだ五九歳なのに要職に就いたまま亡くなりました。

『プルメリアの日々』（*Once, A Lotus Garden*）、『ハワイ物語』（*From the Lanai and Other Hawaii Stories*）と二冊の訳書を一九九〇年代に倉橋洋子さん（ホーソーン研究者として著名）と共訳で西北出版から刊行した、ハワイ生まれの二世であるジェシカ・サイキさんもまた二〇一四年に亡くなりました。二〇代で本土に渡り最期の地はロサンゼルスでしたが、両作品には戦前のハワイ日系人社会が連作集の形で、人種間関係といった微妙な問題も含めて魅力的に描かれていました。本人は強制収容されませんでしたが、本土にいた姉さんは収容されました。日系人としての苦しい時期を過ごしたのは、同い年生まれのタイラーさんと共通しているでしょう。遺作となった自伝的な作品 *Aloha: Goodbye and Hello* の翻訳を懇請されていながら間に合いませんでした。サイキさんからは亡くなる少し前に、一九二八年の「フクナガ裁判」と、一九三一年のまことにスキャンダラスで恐ろしい「マッシー裁判」（どちらもハワイ）とを対比するようサジェストされたことを、懐かしく思い出します。

ハワイ、アメリカ本土、カナダ、あるいは日本でと、つながりの深かった二世の息子さんやお嬢さんから、ディジタル版の新聞の死亡記事を添えて連絡をいただくのはまことに寂しいものです。

ただ、たとえば、二〇一七年には、池田の敬愛する政治家ラルフ・カー氏——一八八七年生で一九五〇年没、一九三八年から四二年までコロラド州知事、政治生命を賭して一貫して日系人の強制収容を「違憲」として反対し続けた——の孫娘ご夫妻と、前駐米大使の藤崎一郎氏の縁で初めてお目にかかれたという嬉しい機会もありました。ちなみに、池田は二〇一三年に水声社から『日系人を救った政治家ラルフ・カー——信念のコロラド州知事』（アダム・シュレイガー著）を刊行しています。原著は二〇〇八年で、原題は *The Principled Politician: Governor Ralph Carr and the Fight Against Japanese Internment* でした。

ちょうど四〇年前の今日三月二日、チャペルでにこやかに笑っておられた海保眞夫先生の顔が思い出されます。

海保先生とヒロシマと言えば、映画『ヒロシマモナムール（公開時：二十四時間の情事）』（アラン・レネ監督）評価から始まった会話でしたが、ふだん押しつけがましいことは一切されないくせに、研究室で海保先生の師の厨川文夫氏との関わりを紹介しつつ原民喜の『夏の花』を私に手渡され、「彼らは「殉教者」ではないんですよ」と強い口調で言って黙ってしまわれたことがありました（先生は敬虔な基督者でした。意を察することは容易でした）。その一週間後に二人してイギリスに飛び、日曜日の眠ったようなキングス・リンの町の広場で、ヒロシマとはまるで関わりのない会話のなかで「池田君は鼻っ柱が強いのに、滅びや失意を描いた作品が好きですねえ」とまことに不思議そうに言われたことを覚えています。池田の愚かしい人生のごくわずかな理解者は、二〇〇三年春に享年六四歳で逝かれました。共訳者の同意を得て、この『黒い雨に撃たれて』を海保先生に献げたいと思います。

原　註

凡　例

1.　本書においては、原書の註（ナンバーを振られていない）と違って、註には「章ごとに」ナンバーを振っている。本文段落の末尾にそのナンバーが記されている。その段落に含まれる註は複数になることがあるが、その場合でも「註は本文中の表記の一部によって該当箇所が示される」原則のため混乱は生じない。

例：「1　オーバーンの故郷にて」原註＊5は、原註＊9は、

＊5 「多くの企業には……一般的な規則がある」：Eliot Grinnell Mears, *Resident Orientals on the Pacific Coast* (Chicago: University of Chicago Press,1928), 199–200.「彼らのような利口な人間が……悲惨なことだ」：Ibid.

また、段落の末尾にナンバーを振ったために、同じ註番号の中にIbid.や同上が複数見られることがあるが諒とされたい。英書についてはIbid.を、インタビューや和書については同上を用いている。

例：「3　受難の始まり」原註＊7は、

＊7「オーバーンのさまざまな学校が……感謝の気持ち」：Ibid.「進んで軍務につく心構え」：Ibid.

2.　日本語訳が出ている場合にも、逆に日本語の原著がある場合にも、パーレンの中に収めた。たとえば、プロローグの原註＊4の（トミ・カイザワ・ネイフラー『引き裂かれた家族――第二次世界大戦下のハワイ日系七家族』尾原玲子訳、日本放送出版協会、1992年）は日本語訳の出ている例であり、3の原註＊11の（伊藤一男『北米百年桜』北米百年桜実行委員会、シアトル、1969年。本文中の引用は同書729頁より）は日本語の原著がある例である。ただしこれは必ずしも、日本語訳、あるいは日本語の原著からの直接的な引用があることを示しているわけではなく、むしろ引用はほとんどない。

3.　旧字体は「原則として」新字体に直している。

4.　あきらかな誤りは、著者の許可のもと訳者により訂正ないし加筆ないし削除されているが、これについては例を挙げない。また、日本の読者には不要な説明も削除されている。

5.　英文資料は、各章の初出箇所のみ、省略のない書誌情報を掲げている。また、インタビューについては、年月日と場所とを明示することを一応の原則とするが、それについても各章の初出箇所のみにとどめることをめざしている。

6.　訳者による註は〔　〕で囲ってあるが、すでに上記4.の過程を経ているので、最小限にとどめるよう努めた。また、本文中の誤りにはこの原註では「原則としては」触れないこととする。

訳者による註の例として、基準を設けず3つを挙げておく。

1の＊6〔当該項目は、次のようである。「克二　廣島県安佐郡祇園村　211 5th Ave,. So., Seattle, Wash. 明治十九年生卅四年渡米フィトオス大學出身現在福原商會經營肥料販賣、華州日本人酪農組合専務理事、妻キヌ、男克巳、克治、久惠」。なお、フィトオスはおそらくWhitworth Collegeのことと思われる〕。

4の＊17〔分類番号3.8.5.8（マイクロフィルム旅21）、外務省外交史料館所蔵〕

22の＊2〔Tagamiでなく田上八郎（たのうえ　はちろう）中将、第33師団長〕。

エピグラフの出典

伊藤一男『北米百年桜』北米百年桜実行委員会、シアトル、1969年、43頁より引用。

ヴァイオレット・一恵・デ・クリストフォロ編著『さつきぞらあしたもある——アメリカ日系人強制収容所俳句集』行路社、1995年、137–138頁より引用。

峠三吉『原爆詩集』所収「炎」より抜粋、岩波文庫、2016年、21–22頁より引用。

プロローグ　衝撃波

＊1　「日本軍が真珠湾を攻撃したんですってよ」：この会話が掲載されているのは、Harry Katsuharu Fukuhara, interview by Eric Saul and assistance by Lonnie Ding, January 7, 1986, transcript, National Japanese American Historical Society Oral History Project, San Francisco, 23; Harry Fukuhara, interview, transcript, MIS Association, Norcal, Civil Liberties Public Education Fund Program (CLPEFP), San Francisco, 14.

＊2　「傷ついた」：Fukuhara, interview, CLPEFP.

＊3　「ハワイ奇襲に成功したぞ！」：著者によるフランク・フクハラへのインタビュー、東京、2001年4月17日。

＊4　「マモルモ　セメルモ　クロガネノ……」：ラジオ放送に関する情報については、Tomi Kaizawa Knaefler, *Our House Divided: Seven Japanese American Families in World War II* (Honolulu: University of Hawaii Press, 1991)（トミ・カイザワ・ネイフラー『引き裂かれた家族――第二次世界大戦下のハワイ日系七家族』尾原玲子訳、日本放送出版協会、1992年)。

＊5　「宣戦布告」: https://archive.org/details/PearlHarborAttackAnnouncement.

＊6　「これからいろいろと面倒なことが」：著者によるハリー・フクハラへのインタビュー、東京、1999年1月10日。Harry Katsuharu Fukuhara, interview by Eric Saul, 23.

＊7　翌日、キヌが地元紙の『中国新聞』を開くと：『中国新聞』昭和16年12月9日付夕刊。

I　アメリカに生まれ、二つの文化で育つ

1　オーバーンの故郷にて

＊1　一九二〇年になると、蒸気機関車の汽笛が：Josephine Emmons Vine, *Auburn: A Look Down Main Street* (Auburn, WA: City of Auburn, 1990), 57.

＊2　二階下の固い地面に：著者によるハリー・フクハラへのインタビュー、東京、2005年10月20日。

＊3　ガラスのケースに：著者によるハリー、ピアス、フランク・フクハラへのインタビュー、東京、1998年10月13日。著者によるハリー・フクハラへのインタビュー、東京、1999年1月9日。

＊4　一九二〇年代の初頭には、広島県出身の二万五〇〇〇人を超える合法的な移民が：竹田順一『在米広島県人史』ロスアンゼルス、在米広島県人史発行所、1929年、70–71頁。

＊5　「多くの企業には……一般的な規則がある」：Eliot Grinnell Mears, *Resident Orientals on the Pacific Coast* (Chicago: University of Chicago Press,1928), 199–200.「彼らのような利口な人間が……悲惨なことだ」：Ibid.

＊6　自身はホワイトカラーの職を得て、カレッジにも通ったが：日米新聞社編『在米日本人人名辞典』日米新聞社、1922年、146頁〔147頁には発見できず146頁に修正〕

〔当該項目は、次のようである。「克二　廣島県安佐郡祇園村 211 5th Ave,. So., Seattle, Wash. 明治十九年生卅四年渡米フィトオス大學出身現在福原商會經營肥料販賣、華州日本人酪農組合專務理事、妻キヌ、男克巳、克治、久惠」。なお、フィトオスはおそらく Whitworth College のことと思われる〕。

＊7　一九二九年には、四〇〇〇人近い日系アメリカ人の二世が：Rinjirō Sodei and John Junkerman, *Were We the Enemy? American Survivors of Hiroshima* (Boulder, CO: Westview Press, 1998), 16.（袖井林二郎『私たちは敵だったのか——在米被爆者の黙示録』岩波書店、1995 年）。

＊8　「私たちの教育がめざすのは」：Japanese Immigration Hearings Before the House Committee on Immigration and Naturalization, July 12–August 3, 1920, H.R. 66th Congress, 2nd Session, Points 1–4, quoted in Yamato Ichihashi, *Japanese in the United States* (Palo Alto: Stanford University Press, 1932), 329.

＊9　「話すときも、歩くときも」：Monica Sone, *Nisei Daughter* (Seattle: University of Washington Press, 1979), 24.

＊10　「いくら頼まれても」：著者によるハリー・フクハラへのインタビュー、東京、1999 年 1 月 10 日。他の発言も同インタビューより。

＊11　「おまえの親父はいつオーバーンの市長になるんだい？」：故郷の友人たちとハリー・フクハラとの会話、ワシントン州オーバーン、2002 年 8 月 2 日。

＊12　「僕はフクハラなんかじゃなくて」：Harry Katsuharu Fukuhara, interview by Eric Saul, 13, 53.

＊13　「皆さんをあっと驚かせるものを」："2000 Lanterns Will Glow In Night Parade," *Auburn Globe-Republican*, July 25, 1929.

＊14　この祝祭は、オーバーン日本人会が用意した花火で幕をあけ：Stan Flewelling, *Shirakawa: Stories from a Pacific Northwest Japanese American Community* (Auburn, WA: White River Valley Museum, 2002), 105–106.

2　ヒロシマでの束の間の滞在

＊1　フランクは太平洋を渡る初めての：著者によるフランク・フクハラへの電話インタビュー、2003 年 9 月〔9 月に複数回行われた〕。

＊2　荒れた海で二週間を過ごしたのち：横浜マリタイムミュージアム編『企画展横浜港を彩った客船：Port of Yokohama』横浜マリタイムミュージアム、2004 年、付 6。

＊3　目の前にいるのは……僕の兄さんと姉さんなのだ：著者のためにフランクが作成したノート、1999 年、3 頁目。

＊4　「パパとママはあたしをだましたんだ」：著者によるメアリー・イトウへのインタビュー、トーランス、2003 年 3 月 21 日。

＊5　キヨの頭にあるのはただ一つ：広島本通商店街振興組合編『広島本通商店街のあゆみ』広島本通商店街振興組合、2000 年、24 頁。著者によるトシナオ・ニシムラのインタビュー、東京、2001 年 3 月 24 日。

＊6　ところがこの盾を表にかけてみると：広島本通商店街振興組合編『広島本通商店街

のあゆみ』50 頁。著者によるフランク・フクハラとタケヒコ・ササキへのインタビュー、広島、1999 年 4 月 10 日。

＊7　毎朝キヨは髪をきっちり団子にまとめ：著者によるマサコ・ササキへのインタビュー、広島、2007 年 3 月 27 日。この情報の多くは、マサコならびに、家族がライバル店を所有するマサコの親戚が提供してくれた。

＊8　その規模も明るさも西日本一だとまで謳われたし：広島本通商店街振興組合編『広島本通商店街のあゆみ』33 頁。

＊9　一年も経たないうちに離婚となった：広島県宮島町□□□・□□の戸籍謄本。キヨは 1903 年に 17 歳で最初の夫と結婚した。

＊10　ヴィクターは「とても優しくて」：著者によるタケヒコ・ササキへのインタビュー、1999 年 4 月 10 日。

＊11　「みんなにからかわれるから」：著者によるメアリー・イトウへのインタビュー、2003 年 3 月 21 日。著者によるタケヒコ・ササキへのインタビュー。生意気な「ヤンキー」だとか、いじめっ子といった：著者によるタケヒコ・ササキへのインタビュー、1999 年 4 月 10 日。

＊12　礼儀作法は以前ほど厳格で堅苦しいものでは：Ben-Ami Shillony, *Politics and Culture in Wartime Japan* (New York: Oxford University Press, 1981), 148（ベン＝アミー・シロニー『Wartime Japan――ユダヤ人天皇学者が見た独裁なき権力の日本的構造』古葉秀訳、五月書房、1991 年）。

＊13　敵の弾に当たって片目を失ったトウキチ：著者によるフランク・フクハラへの電話インタビュー、2006 年 5 月 22 日。

＊14　「さあ起きい、起きい」：著者によるタケヒコ・ササキへのインタビュー。著者によるマサコ・ササキへのインタビュー。

＊15　トウキチが店の外に出るのは：著者によるトシナオ・ニシムラへのインタビュー。明治堂の女主人たるキヨが：著者によるマサコ・ササキへのインタビュー、2007 年 3 月 27 日。

＊16　「娘をやったわけじゃない」：著者によるメアリー・イトウへのインタビュー、トーランス、2003 年 3 月 21 日。

＊17　「あたしは卒業証書をお金で買ったのよ」：同上。

＊18　伝説によれば：著者によるハリー・フクハラへのインタビュー、東京、2006 年 4 月 22 日。

3　受難の始まり

＊1　あの子たち、靴も脱いでないじゃないの：著者によるメアリー・イトウへのインタビュー、トーランス、2003 年 3 月 21 日および 24 日。

＊2　「ずいぶんと長い時間に思えたよ」：著者によるハリー・フクハラへのインタビュー、東京、2005 年 10 月 20 日。

＊3　「とんだわがまま娘よね」：著者によるメアリー・イトウへのインタビュー、トーランス、2003 年 3 月 21 日および 24 日。

＊4　「母親の愛情に飢えていたのね」：同上。

＊5　「口から先に生まれたのだと」：同上。

＊6　特別仕様の六基の照明：装飾を施した照明の情報については、Stan Flewelling, *Shirakawa: Stories from a Pacific Northwest Japanese American Community* (Auburn, WA: White River Valley Museum), 107–108.「友情の証」：“Dedication Is Formal Affair,” *Auburn Globe-Republican*, November 28, 1929, 1, 5.

＊7　「オーバーンのさまざまな学校が……感謝の気持ち」：Ibid.「進んで軍務につく心構え」：Ibid.

＊8　キヌが最初に夫に：著者によるメアリー・イトウへのインタビュー、トーランス、2003年3月24日。

＊9　「僕の言うことはなんでも聞いてくれる」：著者によるフランク・フクハラへのインタビュー、ホノルル、2008年2月7日。一階までフランクを抱っこして：著者によるメアリー・イトウへのインタビュー。

＊10　ヴィクターとメアリーとピアスは、揃って小学二年生：著者によるピアス・フクハラへのインタビュー、東京、2001年3月9日。

＊11　「FOODのF、……」：Kazuo Ito, *Issei: A History of Japanese Immigrants in North America*, trans. Shinichiro Nakamura and Jean S. Gerard (Seattle: Executive Committee for Publication, c/o Japanese Community Service, 1973), 627（伊藤一男『北米百年桜』北米百年桜実行委員会、シアトル、1969年。本文中の引用は同書729頁より）。

＊12　「おてんばな跳ねっ返り娘」：この引用および以降のメアリーの引用は、著者によるメアリー・イトウへのインタビューより。

＊13　西海岸やハワイのどこでも：Mei Nakano, *Japanese American Women: Three Generations 1890–1990* (Sebastopol, CA: Mina Press, 1990), 122（メイ・T・ナカノ『日系アメリカ女性——三世代の100年』サイマル・アカデミー翻訳科訳、サイマル出版会、1992年）。

4　大恐慌

＊1　カリフラワー、キャベツ、ニンジン：David A. Takami, *Divided Destiny: A History of Japanese Americans in Seattle* (Seattle: University of Washington Press and Wing Luke Asian Museum, 1998), 20.

＊2　この郡から日本人を追いだせるだろう：David A. Neiwert, *Strawberry Days: How Internment Destroyed a Japanese American Community* (New York: Palgrave Macmillan, 2005), 64–65（デヴィッド・A・ナイワート『ストロベリー・デイズ——日系アメリカ人強制収容の記憶』ラッセル秀子訳、みすず書房、2013年）。Stan Flewelling, *Shirakawa: Stories from a Pacific Northwest Japanese American* Community (Auburn, WA: White River Valley Museum, 2002), 76.

＊3　日系一世が初めてホワイトリバー・バレーに姿を見せると：Flewelling, *Shirakawa*, 24–25.

＊4　一九二五年には：John Adrian Rademaker, “The Ecological Position of the Japanese Farmers in the State of Washington” (Ph.D. diss., University of Washington, 1939), 35–36, quoted in

Neiwert, *Strawberry Days*（ナイワート『ストロベリー・デイズ』）。「涙を呑み込んだ」：Kazuo Ito, *Issei: A History of Japanese Immigrants in North America*, trans. Shinichiro Nakamura and Jean S. Gerard (Seattle: Executive Committee for Publication, c/o Japanese Community Service, 1973) 65–66, 165.（伊藤一男『北米百年桜』北米百年桜実行委員会、シアトル、1969年）。

＊5　「よく畑まで出向いて牧会訪問をやったものです」：キタガワの引用については、Flewelling, *Shirakawa*, 215.

＊6　電気を引く金もないので：著者によるトム・ヒキダへの電話インタビュー、2003年12月1日。収穫物をトラックに載せて：Takami, *Divided Destiny*, 20.

＊7　四五〇万を超えるアメリカ人が：Timothy Egan, *The Worst Hard Time: The Untold Story of Those Who Survived the Great American Dust Bowl* (New York: Houghton Mifflin, 2006), 95.

＊8　カツジは日本人として初めて：Chamber of Commerce officers, Auburn 1930, in University of Washington Libraries Digital Collections.

＊9　「なんと日本人のコミュニティに自分から」：著者によるハリー・フクハラへのインタビュー、東京、1999年1月10日。

＊10　「あの人たちの財布には金がありましたよ」：著者によるレイ・オバザワへの電話インタビュー、2004年1月27日。

＊11　ほんの一割にすぎなかった：Eliot Grinnell Mears, *Resident Orientals on the Pacific Coast* (Chicago: University of Chicago Press, 1928), 258–59, quoted in Yamato Ichihashi, *Japanese in the United States* (Palo Alto, CA: Stanford University Press, 1932), 168.

＊12　ポテトブランケット：著者によるハリー・フクハラへのインタビュー、1999年1月10日および2001年4月17日。

＊13　「キャッシュ・レジスターのチーンという音が」：Ito, *Issei*, 712–14, 851, 854（伊藤一男『北米百年桜』、本文中の引用は同書982頁より）。「櫛の歯の抜けるように空家が」：Ibid.（伊藤一男『北米百年桜』、本文中の引用は同書978頁より）。

＊14　収穫物の入った麻袋を：著者によるハリー・フクハラへのインタビュー、シアトル、2002年8月4日。

＊15　行き先も告げずによく家を飛びだしては：著者によるハリー・フクハラへのインタビュー、東京、1999年1月10日、2001年4月26日、2005年10月17日。

＊16　ときには町はずれで：Harry Fukuhara, interview, transcript, MIS Association, Norcal, Civil Liberties Public Education Fund Program (CLPEFP), San Francisco, 5. 著者によるハリー・フクハラへのインタビュー、1999年1月10日。

＊17　初めてパスポートを申請したときは：list of passports issued, File 3.8.5.8 Tabi 21, Diplomatic Archives, Ministry of Foreign Affairs, Tokyo.〔分類番号3.8.5.8（マイクロフィルム旅21）、外務省外交史料館所蔵〕。

＊18　それでもオーバーンで、カツジは：Flewelling, *Shirakawa*, 107. 反米を唱える大規模な運動が：『東京朝日新聞』大正13年7月1日付2面。

＊19　一一月八日：フランク・フクハラが著者に宛てた短信、2002年4月6日付。著者によるインタビュー、シアトル、2002年8月8日。著者に宛てた手紙、2003年10月3日付。

5　象牙色の骨と鉛色の灰

＊1　「父はもともと体が丈夫なほうではなかったから」：著者によるハリー・フクハラへのインタビュー、東京、1999年1月10日。

＊2　一家が楽しみにしていた大晦日まであと三日：オーバーンとシアトルでのカツジの治療に関する情報については、キングス郡にあるワシントン州高等裁判所の遺言検認裁判記録より。

＊3　「病院の中にいなさいね」：著者によるハリー・フクハラへのインタビュー、東京、2005年10月16日。

＊4　「逃げだしちゃったのさ」：同上。

＊5　「叱ってくれたほうが……」：同上。

＊6　僧侶のアオキ師が：葬儀の情報については、Flewelling, *Shirakawa*, 107.「アメリカ人と日本人を問わず」：“Death Calls H. K. Fukuhara,” *Auburn Globe-Republican*, April 14, 1933, 4.

＊7　貯金はたったの：遺言検認裁判記録。

＊8　「そこそこの収入で質素に暮らす家庭」：同上。

＊9　「本来ならけしからんことだが」：著者によるハリー・フクハラへのインタビュー、ホノルル、2008年2月7日。

＊10　ハリーは大喜びで：著者によるハリー・フクハラへのインタビュー、東京、2006年7月3日。

＊11　キヌが毛布を広げ：著者によるハリー・フクハラへのインタビュー、1999年1月10日。

＊12　「父さんがいなくてもそんなに寂しくなかったよ」：著者によるフランク・フクハラへのインタビュー、ホノルル、2009年1月21日。

＊13　ごくごくたまに：著者によるハリー・フクハラへのインタビュー、1999年1月10日。

＊14　「一三歳のころは……」：著者によるハリー・フクハラへのインタビュー、ホノルル、2008年2月7日。

＊15　日本の女性は、中には大胆な柄の着物を着る人もいるけれど：*The Fabric of Life: Five Exhibitions From the Textile Collection*, July–October 2008, brochure and exhibition. とくに、Gallery 20, “Bright and Daring: Japanese Kimono in the Taisho Mode,” July 23–October 5, 2008, at the Honolulu Museum of Art.

＊16　「母にとって問題は僕だけだった」：著者によるハリー・フクハラへのインタビュー、1999年1月10日。マクリーンは当初見積もった資産五五〇〇ドルを：遺言検認裁判記録。

＊17　「さすがに母さんも僕を置いてはいけないからね」：著者によるハリー・フクハラへのインタビュー、東京、2001年4月17日。「気に入らなかったら戻っていいだろ」：同上。

＊18　一九三三年一一月一五日の午後：“N.Y.K. Seattle-Vancouver-Orient Service: Sailing Schedule for Nov. 1932–December 1933,” 日本郵船歴史博物館。キヌは三等室の切符を……で購入した：「日本郵船太平洋航路運賃表」日本郵船歴史博物館。

II　二つの国を漂う

6　日の出る国

＊1　一等客はといえば：『洋上のインテリア——船内装飾と建築にみる近代日本デザイン：日本郵船歴史博物館企画展』日本郵船歴史博物館、2007 年。ほんの一年半前には：佐藤早苗『輝きの航海——日本の客船とその時代』時事通信社、1993 年、46 頁〔氷川丸内部の様子が、原著と出典および実地調査とは違っているので本文を修正〕。

＊2　一家全員合わせた船賃は：横浜市教育委員会生涯学習部文化財課編『横浜市指定文化財「氷川丸」調査報告書』横浜市教育委員会生涯学習部文化財課、2004 年、85 頁〔原著註では 2003 年と記載〕。当時日本では：同上。

＊3　一世たちがカイコダナ（蚕棚）と呼んだ：Ito, *Issei*, 13（伊藤一男『北米百年桜』）。「子どもだけで」：著者によるハリー・フクハラへのインタビュー、東京、2004 年 12 月 7 日。

＊4　強風につかまり：『横浜貿易新報』1933 年 11 月 29 日付、5、7 頁。

＊5　太陽の光に煌めく雲の光輪を背景に：著者によるフランク・フクハラへの電話インタビュー、2007 年 5 月 28 日。

＊6　キヌの兄弟の一人が：Harry Fukuhara, interview, transcript, MIS Association, Norcal, Civil Liberties Public Education Fund Program (CLPEFP), San Francisco.

＊7　「クツヲヌギナサイ」：著者によるハリー・フクハラへのインタビュー、東京、2006 年 7 月 3 日。この家にはなんたって電話もないのだ：著者によるマサコ・ササキへのインタビュー、広島、2007 年 3 月 27 日。

＊8　来る前から日本のことが好きではなかったが：著者によるハリー・フクハラへのインタビュー、東京、2001 年 4 月 24 日。広島に着いて二週間ほど過ぎて：オーバーンのノブフサ・ビトウから広島のハリー・フクハラに宛てた手紙、1933 年 12 月 16 日付。

＊9　「天皇や皇太子といったものが」：著者によるフランク・フクハラへのインタビュー、東京、2001 年 4 月 17 日。

＊10　「故郷で祝ったような素晴らしいホリデーが」：東京のヒロシ・ソノベからハリー・フクハラに宛てた手紙、1937 年の終わり、もしくは 1938 年の初め。

＊11　「母さんは僕が死んでしまうんじゃないかと」：著者によるフランク・フクハラへのインタビュー、2001 年 4 月 17 日。フランク・フクハラから著者に宛てた短信、2005 年 4 月。

＊12　「みんなの話す言葉が」：著者によるハリー・フクハラへのインタビュー、ホノルル、2008 年 9 月 29 日。

＊13　「今日は何を習うたの？」：著者によるハリー、フランク、ピアス・フクハラへのインタビュー中のハリー・フクハラ、東京、1998 年 10 月 13 日。著者によるハリー・フクハラへのインタビュー、東京、1998 年 12 月 6 日。

＊14　「どうしていいかさっぱりわかんなかったわ！」：著者によるメアリー・イトウへのインタビュー、トーランス、2003 年 3 月 21 日。

＊15　「あの家に入ると」：著者によるチエコ・イシダへのインタビュー、福岡、1999 年 4

月 9 日。

＊16　ハリーは家庭教師に教わってはいたが：著者によるハリー・フクハラへのインタビュー、ホノルル、2008 年 9 月 29 日。

＊17　バケツで泳ぐ真っ赤な金魚が：著者によるシゲル・マツウラへのインタビュー、広島、1999 年 4 月 10 日。

＊18　少年たちは互いをちろちろ見やりながら：著者によるシゲル・マツウラへのインタビュー、広島、2002 年 11 月 16 日。著者によるハリー・フクハラへのインタビュー、ホノルル、2008 年 1 月 27 日。さらに強烈なパンチが何発か：同上。

＊19　それとも自分の縄張りをおかした二世に：著者によるハリー・フクハラへのインタビュー、東京、1999 年 4 月 10 日。

＊20　「日本に来て最初の一年は」：著者によるハリー・フクハラへのインタビュー、東京、2005 年 10 月 20 日。

＊21　夜の八時か九時ごろまで：ハリー・フクハラの日記、1936 年 7 月 15 日付。Roy Mitsuoka, "Answers to Questions for the Fukuhara Project," December 20, 2001. ロイ・ミツオカから著者に宛てた手紙、2003 年 12 月 24 日付。

＊22　気軽な近況報告の中で：ルース・ウッズからハリー・フクハラに宛てた手紙、1935 年 9 月 21 日付。

＊23　一方、ヴィクターはというと：著者によるフランク・フクハラへのインタビュー、ホノルル、2009 年 1 月 21 日。ようやく軌道に乗りはじめたと思った矢先に：Katsumi Fukuhara, military record, Hiroshima Prefecture.〔広島県健康福祉局地域社会援護課管轄軍歴資料の福原克已〕

＊24　「日本の軍籍に入った生得のアメリカ市民権を持つ者は」：神戸のケネス・C・クレンツ領事からハリー・フクハラに宛てた手紙、1935 年 11 月 29 日付。

＊25　日本は諸外国の中でも「類を見ず」：Ulrich Straus, *The Anguish of Surrender: Japanese POWs of World War II* (Seattle: University of Washington Press, 2003), 35（ウルリック・ストラウス『戦陣訓の呪縛——捕虜たちの太平洋戦争』吹浦忠正監訳、中央公論新社、2005 年）。

＊26　さまざまな技能の中でも：著者によるハリー・フクハラへのインタビュー、東京、2001 年 4 月 17 日、2001 年 4 月 26 日。著者によるジョニー・マスダへのインタビュー、東京、2001 年 4 月 3 日。以下も参照。Straus, *The Anguish of Surrender*, 35（ストラウス『戦陣訓の呪縛』）ならびに MIS Norcal Association, *Prejudice & Patriotism: Americans of Japanese Ancestry in the Military Intelligence Service of WWII* (San Francisco: National Japanese American Historical Society), video. 四方八方に散らばる薬莢を網でいっきに掬ったが：著者によるハリー・フクハラへのインタビュー、ホノルル、2009 年 3 月 16 日。

＊27　「最重要の敵」：著者によるハリー・フクハラへのインタビュー、東京、2006 年 4 月 19 日。「ちょっとばかり居心地が悪かったよ」：著者によるハリー・フクハラへのインタビュー、2009 年 3 月 16 日。

＊28　「一日じゅう鉄砲をかついでひどくくたびれた」：ハリー・フクハラの日記、1936 年 6 月 2 日付。「そのあと行進してまわった」：同上。「授業の一環」：著者によるハリ

ー・フクハラへのインタビュー、ホノルル、2008年2月7日。

＊29　フランクが蓄音機をまわして：著者によるハリー・フクハラへのインタビュー、東京、2001年4月20日。

＊30　「バカヤロウ！」：同上。Harry Katsuharu Fukuhara, interview by Eric Saul and assistance by Lonnie Ding, January 7, 1986, transcript, National Japanese American Historical Society Oral History Project, San Francisco, 11.「日本人にとって」：Harry Fukuhara, interview, transcript, MIS Association, Norcal, Civil Liberties Public Education Fund Program (CLPEFP), San Francisco, 9.

＊31　「メアリーと母さんは、年がら年じゅう喧嘩していたよ」：著者によるハリー・フクハラへのインタビュー、2001年4月24日。著者によるフランク・フクハラへのインタビュー、福岡、1999年4月9日。けれどメアリーはひどく頭にきていたので：著者によるメアリー・イトウへのインタビュー、トーランス、2003年3月24日。

＊32　地味な着物に着替えて下駄を履くかわりに：著者によるマサコ・ササキへのインタビュー、2007年3月27日。

＊33　すぐさまキヌはメアリーに：ハリー・フクハラの日記、1936年3月28日付。

＊34　「もう耐えられなかったのよ」：著者によるメアリー・イトウへのインタビュー、トーランス、2003年3月24日。

＊35　「あんた！　逃げだしてきたんか？」：同上。

＊36　「とにかくもう限界だったのよ」：同上。

＊37　「もしもし、ヒサエだけど」：同上。著者によるタズコ・オオモリへの電話インタビュー、2001年4月13日。

＊38　ところがドックに立つ母親を見下ろすと：著者によるメアリー・イトウへのインタビュー、2003年3月24日。

＊39　「おばさんはまだ娘さんに夢を持っていたんです」：著者によるマサコ・ササキへのインタビュー。

＊40　「たしかに家族と別れるのがどんなに大変かはわかります」：オーバーンのエレン・ラザフォードからハリー・フクハラに宛てた手紙、1937年3月21日付。「あなたは日本の家族や周囲の人たちの……」：オーバーンのエレン・ラザフォードからハリー・フクハラに宛てた手紙、1937年5月2日付。

＊41　それでもキヌは、帰還兵を乗せた船のことが：著者によるハリー・フクハラへのインタビュー、2001年4月20日。

＊42　ハリーとマツウラは：著者によるシゲル・マツウラへのインタビュー、2002年11月16日。

＊43　「短いお付き合いでしたが……」：広島のルース・ヤマダからハリー・フクハラに宛てた手紙、1937年10月8日付。

＊44　「そういえば広島県の二世の男子が……と聞きましたが」：オレゴン州グレシャムのメアリー・オキノからハリー・フクハラに宛てた手紙、1937年10月27日付。

＊45　「こちらでは誰もが新聞を読み」：オーバーンのカズ・コージョーからハリー・フクハラに宛てた手紙、1938年2月19日付。

＊46　この家の建築費のなんと三分の一が：著者によるハリー・フクハラへのインタビュー、東京、1998年11月2日。著者によるフランク・フクハラへのインタビュー、ホノルル、2008年1月29日。
＊47　自分の出発も近いことを友人たちに：ワシントン州タコマのW・A・マクリーンから広島のハリー・フクハラに宛てた手紙、1938年2月9日付。そして一九三八年の三月三日：山陽商業学校卒業証書。
＊48　「タテマエ生活（建前生活）」：著者によるマサコ・ササキへのインタビュー。
＊49　「あいつらときたら、家族の目の前で……」：著者によるハリー・フクハラへのインタビュー、1999年1月10日。
＊50　兄であり、父でもあった：著者によるフランク・フクハラへの電話インタビュー、2009年2月9日。

7　悲しい帰郷

＊1　話を聞くうちに：list of passports issued, File 3.8.5.8 Tabi 69, Diplomatic Records Office, Tokyo.〔分類番号3.8.5.8（マイクロフィルム旅69）、外務省外交史料館所蔵〕。
＊2　札束をはたいて人力車に乗ったり相撲見物に興じたり：小牧市のフランク・フクハラから東京の著者に宛てた手紙、2001年12月1日付。著者によるフランク・フクハラへのインタビュー、ホノルル、2008年2月7日。豆腐売りの自転車が：著者によるフランク・フクハラへのインタビュー、2001年11月20日。〔なお、カツジ＝福原克二氏（明治19年2月2日生まれ）と兄所兵氏（明治8年1月3日生まれ）は、ともに明治33年3月15日に「渡航主意」鉄道業で旅券が交付されている。所兵氏はモト夫人（明治12年7月3日生まれ）と明治31年7月14日入籍。所兵氏は昭和16年1月3日に広島県安佐郡の本籍地にてモト夫人により死亡届が出されている。所平氏夫妻の次の世代についての情報は詳述を避ける〕。
＊3　「こんな仕事はしたこともなかったわ」：著者によるメアリー・イトウへのインタビュー、トーランス、2003年3月21日。イケバナの腕が：同上。
＊4　「あの人はあたしの番犬だったの」：同上。
＊5　女中とは、二世の女性に門戸の開かれた数少ない職業：“Pride and Practicality, Japanese Immigrant Clothing in Hawaii,” exhibition, Japanese Cultural Center of Hawaii, September 2008.
＊6　「あなたの旧友より」：オーバーンのヘレン・ホールから広島のハリー・フクハラへ宛てた手紙、1934年12月8日および1935年6月5日付。
＊7　「ああハリー」：オーバーンのミセス・ビドルから広島のハリー・フクハラに宛てた手紙、日付なし。
＊8　僕が見逃したのは：*The Invader 1937*, yearbook (Auburn, WA: Auburn High School, 1937).
＊9　本当に感じのよい姉妹で：著者によるエイミー・ナガタへのインタビュー、ロサンゼルス、2003年3月21日。
＊10　「脇にどいてなさい」：著者によるウォルト・タナカへのインタビュー、サンノゼ、1999年5月11日。
＊11　「僕が汚いっていうのか？」：同上。

＊12　「漂流」：Harry Fukuhara, “Autobiography Highlights” (photocopied notes, undated, circa December 5, 1992).

＊13　ディズニー・スタジオからハリー宛に届いたクリスマスカード：Walt Disney, Holllywood, to Harry Fukuhara, Christmas card, 1938.

＊14　「職を転々とするはめになっていただろう」：著者によるハリー・フクハラへのインタビュー、ロサンゼルス、2003年3月22日。「わしみたいになるんじゃないぞ」：著者によるハリー・フクハラへのインタビュー、東京、1999年1月17日。

＊15　「乱暴者」：著者による〔いとこの〕ボブ・フクハラへのインタビュー、ロサンゼルス、2003年3月22日。

＊16　ミッチャム家が：著者によるハリー・フクハラへのインタビュー、1999年1月19日。

＊17　ハリーはグレンデール・ジュニア・カレッジの定時制に登録し：Harry Katsuharu Fukuhara, military records, National Personnel Records Center, St. Louis, MO. それからヒッチハイクで学校に通うのは：著者によるハリー・フクハラへのインタビュー、東京、2005年10月20日。

8　広島にかかる靄

＊1　広島県立広島第一中学校：〔1922年以降、広島県立広島第一中学校と広島を入れた校名に改称。現在の広島県立広島国泰寺高校〕。

＊2　「あそこに行く子はみんな頭がよかったんですよ」：著者によるマサコ・ササキへのインタビュー、広島、2002年11月16日。

＊3　この学校の校訓：広島県立広島国泰寺高等学校「校長挨拶」http://www.kokutaiji-h.hiroshima-c.ed.jp/koutyou/principa3_e23.html.

＊4　「わしに挨拶せんかったじゃろ！」：著者によるフランク・フクハラへのインタビュー、富山、1999年3月24日。

＊5　「ナマイキジャ！」：同上。

＊6　一中の生徒は：校則については、著者によるフランク・フクハラへのさまざまなインタビュー。著者によるヘンリー・オグラへのインタビュー、東京、2001年6月27日。著者によるヒロシ・タナカへのインタビュー、広島、2002年11月17日。

＊7　彼女も息子も「バタくさい」：著者によるヘンリー・オグラへのインタビュー。

＊8　「日本でそがいな青いの着ちゃいけん！」：著者によるフランク・フクハラへのインタビュー、東京、1999年6月20日。

＊9　「上の息子さんたちはちょっと違っていましたね」：著者によるトシコ・フクダへのインタビュー、広島、2002年11月16日。

＊10　「若いときの苦労は買ってでもせよ」：著者によるフランク・フクハラへのインタビュー、東京、1999年6月20日および2001年4月17日。

＊11　大っぴらないじめ：著者によるヒロシ・タナカへのインタビュー。

＊12　「チューリップ（tulip）と発音しなさい」：著者によるヒロシ・タナカおよびヘンリー・オグラへのインタビュー。

＊13　フランクが本人いわく「軍の幼稚園みたいなハイスクール」に入学：著者によるフランク・フクハラへのインタビュー、ホノルル、2009 年 1 月 21 日。教師の中に現役の准尉や佐官までいることは：著者によるヒロシ・タナカへのインタビュー。著者によるフランク・フクハラへのインタビュー、2001 年 4 月 17 日。

＊14　「父親が兵士なら」：著者によるマサコ・ササキへのインタビュー。

＊15　「セッキョウ（説教）は僕の人生をすっかり変えてしまった」：著者によるフランク・フクハラへのインタビュー、1999 年 3 月 22 日、1999 年 4 月 9 日、2002 年 11 月 17 日、2006 年 6 月 9 日。

＊16　「けれど誰も訊いてこないから」：著者によるフランク・フクハラへのインタビュー、1999 年 6 月 20 日。

＊17　「なんだか胸がときどきして」：著者のためにフランク・フクハラが作成したノート、1999 年、9 頁。

＊18　「マモルモ　セメルモ　クロガネノ……」：ラジオ放送の情報については、Tomi Kaizawa Knaefler, *Our House Divided: Seven Japanese American Families in World War II* (Honolulu: University of Hawaii Press, 1991)（トミ・カイザワ・ネイフラー『引き裂かれた家族――第二次世界大戦下のハワイ日系七家族』尾原玲子訳、日本放送出版協会、1992 年）。

＊19　「日本はアメリカと戦うべきじゃない」：著者によるマサコ・ササキへのインタビュー、広島、2007 年 3 月 27 日。

＊20　「日本にとって、とても厳しい戦いになるだろう」：Knaefler, *Our House Divided*（ネイフラー『引き裂かれた家族』）。

＊21　「このままおとなしくしていなくては」：小牧市のフランク・フクハラから著者に宛てた短信、2002 年 4 月 6 日付。

9　ロサンゼルスでのパニック

＊1　「ジャップがハワイ爆撃で我が国と開戦」：*Los Angeles Times*, December 8, 1941.

＊2　「抑留対象者」：“Japanese Aliens’ Roundup Starts” and “City Springs to Attention,” *Los Angeles Times*, December 8, 1941.

＊3　グレンデール・ジュニア・カレッジ：Harry K. Fukuhara, graduation certificate, June 19, 1941.

＊4　「あの人たちは僕の本当の家族みたいだったのに」：著者によるハリーとフランク・フクハラへのインタビュー中のハリー、東京、2005 年 4 月 16 日。

＊5　「乾杯！」：“War Mutes New Year’s Eve Hilarity,” *Los Angeles Times*, January 1, 1942.

＊6　「いくらかわかってくれると思ったんだ」：Harry Fukuhara, interview, transcript, MIS Association, Norcal, Civil Liberties Public Education Fund Program (CLPEFP), San Francisco, 15. 強制労働：John W. Dower, *War Without Mercy: Race & Power in the Pacific War* (New York: Pantheon Books, 1986), 248（ジョン・W・ダワー『容赦なき戦争――太平洋戦争における人種差別』斎藤元一訳、猿谷要監修、平凡社ライブラリー、2001 年）。なお、ジョン・ダワーは、1939 年から 1945 年までに 67 万人近い朝鮮人がおもに炭鉱や重工業で働くために日本に連行されたと推定する。おそらく 1 万人以上が原子爆弾の投下によっ

て広島と長崎で絶命したと。

＊7　「当レストランはネズミとジャップに毒を盛ります」：Ibid., 92.「嫌がらせの風潮」：著者によるハリー・フクハラへのインタビュー、東京、2004年12月7日。「私は中国人です」：Michi Nishiura Weglyn, *Years of Infamy: The Untold Story of America's Concentration Camps* (Seattle: University of Washington Press, 1996), 36（ミチコ・ウェグリン『アメリカ強制収容所——屈辱に耐えた日系人』山岡清二訳、政治広報センター、1973年）。Robert A. Wilson and Bill Hosokawa. *East to America: A History of the Japanese in the United States* (New York: William Morrow, 1980), 249（R・ウィルソン、B・ホソカワ『ジャパニーズ・アメリカン——日系米人・苦難の歴史』猿谷要監訳、有斐閣選書、1982年）。

＊8　アメリカのカレッジリング：Wilson, *East to America*, 189（ウィルソン、ホソカワ『ジャパニーズ・アメリカン』）。陸に向けて光の合図を："Jap Boat Flashes Messages Ashore," *Los Angeles Times,* December 8, 1941. 矢印のしるし：著者によるハリー・フクハラへのインタビュー、シアトル、2002年8月2日。

＊9　「一部あるいはひょっとしたら多くの者は」："Death Sentence," *Los Angeles Times,* December 8, 1941.

＊10　「毒ヘビはどこで卵から孵ろうと」："The Question of Japanese-Americans," *Los Angeles Times*, February 2, 1942.

＊11　「日本はいったいどうしちゃったの？」：MIS Association, Norcal, Civil Liberties Public Education Fund Program (CLPEFP), San Francisco, 14–15.

＊12　「日本人という人種は」：以下より引用。Wilson, *East to America*, 234（ウィルソン、ホソカワ『ジャパニーズ・アメリカン』）。

＊13　「この措置がどれほど深刻で」：Doris Kearns Goodwin, *No Ordinary Time: Franklin & Eleanor Roosevelt: The Home Front in World War II* (New York: Simon & Schuster, 1994), 322.（ドリス・カーンズ・グッドウィン『フランクリン・ローズヴェルト（上）日米開戦への道』、砂村榮利子・山下淑美訳、中央公論新社、2014年。『フランクリン・ローズヴェルト（下）激戦の果てに』、砂村榮利子・山下淑美訳、中央公論新社、2014年）。

＊14　「誤報」："This Is No Time for Squabbling," *Los Angeles Times*, February 27, 1942.

＊15　人身保護令状の請求権：Harry Fukuhara, interview by Sheryl Narahara, undated transcript, National Japanese American Historical Society Oral History Project, San Francisco, 21.

＊16　「僕は一〇〇パーセント、アメリカ人だと」：Harry Katsuharu Fukuhara, interview by Eric Saul and assistance by Lonnie Ding, January 7, 1986, transcript, National Japanese American Historical Society Oral History Project, San Francisco, 28.

＊17　「オハイオ州のコロンバスに」：著者によるハリー・フクハラへのインタビュー、東京、2000年10月24日。

＊18　メアリーは離婚したがっていた：Tulare Assembly Center, Records of Japanese-American Assembly Centers, ca. 1942–ca. 1946, RG 499, Records of U.S. Army Defense Commands (WWII) 1942–46, microfilm, National Archives and Records Administration; Evacuee Case File for Mary Oshimo, RG 210, Records of the War Relocation Authority, National Archives and Records Administration.

＊19　「どうせ収容所に入れられると」：著者によるハリー・フクハラへのインタビュー、2001年4月20日。

＊20　およそ一万二〇〇〇人ものボランティア空襲監視員たち：*Los Angeles Times*, February 27, 1942.

＊21　男はこっちに来いと手招きして：Harry Katsuharu Fukuhara, interview by Eric Saul, 25.

＊22　灯火管制の命令に違反したかどで：著者によるショー・ノムラへのインタビュー、ロサンゼルス、2003年3月23日。

＊23　「一から一〇、それか二〇まで数えて」：著者によるハリー・フクハラへのインタビュー、東京、2001年4月20日。Harry Fukuhara, interview by Sheryl Narahara, 21.

＊24　「要は侮辱に侮辱を重ねたってわけだ」：Harry Katsuharu Fukuhara, interview by Eric Saul, 26.

＊25　「兵士から銃を取り上げるのは」：著者によるハリー・フクハラへのインタビュー、東京、1999年1月9日。

＊26　真珠湾攻撃の半年前に：著者によるウォルト・タナカへのインタビュー、サンノゼ、1999年5月11日。「その冷酷すぎる仕打ち」：著者によるロイ・ウエハタへのインタビュー、サンノゼ、1999年5月11日。

＊27　リトルトーキョーでは：Farm Security Administration/Office of War Information Black-and-White Negatives, Library of Congress Prints & Photographs Division.

＊28　「たいした儲けにはならなかったけど」：Harry Fukuhara, interview by Sheryl Narahara, 19; Harry Katsuharu Fukuhara, interview by Eric Saul, 23.

＊29　一九四二年五月六日の水曜日：Tulare Assembly Center Records.

＊30　ハリーは車のキーを渡すと：Harry Katsuharu Fukuhara, interview by Eric Saul, 32.

＊31　そこで竹縄を一一束：Tulare Assembly Center Records; Records of U.S. Army Defense Commands (WWII) 1942–46.

＊32　10464と番号の書かれた：Ibid.

＊33　朝八時一五分：Ibid.

10　グレンデールから広島に流れる沈黙

＊1　小学生のときに市の大会で：著者によるフランク・フクハラへの電話インタビュー、2004年9月30日。

＊2　アメリカとの戦争が始まってまもなく：著者によるハリー、ピアス、フランク・フクハラへのインタビュー中のフランク・フクハラ、東京、1998年10月13日。著者によるヘンリー・オグラへのインタビュー、東京、2001年6月27日。

＊3　政府が二重国籍保持者を：著者によるフランク・フクハラへのインタビュー、東京、2001年11月20日。

＊4　「一億一心」：Ben-Ami Shillony, *Politics and Culture in Wartime Japan* (New York: Oxford University Press, 1981), 5（ベン＝アミー・シロニー『Wartime Japan――ユダヤ人天皇学者が見た独裁なき権力の日本的構造』古葉秀訳、五月書房、1991年）。フランクはこんなジョークを：戦陣訓および「生きて虜囚の辱めを受けず」については、Ulrich Straus, *The*

Anguish of Surrender: Japanese POWs of World War II (Seattle: University of Washington Press, 2003), 38（ウルリック・ストラウス『戦陣訓の呪縛——捕虜たちの太平洋戦争』吹浦忠正監訳、中央公論新社、2005年)。「つまり二世はめめしいってことか」：著者によるフランク・フクハラへのインタビュー、東京、2001年4月17日。インタビュー、ホノルル、2008年2月7日。

＊5　その二〇年近く前に：『目でみる戦争とくらし百科』第1巻、早乙女勝元監修、日本図書センター、2001年、50–51頁。John W. Dower, *War Without Mercy: Race & Power in the Pacific War* (New York: Pantheon Books, 1986), 248（ジョン・W・ダワー『容赦なき戦争——太平洋戦争における人種差別』斎藤元一訳、猿谷要監修、平凡社ライブラリー、2001年)。

＊6　「大東亜戦争」：広島平和記念資料館編『動員学徒——失われた子どもたちの明日：広島平和記念資料館平成16年度第1回企画展』広島平和記念資料館、2004年。

＊7　キヨは配給切符で購入できる：著者によるマサコ・ササキへのインタビュー、広島、2001年11月16日。キヨの食品庫には：著者によるフランク・フクハラへのインタビュー、2008年2月7日。

＊8　フランクは金平糖と煎餅を：同上。

＊9　「誰にもわからなかったよ」：同上。

＊10　日本舞踊：著者によるマサコ・ササキへのインタビュー、広島、2007年3月27日。

＊11　夫妻の申し出を、キヌはきっぱりと：著者によるフランク・フクハラへのインタビュー、2001年11月20日。インタビュー、ホノルル、2008年1月29日。

＊12　「アメリカ生まれの日本人七万人」：“Tokyo Assails Evacuation,” *Los Angeles Times*, March 6, 1942.

＊13　オレゴン州とカリフォルニア州に住む合計四四名の日系人：『中国新聞』昭和17年3月17日付。

＊14　一〇ヶ所の強制収容所：「強制収容所（concentration camp)」という呼称は、こんにち広く認められている用語である。だが当時は「転住所（relocation camps)」または「抑留所（internment camps)」と呼ばれていた。

＊15　「僕は軍隊に入るかもしれません」：著者によるハリー、ピアス、フランク・フクハラへのインタビュー中のハリーおよびフランク・フクハラ、東京、1998年10月13日。キヌの返答についても、同インタビュー中のフランクより。

＊16　一九四一年一二月一九日以降：Louis Fiset, “Return to Sender: U.S. Censorship of Enemy Alien Mail in World War II,” *Prologue* 33, no. 1 (2001), http://www.archives.gov/publications/prologue/2001/spring/mail-censorship-in-world-war-two-1.html.

III　銃後の戦い

11　カリフォルニアでの監禁生活

＊1　およそ五〇〇〇人の日系移民のための：*Final Report, Japanese Evacuation from the West*

Coast, 1942 (Washington, DC: U.S. Government Printing Office, 1943), 158. すでに二四〇〇人が到着し：*Tulare News*, undated and May 9, 1942.

＊2　「志願者たち」：Claire Gorfinkel, ed., *The Evacuation Diary of Hatsuye Egami* (Pasadena, CA: Intentional Productions, 1995), 50–51. J–6–10 という番号："Individual Record," Evacuee Case File for Mary Oshimo, Record Group 210, National Archives and Records Administration. 四五分に一棟という驚くべき速さの突貫工事で：*Tulare News*, first issue. 通りの名前がないので：*Tulare News*, June 12, 1942.

＊3　「アパートメント」：Michi Nishiura Weglyn, *Years of Infamy: The Untold Story of America's Concentration Camps* (New York: William Morrow, 1976), 80（ミチコ・ウェグリン『アメリカ強制収容所――屈辱に耐えた日系人』山岡清二訳、政治広報センター、1973 年)。

＊4　「ニワトリ小屋だよ」：著者によるハリー・フクハラへのインタビュー、ロサンゼルス、2003 年 3 月 22 日。

＊5　マットレス用の袋に藁を詰めるのは：*Final Report, Japanese Evacuation from the West Coast, 1942*, 186; 著者によるショー・ノムラへのインタビュー、ロサンゼルス、2003 年 3 月 23 日。「新品だったわ！」：著者によるメアリー・イトウへのインタビュー、トーランス、2003 年 3 月 21 日。消灯および外出禁止の時刻：*Tulare News*, June 12, 1942. ようやくハリーは眠りに落ちた：Harry Fukuhara, interview by Sheryl Narahara, undated, transcript, National Japanese American Historical Society Oral History Project, San Francisco, 22.

＊6　「これまでぼくらはあまりにひどい貧乏暮らしだったから」：Harry Fukuhara, quoted in Shizue Seigel, *In Good Conscience: Supporting Japanese Americans During the Internment* (San Mateo, CA: Kansha Project, 2006), 78–79.

＊7　塩化ナトリウムの錠剤：*Tulare News*, May 17, 1942.「木の枝がこんもりと茂っていて」：Gorfinkel, ed., *The Evacuation Diary of Hatsuye Egami*, 35. 周囲に張られたフェンスから五フィート以内に：*Tulare News*, May 6, 1942. 敷地内にたった一本だけ残る大樹：*Tulare News*, May 27, 1942. 著者によるハリー・フクハラへのインタビュー、ホノルル、2008 年 1 月 29 日。

＊8　食堂が一一ヶ所：またほかの詳細についても *Tulare News*, May 9, 1942.「初期のアメリカの開拓者と同じく」：この引用ならびに次の引用は以下より。*Tulare News*, first issue.

＊9　「まったくとんでもない暮らし」：Harry Katsuharu Fukuhara, interview by Eric Saul and assistance by Lonnie Ding, January 7, 1986, transcript, National Japanese American Historical Society Oral History Project, San Francisco, 34. 月六ドル：*Tulare News*, May 23, 1942. 経理部門の事務員：Tulare Assembly Center, Records of Japanese-American Assembly Centers, ca. 1942–ca. 1946, RG 499, Records of U.S. Army Defense Commands (WWII) 1942–46, microfilm, National Archives and Records Administration.「熟練」労働者並みの：Ibid.; Harry Katsuharu Fukuhara, military records, National Personnel Records Center, St. Louis, MO.

＊10　ブリーフとパジャマを買い：Ibid. 映画：*Tulare News*, July 25, 1942, and August 1, 1942.

＊11　総勢四八九三人の中の三四四〇人：*Tulare News*, June 3, 1942.「より良きアメリカ人のための新聞」：*Tulare News*, May 9, 1942.

＊12　アメリカの市民権をもつトゥーレアリの住人の三割：*Tulare News*, August 19, 1942.

「騙されて人並みの暮らしを奪われた」：著者によるショー・ノムラへのインタビュー、ロサンゼルス、2003年3月23日。

＊13　立ち退き者の給与：*Final Report, Japanese Evacuation from the West Coast, 1942*, 222.

＊14　一日三九セント：Ibid., 186, 187.

＊15　「落ち着かず、動揺している」：*Tulare News*, June 10, 1942.

＊16　入院に至る原因疾患として二番目：*Tulare News*, August 19, 1942.

＊17　七五ドルの小切手：著者によるハリー・フクハラへのインタビュー、ロサンゼルス、2003年3月21日。 Harry Katsuharu Fukuhara, interview by Eric Saul, 32.

＊18　テハチャピ山地：Harry Fukuhara, quoted in Shizue Seigel, *In Good Conscience: Supporting Japanese Americans During the Internment* (San Mateo, CA: Kansha Project, 2006), 79.

＊19　「訪問所」：*Final Report, Japanese Evacuation from the West Coast, 1942*, 226; *Tulare News*, May 16, 1942. 夫妻は「世論などものともしなかった」：Harry K. Fukuhara, "My Story, 50 Years Later," *Nikkei Heritage* 15, no. 1 (Winter 2003): 12.「マウントさんと奥さん」：*Color of Honor*, video, directed by Loni Ding (San Francisco, CA: Vox Productions, 1989).

＊20　緊急電話しかかけられない：*Tulare News*, June 20, 1942, 4. 朝と夜の点呼：*Tulare News*, June 17, 1942; June 24, 1942. 三人の一世の選出：*Tulare News*, June 10, 1942; July 1, 1942.

＊21　「次に何が起きるか」：著者によるハリー・フクハラへのインタビュー、ホノルル、2008年1月29日。「私の悲しみは」：Gorfinkel, ed., *The Evacuation Diary of Hatsuye Egami*, 60.

＊22　行事で盛りだくさんのスケジュール：*Tulare News*, July 4, 1942.「スウィング・アンド・スウェイ・ウィズ・サミー・ケイ」：*Tulare News*, July 18, 1942.

＊23　「幸せな一家」：*Tulare News*, July 8, 1942.

＊24　「さしたる理由もなしに追いだされた」：著者によるハリー・フクハラへのインタビュー、東京、1999年1月9日。「どこに正義があるというのか」：Harry Fukuhara, interview, transcript, MIS Association, Norcal, Civil Liberties Public Education Fund Program (CLPEFP), San Francisco, 18.

＊25　「気候はすこぶる快適で」：*Tulare News*, July 29, 1942.「濃いハシバミ色」：*Tulare News*, August 1, 1942.

＊26　「意固地」：Harry Fukuhara, interview, transcript, MIS Association, Norcal, Civil Liberties Public Education Fund Program (CLPEFP), San Francisco, 18.

＊27　五一六人：*Final Report, Japanese Evacuation from the West Coast, 1942*, 283, 288.

12　帝国の銃後の人々

＊1　割り当てられた数よりも多い電球：広島平和記念資料館『銃後を支える力となって——女性と戦争：広島平和記念資料館平成10年度第2回企画展』広島平和記念資料館、1999年〔原著註では1998年とあるが1999年に修正〕。

＊2　海軍の決定的な敗北を国民に伏せておく：Shunsuke Tsurumi, *An Intellectual History of Wartime Japan, 1931–1945* (London: KPI, 1986), 96.（鶴見俊輔『戦時期日本の精神史——1931～1945年』岩波現代文庫、2001年）。事実は衝撃的：Ben-Ami Shillony, *Politics and*

Culture in Wartime Japan (New York: Oxford University Press, 1981), 95, 96（ベン＝アミー・シロニー『Wartime Japan――ユダヤ人天皇学者が見た独裁なき権力の日本的構造』古葉秀訳、五月書房、1991 年）。

＊3　教練は週に一回から数回に増えた：著者によるフランク・フクハラへのインタビュー、東京、2001 年 4 月 17 日。

＊4　生徒はどんな気候であれ制服を脱いで：著者によるフランク・フクハラへのインタビュー、ホノルル、2008 年 2 月 7 日。

＊5　陸海軍は過去二度の戦争で用いた武器と：著者によるフランク・フクハラとヒロシ・タナカへのインタビュー、広島、2002 年 11 月 17 日。

＊6　「未来の戦闘においても」：Akira Fujiwara, *Gunji Shi Nihon Gendai Shi Taikei* (Tōyō Keizai, 1961), quoted in Tsurumi, 87. 藤原彰『軍事史』東洋経済新報社、1961 年〔本文中の引用は鶴見からでなく、藤原 113–114 頁より（ただし表記は修正）〕。

＊7　「キチクベイエイ（鬼畜米英）」：John W. Dower, *War Without Mercy: Race & Power in the Pacific War* (New York: Pantheon Books, 1986), 248（ジョン・W・ダワー『容赦なき戦争――太平洋戦争における人種差別』斎藤元一訳、猿谷要監修、平凡社ライブラリー、2001 年）。「何か言おうものなら」：著者によるフランク・フクハラへのインタビュー、ホノルル、2008 年 3 月 4 日。

＊8　一〇歳の子どもたちが：Shillony, *Politics and Culture in Wartime Japan*, 145（シロニー『Wartime Japan――ユダヤ人天皇学者が見た独裁なき権力の日本的構造』）。

＊9　チャーチルとローズベルトの顔を描いた：著者によるマサコ・ササキへのインタビュー、広島、2007 年 3 月 27 日。

＊10　「ハクジンは肉を食べるからな」：同上。

＊11　高須では：*Shinshū Hiroshima-shi Shi* (Hiroshima: Hiroshima City Hall, 1961), 1. 新修広島市史 第 1 巻（総説編）広島市、1961 年〔『広島原爆戦災誌』第 2 巻、広島市、1971 年、p.877 に掲載。本文の数字には高須と古江の混同も見られるので、高須のものを採用〕。

＊12　「戦時中は」：著者によるマサコ・ササキへのインタビュー、2007 年 3 月 27 日。

＊13　いまこの時ほど：著者によるフランク・フクハラへのインタビュー、ホノルル、2009 年 1 月 21 日。

13　アリゾナの砂嵐

＊1　ヒラリバー転住センター：戦時転住局（WRA）はこれらの施設を「転住センター（relocation centers）」と呼んでいた。本書では歴史的な文脈で語るため、この公的名称を使っている。ブロック 49：Evacuee Case File for Harry Katsuharu Fukuhara, Record Group 210, National Archives and Records Administration. 他の詳細も同じ。

＊2　キャンプの建設は：Jeffrey F. Burton, Mary M. Farrell, Florence B. Lord, and Richard W. Lord, *Confinement and Ethnicity: An Overview of World War II Japanese American Relocation Sites* (Seattle: University of Washington Press, 1999), 61.

＊3　「世帯向けアパートメント」：Michi Nishiura Weglyn, *Years of Infamy: The Untold Story of America's Concentration Camps* (New York: William Morrow, 1976), 84（ミチコ・ウェグリン

『アメリカ強制収容所——屈辱に耐えた日系人』山岡清二訳、政治広報センター、1973年)。ビーバーボード:Burton, *Confinement and Ethnicity*, 61.
＊4 「まるで安普請だから」:Weglyn, *Years of Infamy*, 84(ウェグリン『アメリカ強制収容所』)。「砂とサボテン」:Roger Daniels, *Concentration Camps USA: Japanese Americans and World War* (New York: Holt, Rinehart, & Winston, 1980), 92.
＊5 「ハルコったら頭がいかれてたのよ」:著者によるメアリー・イトウへのインタビュー、トーランス、2003年3月21日。「まあ少々ぎくしゃくしていたよ」:著者によるハリー・フクハラへのインタビュー、東京、1999年11月7日。
＊6 「それがこの仕事を引き受けた理由さ」:著者によるハリー・フクハラへのインタビュー、ホノルル、2008年1月29日。
＊7 「一世の父親」:*Gila News-Courier*, September 12, 1942, 6.
＊8 ある実にもどかしい噂:Harry Fukuhara, interview, transcript, MIS Association, Norcal, Civil Liberties Public Education Fund Program (CLPEFP), San Francisco, 18.
＊9 潜水艦一隻が単独で攻撃:Audrie Girdner and Anne Loftus, *The Great Betrayal: The Evacuation of the Japanese-Americans During World War II* (New York: Macmillan, 1969), 109. 戦時転住局は収容者に伝えて安心させた:*Gila News-Courier*, October 10, 1942, 1.
＊10 「ひっきりなしに詰問され」:Harry Fukuhara, "Autobiography Highlights" (photocopied notes, undated, ca. December 5, 1992).
＊11 安物のウィスキーと交換:著者によるハリー・フクハラへのインタビュー、東京、2006年4月19日。秘密の蒸留所:著者によるハリー・フクハラへのインタビュー、シアトル、2002年8月3日。連邦法に違反したかどで:*Gila News-Courier*, September 12, 1942, 4.「無性に腹が立っていたんだよ」:サンノゼのハリー・フクハラからアンディ・ボードに宛てた手紙、1998年9月25日付。
＊12 工場は柵に囲まれた敷地内にあり:Burton, *Confinement and Ethnicity*, 66–67.
＊13 色のついた編みひも:*Gila News-Courier*, October 7, 1942, and October 21, 1942.
＊14 「イヌ」:Brian Niiya, ed., *Japanese American History: An A-to-Z Reference from 1869 to the Present* (Los Angeles: Japanese American National Museum, 1993), 177, 178, 286.
＊15 「敗北気分を生んでいる」:*Gila News-Courier*, November 14, 1942, 2.「押しつぶされ」:サンノゼのハリー・フクハラからアンディ・ボードに宛てた手紙。
＊16 ふとハリーの目にとまった:Sheryl Narahara, undated, transcript, National Japanese American Historical Society Oral History Project, San Francisco, 25; Stanley L. Falk and Warren M. Tsuneishi, *American Patriots: MIS in the War Against Japan* (Washington, DC: Japanese American Veterans Association, 1995), 19.
＊17 「僕は目がかなり悪いのですが……」:著者によるハリー・フクハラへのインタビュー、東京、2004年4月10日。
＊18 「フクハラさん、なんであんたは陸軍に志願したんか?」:Harry Katsuharu Fukuhara, interview by Eric Saul and assistance by Lonnie Ding, January 7, 1986, transcript, National Japanese American Historical Society Oral History Project, San Francisco, 35.
＊19 「でもあなたの息子さんだって軍隊にいるじゃないですか」:Narahara, transcript, 26.

＊20　「何よりあんたが」：Ibid.

＊21　「両親を心から敬い」：Tad Ichinokuchi, *John Aiso and the M.I.S.: Japanese-American Soldiers in the Military Intelligence Service, World War II* (Los Angeles: Military Intelligence Service Club of Southern California, 1988), 82.

＊22　「あの子はカゴの鳥でいたくなかったのよ」：著者によるメアリー・イトウへのインタビュー、2003年3月21日。

＊23　「それは血や体脂にべっとり覆われていた」：Sidney Forrester Mashbir, *I Was an American Spy* (New York: Vantage Press, 1953), 220.

＊24　「あそこを出られて心底嬉しかったよ」：著者によるハリー・フクハラへのインタビュー、東京、2004年12月7日。

14　ミネソタの穏やかな冬

＊1　一九四二年一二月七日の月曜日：Harry Katsuharu Fukuhara, military records, National Personnel Records Center, St. Louis, MO.

＊2　ミネソタ州は：James C. McNaughton, *Nisei Linguists: Japanese Americans in the Military Intelligence Service during World War II* (Washington, DC: Department of the Army, 2006), 94（J・C・マクノートン『もう一つの太平洋戦争――米陸軍日系二世の語学兵と情報員』森田幸夫訳、彩流社、2018年）。マクノートン博士は次も参照している。Theodore C. Blegen, *Minnesota: A History of the State* (Minneapolis: University of Minnesota Press, 1963), 521–49.「住民の心にも余裕があった」：Ichinokuchi, *John Aiso and the M.I.S.*, 47.

＊3　ホームレスの避難所：McNaughton, *Nisei Linguists*, 96（マクノートン『もう一つの太平洋戦争』)。荒れ放題の建物をごしごし磨く：Ibid. さらに著者によるウォルト・タナカへのインタビュー、サンノゼ、1999年5月11日。著者によるジョージ・カネガイへのインタビュー、ロサンゼルス、2001年3月24日。敷地内の納屋で生徒たちはダンスパーティを：*The MISLS Album* (Nashville, TN: Battery Press, 1990), 38.

＊4　将校はわずか数十名足らず：McNaughton, *Nisei Linguists*, 15, 17（マクノートン『もう一つの太平洋戦争』)。 陸軍は「数百かできれば数千人の尋問官と翻訳者」を必要としただろうとマクノートンは述べている、20.

＊5　「日本語の複雑さは」：John Weckerling, "Nisei Language Experts: Japanese Americans Play Vital Role in U.S. Intelligence Service in WWII," in Ichinokuchi, *John Aiso and the M.I.S.*, 187.

＊6　軍は目的にかなう人間を見つけようと：McNaughton, *Nisei Linguists*, 27, 33, 54（マクノートン『もう一つの太平洋戦争』)。

＊7　一九四二年の五月には：Ibid., 61. ところが秋になると：Ibid., 81.

＊8　「君が必要だし、君が欲しいのだ」：著者によるベン・ナカモトへの電話インタビュー、2004年1月30日。

＊9　四四四名の二世から成る：McNaughton, *Nisei Linguists*, 107（マクノートン『もう一つの太平洋戦争』)。チフス・ワクチン：Harry Katsuharu Fukuhara, military records, National Personnel Records Center, St. Louis, MO.

＊10　上から三番目のグループ：*The MISLS Album*, 125.

＊11　午前六時：Ibid., 48. 鹵獲した文書の二割：Sidney Forrester Mashbir, *I Was an American Spy* (New York: Vantage Press, 1953), 259, 260.

＊12　「みんなほとんど文無しだった」：この発言とそれに続くショー・ノムラの発言は、著者によるショー・ノムラへのインタビュー、ロサンゼルス、2003年3月23日。

＊13　「ほんとに間抜けでしたよ」：著者によるノビー・ヨシムラへのインタビュー、東京、2001年4月24日。ラスティ・キムラのシャンプーしたての髪：著者によるラスティ・キムラへのインタビュー、ロサンゼルス、2003年3月22日。

＊14　三〇〇人を超える捕虜：McNaughton, *Nisei Linguists*, 74（マクノートン『もう一つの太平洋戦争』)。

＊15　「前線の情報がなければ」：Ibid., 76.

＊16　「一人だけのチーム」：著者によるシズオ・クニヒロへの電話インタビュー、2004年3月5日。

＊17　「まあ、あとからなんとでもなるよ」：著者によるハリー・フクハラへのインタビュー、東京、2004年4月11日。

＊18　コーヒーとドーナツ：著者によるハリー・フクハラへのインタビュー、東京、2004年12月11日。

＊19　ハロルド・フデンナ：McNaughton, *Nisei Linguists*, 185–86（マクノートン『もう一つの太平洋戦争』)。

＊20　ローズベルト大統領は、この死刑執行を：John W. Dower, *War Without Mercy: Race & Power in the Pacific War* (New York: Pantheon Books, 1986), 49（ジョン・W. ダワー『容赦なき戦争――太平洋戦争における人種差別』斎藤元一訳、猿谷要監修、平凡社ライブラリー、2001年)。

＊21　「ジャップはしょせんジャップだ」：きわめて多くの文献に引用されている。以下を参照。McNaughton, *Nisei Linguists*, 137（マクノートン『もう一つの太平洋戦争』）ならびに *Gila News-Courier*, April 15, 1943.

＊22　「歴史が繰り返すかのように」：Harry Fukuhara, interview, transcript, MIS Association, Norcal, Civil Liberties Public Education Fund Program (CLPEFP), San Francisco, 21.

＊23　「船倉に寝っ転がって」：Ibid., 22. 著者によるハリー・フクハラへのインタビュー、東京、1999年11月5日。

＊24　「二人は僕のことを誇りに思ってくれていて」：Harry Fukuhara, "Autobiography Highlights" (photocopied notes, undated, circa December 5, 1992). マウント夫妻が亡くなり、夫妻の家が売却されたあとも、次の所有者によって旗が壁に飾られていた。

＊25　救命ボートの訓練：CLPEFP, 22. 著者によるハリー・フクハラへのインタビュー、1999年11月5日。「この結果に……」：President Franklin Delano Roosevelt, White House, to Members of the United States Army Expeditionary Forces, undated copy.

＊26　「ああ、ありがたや！」：CLPEFP, 23.

15　メアリーの北極星

＊1　「飽和状態」：*Gila News-Courier*, April 27, 1943.

＊2　「まもなく収まるだろうが」：*Gila News-Courier*, April 23, 1943.
＊3　「彼らは甘やかされてなどいません」：*Gila News-Courier*, April 29, 1943.
＊4　「あなたは陸軍看護部隊」：War Relocation Authority Application for Leave Clearance, 4, in Evacuee Case File for Mary Oshimo, Record Group 210, National Archives and Records Administration.
＊5　「自殺すると言って」：Michi Nishiura Weglyn, *Years of Infamy: The Untold Story of America's Concentration Camps* (New York: William Morrow, 1976), 144, 145（ミチコ・ウェグリン『アメリカ強制収容所——屈辱に耐えた日系人』山岡清二訳、政治広報センター、1973年）。
＊6　「母親の愛情に飢える」：著者によるメアリー・イトウへのインタビュー、トーランス、2003年3月24日。「若いうちに結婚したほうがいいわよ」：同上。
＊7　「彼はきわめて優れた人格者」：F. W. Heckelman, El Monte, CA, to Dillon S. Myer, Washington, June 8, 1943, in Evacuee Case File for Fred Hiroshi Ito, Record Group 210, National Archives and Records Administration.
＊8　「あんたはジプシーよ」：著者によるメアリー・イトウへのインタビュー、2003年3月24日。
＊9　五六七人がここを去り：*Gila News-Courier*, June 8, 1943; June 10, 1943.「この国で最もあたたかく、最も寛大に迎える主人役」：Mei Nakano, *Japanese American Women: Three Generations 1890–1990* (Sebastopol, CA: Mina Press, 1990), 172（メイ・T・ナカノ『日系アメリカ女性——三世代の100年』サイマル・アカデミー翻訳科訳、サイマル出版会、1992年）。
＊10　「娘がいるので」：Mary Oshimo, Rivers, AZ, to E. L. Shirrell, May 21, 1943, in Evacuee Case File for Mary Oshimo.「週に一五ドル」：E. L. Shirrell, Chicago, to Mary Oshimo, May 25, 1943, in Evacuee Case File for Mary Oshimo.
＊11　ミズーリ川、ミシシッピ川、ウォバッシュ川、そしてイリノイ川：“Waive Credit Curb in Flood Stricken Area,” *Chicago Tribune*, June 14, 1943. ピオリアが鉄砲水で浸水し：“Flash Flood Near Peoria Routs a Dozen Families,” *Chicago Tribune*, June 14, 1943.
＊12　「疑念や不安の数多の雲が」：Fred Ito, Rivers, AZ, to Dillon S. Myer, June 16, 1943, in Evacuee Case File for Fred Hiroshi Ito.

16　広島での配給とスパイ扱い

＊1　「新しいものを買える時代では」：著者によるマサコ・ササキへのインタビュー、広島、2007年3月27日。
＊2　本通商店街の線条細工を施したスズラン灯：広島本通商店街振興組合編『広島本通商店街のあゆみ』広島本通商店街振興組合、2000年、33頁。
＊3　プラチナにダイヤモンドの結婚指輪：著者によるフランク・フクハラへのインタビュー、東京、2001年11月20日。
＊4　「転進」：Ben-Ami Shillony, *Politics and Culture in Wartime Japan* (New York: Oxford University Press, 1981), 96（ベン＝アミー・シロニー『Wartime Japan——ユダヤ人天皇学者が見た独裁なき権力の日本的構造』古葉秀訳、五月書房、1991年）。

＊5　約一〇〇〇曲が：広島平和記念資料館『きのこ雲の下に子どもたちがいた——広島平和記念資料館平成9年度企画展』広島平和記念資料館、1997年。
＊6　米のかわりにサツマイモを：朝日新聞社編『女たちの太平洋戦争』第3巻（朝日文庫）朝日新聞社、1996年、385頁。
＊7　「詮索好きだった」：著者によるフランク・フクハラへのインタビュー、ホノルル、2008年2月7日。
＊8　「男たちが引きずられ」：著者によるフランク・フクハラへの電話インタビュー、2010年2月19日。
＊9　「スパイであるかのように」：In Laura Hein and Mark Selden, *Living with the Bomb: American and Japanese Cultural Conflicts in the Nuclear Age* (Armonk, NY: M. E. Sharpe, 1997), 236.

Ⅳ　太平洋における戦い

17　初っ端から疑われる

＊1　「諸君は志願兵であって」：Sidney Forrester Mashbir, *I Was an American Spy* (New York: Vantage Press, 1953), 243. 以下においても引用。James C. McNaughton, *Nisei Linguists: Japanese Americans in the Military Intelligence Service During World War II* (Washington, DC: Department of the Army, 2006), 179（J・C・マクノートン『もう一つの太平洋戦争——米陸軍日系二世の語学兵と情報員』森田幸夫訳、彩流社、2018年）。
＊2　「語学部隊の中核」：Mashbir, *I Was an American Spy*, 237.
＊3　「ヤンク」の一人：McNaughton, *Nisei Linguists*, 181（マクノートン『もう一つの太平洋戦争』）。「どんな奴にも公平にチャンスをやろう」：オーストリア、アランデルのアンディ・ボードからハリー・フクハラに宛てた手紙、1998年10月5日付。
＊4　「なぜわれわれはこの仕事をしているのですか？」：著者によるハリー・フクハラへのインタビュー、2001年4月24日。
＊5　三〇万人を超えるアメリカ兵：McNaughton, *Nisei Linguists*, 188（マクノートン『もう一つの太平洋戦争』）。わずか一四九人が日系アメリカ人：Ibid., 179.
＊6　写真をすべて：Ibid., 162.
＊7　テリーにハリー：Harry Fukuhara, interview, transcript, MIS Association, Norcal, Civil Liberties Public Education Fund Program (CLPEFP), San Francisco, 24. カリフォルニア州サンガーのベン・ナカモトから著者に宛てた手紙、2004年2月11日付。
＊8　「ここで何してんだよ？」：「日本と戦った日系人〜ＧＨＱ通訳・苦悩の歳月〜」NHKハイビジョン特集、2006年8月10日放送。
＊9　「殺るか殺られるかだ！」：最も悪名高き一件は、1942年8月12日にゴーテッジ中佐の率いる偵察隊が待ち伏せをくらい、日本兵が投降してきたと騙されてしまった海兵隊員が20人以上殺害された件である。John W. Dower, *War Without Mercy: Race & Power in the Pacific War* (New York: Pantheon Books, 1986), 64（ジョン・W. ダワー『容赦なき戦争——太平洋戦争における人種差別』斎藤元一訳、猿谷要監修、平凡社ライブラリー、

2001年)。著者によるハリー・フクハラへのインタビュー、東京、1999年1月17日。

＊10　「強い敵意が生まれ」: Sidney Forrester Mashbir, *I Was an American Spy* (New York: Vantage Press, 1953), 226.

＊11　「紙切れを読む以外は何一つ」: Ibid., 47.

＊12　ウェブスター・ニュー・カレッジエート辞典、かさばる日本の研究社の辞書数冊：リストについては、Joseph D. Harrington, *Yankee Samurai: The Secret Role of Nisei in America's Pacific Victory* (Detroit: Pettigrew, 1979), 136（ジョーゼフ・D・ハリントン『ヤンキー・サムライ――太平洋戦争における日系二世兵士』妹尾作太男訳、ハヤカワ・ノンフィクション、1981年)。以下も参照。CLPEFP, 24.「基礎的な軍事訓練」：CLPEFP, 24; Sheryl Narahara, undated, transcript, National Japanese American Historical Society Oral History Project, San Francisco, 36.

＊13　大規模な出陣学徒壮行会：『朝日新聞』昭和18年10月21日付。「海ゆかば」：日本の宣戦布告を伝える1941年のラジオ放送は，この海軍歌で締めくくられた。戦死にまつわる写実的な歌詞は、日本の最古の文学の一つとされる万葉集にそのルーツがある。大日本帝国海軍の船上で執りおこなわれた葬送式でも、この歌が演奏された。

＊14　二等兵：Katsuhiro Fukuhara, military record, Hiroshima Prefecture.〔広島県健康福祉局地域社会援護課管轄軍歴資料の福原克博〕。

18　タイプライターを持って前線へ

＊1　「この世で指折りの邪悪な地」：Frank O. Hough and John A. Crown, *The Campaign on New Britain* (Nashville, TN: Battery Press, 1992), 2. 一九四三年一二月一四日：James S. Powell, *Learning under Fire: The 112th Cavalry Regiment in World War II* (College Station: Texas A&M University Press, 2010), 36; Harry Katsuharu Fukuhara, military records, National Personnel Records Center, St. Louis, MO.

＊2　どこをどうやって航行すればよいのか：Hough, *The Campaign on New Britain*, 23, 141.

＊3　アリゲーター型装軌車：Powell, *Learning under Fire*, 37–39. そこにはジープやトレーラー：Sheryl Narahara, undated, transcript, National Japanese American Historical Society Oral History Project, San Francisco. 著者によるハリー・フクハラへのインタビュー、東京、1999年11月5日および2000年10月25日。著者によるハリー・フクハラへのインタビュー、ホノルル、2009年10月20日。他の詳細も同上。

＊4　「あのとき初めて」：Narahara, 37.

＊5　「僕にはとっくに問題ありだった」：Ibid.

＊6　「タイプライターを持って上陸する兵士」：著者によるハリー・フクハラへのインタビュー、1999年11月5日。

＊7　「なあ落ち着けよ」：*Color of Honor*, video, directed by Loni Ding (San Francisco: Vox Productions, 1989).

＊8　「大丈夫だ」：著者によるハリー・フクハラへのインタビュー、1999年11月5日。

＊9　「おれは戦って死にたい」：著者によるハリー・フクハラへのインタビュー、東京、1999年11月10日。

＊10　「さほど時間はかからなかった」：著者によるハリー・フクハラへのインタビュー、東京、1999年11月13日。
＊11　四七五〇人：Powell, *Learning under Fire*, 48.
＊12　「飼いならされたジャップ」：カリフォルニア州サンガーのベン・ナカモトから著者に宛てた手紙、2004年2月11日付。
＊13　ウェインに自宅の電話番号を：著者によるハリー・フクハラへの電話インタビュー、2004年6月9日。インタビュー、東京、2004年12月11日。
＊14　「寂しき軍曹」：*Pacific Citizen*, March 25, 1944, 6.
＊15　「一人につき三、四〇人の女の子」：著者によるハリー・フクハラへのインタビュー、1999年11月10日。
＊16　「赤ん坊もだいぶ大きくなりました」："Somewhere Another Woman Griefs[sic]: 'Letter Captured at Arawe, New Britain,' " と英語の見出しがつけられている。原資料をかなり近い形で訳文として使用。
＊17　「ジャップ」と呼んでいた：著者によるハリー・フクハラへのインタビュー、東京、2005年4月12日。

19　桜の季節も忘れて

＊1　「農家の人たちがたっぷり食べさせてくれたので」：小牧市のフランク・フクハラから著者に宛てた手紙、2001年12月。
＊2　「召集されたら最後」：著者によるフランク・フクハラへのインタビュー、広島、1999年4月11日。
＊3　「一石二鳥」：朝日新聞社編『女たちの太平洋戦争』第3巻、朝日新聞社、1996年、384頁。
＊4　「ジッキがいたから僕は生きてこられたのだ」：著者によるフランク・フクハラへの電話インタビュー、2006年6月9日。
＊5　「しなければならないことをただしていただけでした」：著者によるチエコ・イシダへのインタビュー、福岡、1999年4月9日。

20　ニューギニアに耐える

＊1　人喰いの餌食になった証拠：Martin J. Kidston, *From Poplar to Papua: Montana's 163rd Infantry Regiment in World War II* (Helena, MT: Farcountry Press, 2004), 56–57.
＊2　日本兵のおおよそ三分の二は：Allison B. Gilmore, *You Can't Fight Tanks with Bayonets* (Lincoln: University of Nebraska Press, 1998), 150.「生きるか死ぬかだったんだ」：Min Hara, "A True M.I.S. Action from a Sergeant's Diary Revealed for the First Time," in Tad Ichinokuchi, *John Aiso and the M.I.S.: Japanese-American Soldiers in the Military Intelligence Service, World War II* (Los Angeles: Military Intelligence Service Club of Southern California, 1988), 69.
＊3　「黄色い男が一人」：Kidston, *From Poplar to Papua*, 90.
＊4　「理不尽きわまりない事実」：Sidney Forrester Mashbir, *I Was an American Spy* (New York: Vantage Press, 1953), 226–27.

＊5 「いつ、どこで、何を？」：Military Intelligence Report, 41st Infantry Division, March 31, 1944, G- 2 Journals for 41st Infantry Division, Record Group 94, National Archives and Records Administration.「役に立つ質問をすればするほど」：著者によるハリー・フクハラへのインタビュー、東京、1999年11月10日。
＊6 「いっそ溺れちまえばいいじゃないか」：Harry K. Fukuhara, "Japanese Prisoners of War," *Nikkei Heritage* 3, no. 4 (Fall 1991): 6.
＊7 「おれのほうが階級が上だから」：Harry Katsuharu Fukuhara, interview by Eric Saul and assistance by Lonnie Ding, January 7, 1986, transcript, National Japanese American Historical Society Oral History Project, San Francisco, 51–52.
＊8 「暗くなる前に塹壕を掘って」：Frank J. Sackton, "Night Attacks in the Philippines," *Army Magazine* 54, no. 6 (June 1, 2004): 18.「誰も彼もが発砲していた」：著者によるハリー・フクハラへのインタビュー、東京、2004年4月11日。
＊9 「ハリーは誰でもおだてるのが上手でしたね」：著者によるジーン・ウラツへのインタビュー、サンフランシスコ、1999年5月8日。「よだれの出そうな香ばしいチャーハンのにおい」：カリフォルニア州サンラファエルのジーン・ウラツから著者に宛てた手紙、2003年12月5日付。仮設トイレ：同上。ジーンはこの屋外トイレを「もう一つのフクハラ伝説」と名付けた。
＊10 「こうした勝手なことをする者は」：Military Intelligence Memorandum, 41st Infantry Division, May 16, 1944, G-2 Journals for 41st Infantry Division, Record Group 94, National Archives and Records Administration.
＊11 「土産用にきれいに」：Charles Lindbergh, *The Wartime Journals of Charles A. Lindbergh* (New York: Harcourt Brace Jovanovich, 1970), 993（チャールズ・A・リンドバーグ『リンドバーグ第二次大戦日記』新庄哲夫訳、角川文庫、2016年)。
＊12 「ありとあらゆるものが不足」：ジーン・ウラツから著者に宛てた手紙、2003年12月5日付。「べつだん帰りたいとも思わなかったよ」：著者によるハリー・フクハラへのインタビュー、東京、2000年10月27日。

21　ピアスの執行猶予

＊1 「勘」：著者によるハリー・フクハラへのインタビュー、東京、1999年11月10日。
＊2 「見えない手でいつも縛られている」：Kazuko Tsurumi, *Social Change and the Individual: Japan Before and After Defeat in World War II* (Prinveton University Press, 1970), 115.
＊3 無理をしないよう念を押した：著者によるマサコ・ササキへのインタビュー、広島、1999年4月11日。
＊4 「不要不急の旅行は止めませう！」：朝日新聞社編『女たちの太平洋戦争』第3巻、朝日新聞社、1996年、396頁。こうした横断幕や看板は全国津々浦々で掲げられていた。
＊5 「おまえたちの墓場になるだろう」：Allison B. Gilmore, *You Can't Fight Tanks with Bayonets* (Lincoln: University of Nebraska Press, 1998), 157.
＊6 移動命令を受けた：Katsuhiro Fukuhara, military record, Hiroshima Prefecture.〔広島県健康福祉局地域社会援護課管轄軍歴資料の福原克博〕。

＊7　ツユ：梅雨の季節は梅の実の熟す時期と重なっている。

V　運命の日への序曲

22　サルミでの驚くべき遭遇

＊1　情報部の報告では：著者によるハリー・フクハラへのインタビュー、東京、1999年11月10日。Martin J. Kidstonは「報告によればワクデ島は占領されていないと思われた」と書いている。*From Poplar to Papua: Montana's 163rd Infantry Regiment in World War II* (Helena, MT: Farcountry Press, 2004), 105.

＊2　「敵のアメリカ軍部隊が」："Kunji," 36th Division Commander Hachirō Tagami's original military order to troops, May 18, 1938, Harry Fukuhara collection.〔Tagamiでなく田上八郎（たのうえ　はちろう）中将、第33師団長〕。

＊3　「さすがにショックだった」：著者によるハリー・フクハラへのインタビュー、東京、1999年11月10日。「すっかり仲良くなったところで」：同上。

＊4　「僕たちはこの島を情容赦なく爆撃していた」：同上。

＊5　「火だるま」：同上。

＊6　七五九人が殺害され、日本兵四人が捕まった：Robert Ross Smith, *The Approach to the Philippines: The War in the Pacific* (Washington, DC: Center of Military History, 1984), 231. 下記の逸話については次を参照。John W. Dower, *War Without Mercy: Race & Power in the Pacific War* (New York: Pantheon Books, 1986), 69（ジョン・W・ダワー『容赦なき戦争——太平洋戦争における人種差別』斎藤元一訳、猿谷要監修、平凡社ライブラリー、2001年）。第二次世界大戦後に第41師団の大尉が『サタデーイブニングポスト』紙にこう書いている。「同年にオランダ領ニューギニア沖のワクデ島で発生した小規模だが犠牲の多かった戦闘で「将軍が捕虜を欲しがったので、我々が一人捕まえてやった」」。ハリーはこの戦闘時の功績ある働きによって最初のブロンズスター勲章（青銅星章）を受勲したが、それでもハリーも彼のチームも依然としてその能力にじゅうぶん見合った貢献をするのに苦労していた。

＊7　ハワイ出身の二世：Kidston, *From Poplar to Papua*, 118.

＊8　「ニューギニアの黄色い奴ら」：カリフォルニア州サンラファエルのジーン・ウラツから著者に宛てた手紙、2003年12月5日付。

＊9　「私の言葉に誰もが耳を傾けました」：著者によるシゲル・マツウラへのインタビュー、広島、2002年11月16日。

＊10　「空も海もアメリカの手に渡ってしまった」：著者によるシゲル・マツウラへのインタビュー、広島、1999年4月10日。

＊11　わずか七パーセント：*Approach to the Philippines*, 101.「もともと情味に欠けるやつでした」：著者によるシゲル・マツウラへのインタビュー、2002年11月16日。

＊12　「個別の行動」：同上。「シカタガナイ」：同上。

＊13　「もうおしまいじゃ」：著者によるシゲル・マツウラへのインタビュー、1999年4

月 10 日。

＊14　一九四四年六月三日のその朝：June 3, 1944, Prisoner of War/Internee: Matsuura, Shigeru, Record Group MP1103/1, National Archives of Australia.

＊15　「捕虜になった兵士で役に立つのはごくわずかだった」：著者によるハリー・フクハラへのインタビュー、東京、1999 年 11 月 10 日。「まるでわかっていなかった」：同上。「いささか好戦的」：著者によるハリー・フクハラへのインタビュー、東京、2006 年 7 月 5 日。著者によるハリー・フクハラへのインタビュー、ホノルル、2008 年 6 月 24 日。戦う気まんまんだった：マツウラとハリーの説明は、マツウラがいかにして捕まったかという一点で異なっている。マツウラは自分がマラリアで熱を出し、木の下で休んでいるときに捕まったと話した。この不一致はなぜ生じたのか？　ひょっとしたらマツウラは自分が降伏したと思われたくなかったのかもしれない。マラリアで意識が朦朧としていたほうが、死ぬまで戦わなかったよりもましだと思ったのか。あるいはハリーが聞いた話が間違っていたのか。ただし、ハリーはたいていの場合、報告内容を微細にわたり確認するのだが。

＊16　「まさか！」：著者によるマツウラへのインタビュー。

＊17　「尋問報告書では」：March 31, 1944, G-2 Journals for 41st Infantry Division, Record Group 94, National Archives and Records Administration.

＊18　「わしは広陵」：著者によるマツウラへのインタビュー。

＊19　「あんた、あのマツウラか？」：「45 年ぶり　感激の再会」『朝日新聞』広島版 1989 年（平成元年）12 月 7 日付。

＊20　アメリカ製のコンビーフ缶一個：著者によるシゲル・マツウラへのインタビュー、1999 年 4 月 10 日。著者によるハリー・フクハラへのインタビュー、東京、2006 年 7 月 5 日。

＊21　飛行機に乗せられた：著者によるシゲル・マツウラへのインタビュー、2002 年 11 月 16 日。

＊22　「捕虜に機銃掃射を浴びせてやった話」：Lindbergh, *The Wartime Journals of Charles A. Lindbergh*, 997（チャールズ・A・リンドバーグ『リンドバーグ第二次大戦日記』新庄哲夫訳、角川文庫、2016 年）。

＊23　「あとから思えば運がよかった」：著者によるシゲル・マツウラへのインタビュー、1999 年 4 月 10 日。「喧嘩すると却って親しみがわくものだ」：著者によるシゲル・マツウラへのインタビュー、1999 年 4 月 10 日および 2002 年 11 月 16 日。

＊24　「ほかにも誰かと鉢合わせするかもしれない」：著者によるハリー・フクハラへのインタビュー、2006 年 7 月 5 日。「広島時代の知り合い」：ジーン・ウラツから著者に宛てた手紙、2003 年 12 月 5 日付。自分の家族がいまも日本で暮らしていることは：著者によるジーン・ウラツへのインタビュー、1999 年 5 月 8 日。

＊25　「僕たちの行儀が悪くて」：Min Hara, “A True M.I.S. Action from a Sergeant’s Diary Revealed for the First Time,” in Tad Ichinokuchi, *John Aiso and the M.I.S.: Japanese-American Soldiers in the Military Intelligence Service, World War II* (Los Angeles: Military Intelligence Service Club of Southern California, 1988), 63.

＊26　六月が終わるころには：Harry Fukuhara, military records, National Personnel Records Center, St. Louis, MO.
＊27　一本の木が描かれていたので：Smith, *The Approach to the Philippines*, 244.
＊28　「誰もが気が狂ったように発砲していました」：Kiyo Fujimura, "He Died in My Arms," in *John Aiso and the M.I.S.*, 96.
＊29　「もう死んでいるとなんとなく感じました」：Ibid.
＊30　一九四四年の六月二〇日から三〇日にかけて：Smith, *The Approach to the Philippines*, 275–76.
＊31　九人きょうだいの長男：Masako M. Yoshioka, "Terry Mizutari," *Puka-Puka Parade* 34, no. 3 (1980): 28. テリーの姉妹のマサコ・ヨシオカも、別の記事の中で、テリーはまだ休暇をとっていると思っていたと述べている。"T/Sgt Yukitaka Mizutari: May 5, 1920–June 23, 1944," Internet source referenced as excerpt from University of Hawaii, Hawaii War Records Depository. *In Freedom's Cause: A Record of the Men of Hawaii Who Died in the Second World War* (Honolulu: University of Hawaii Press, 1949). この初めてとった休暇は：Harry Fukuhara, military records.
＊32　「ジャングルの中だと」：著者によるハリー・フクハラへのインタビュー、東京、2004年4月10日。「僕らは歩兵じゃないから」：同上。
＊33　「日本兵が八〇〇〇人いたと」：Smith, *The Approach to the Philippines*, 233, 256. わずか五一人：Ibid., 278. たったの一一人 : Ibid., 262.

23　ジャングルでの遅々とした変化

＊1　この芽生えたばかりのロマンス：著者によるハリー・フクハラへのインタビュー、ホノルル、2008年9月29日。
＊2　「後ろめたい気持ちがしたよ」：著者によるハリー・フクハラへのインタビュー、ロサンゼルス、2003年3月22日。V郵便：戦時中、海外に派遣された兵士と連絡をとるために、多くのアメリカ人がこの特別な便箋と封筒一式を使っていた。こうした手紙は軽量輸送のためにマイクロフィルム化され、目的地のV郵便局で写真に変換された。軍隊に入っている者は無料でV郵便を送ることができた。
＊3　陸軍少将パーシー・W・クラークソン：陸軍少将（Major General）がクラークソンの正式な階級だが、彼は会話のなかで「大将（General が使われている）」と呼ばれていた。本書中でも、この慣習は同様に観察される〔以降本文では、おおむね「将軍」と訳してある〕。クラークソンはフォークを使うが：著者によるハリー・フクハラへのインタビュー、東京、1999年11月5日。
＊4　クラークソンは一世の両親に："33rd Dominant as Luzon Campaign Winds Down," *The 33rd Infantry Division: A Newsletter for WWI and WWII Veterans* 16, no. 2 (June 2001): 6.
＊5　戦時捕虜（POW）は全員が：〔この段落は〕ハリー・フクハラが所蔵するさまざまな文書から。
＊6　良質のトイレットペーパーになるからだ：著者によるハリー・フクハラへのインタビュー、東京、2000年10月25日。

＊7　デング熱：Harry Fukuhara, military records, National Personnel Records Center, St. Louis, MO.

＊8　砲兵司令官が部下を急行させて直接：著者によるハリー・フクハラへのインタビュー、東京、2004 年 2 月 4 日。

＊9　「東洋人の顔をした兵士のそばに」：Kai E. Rasmussen, speech, Defense Language Institute Foreign Language Center (DLIFLC), Monterey, CA, 25 June 1977, printed in *DLIFLC Forum* (November 1977), 以下に引用。James C. McNaughton, *Nisei Linguists: Japanese Americans in the Military Intelligence Service During World War II* (Washington, DC: Department of the Army, 2006), 147 (J・C・マクノートン『もう一つの太平洋戦争――米陸軍日系二世の語学兵と情報員』森田幸夫訳、彩流社、2018 年)。「実に冴えて」：著者によるホーレス・フェルドマンへの電話インタビュー、2004 年 2 月 4 日。この段落中の他のすべての引用は同インタビューより。

＊10　「ショックだったよ」：著者によるハリー・フクハラへのインタビュー、東京、2004 年 4 月 10 日。「気がふれそうな者がいれば」：著者によるホーレス・フェルドマンへの電話インタビュー。

＊11　「彼がどこに行こうと」：同上。

＊12　「そんなことありえない」：Harry Fukuhara, Eric Saul, and assistance by Lonnie Ding, January 7, 1986, transcript, National Japanese American Historical Society Oral History Project, San Francisco, 48.

＊13　味方による誤射でやられた：著者によるベン・ナカモトへのインタビュー、サンフランシスコ、1999 年 5 月 8 日。James C. McNaughton, *Nisei Linguists*, 297（マクノートン『もう一つの太平洋戦争』)。

24　赤紙

＊1　一三三ヶ所で：『新修広島市史』第 1 巻（総説編）広島市、1961 年、558 頁。一〇〇〇戸を超える建物：同上。

＊2　むしろこの一帯は：広島市編『広島原爆戦災誌』第 2 巻、広島市、1971 年、880 頁。〔原著註では 'Ibid., 880' とあるが、こちらに発見できた〕。

＊3　「みんな腰を痛めましたよ」：著者によるマサコ・ササキへのインタビュー、広島、2007 年 3 月 27 日。

＊4　どこに穴を掘ったらいいのだろう？：同上。黒いテープを窓に十字に：著者によるササキの親戚へのインタビュー、宮島、1999 年 4 月 11 日。

＊5　「人の一生は五〇年でした」：著者によるマサコ・ササキへのインタビュー、2007 年 3 月 27 日。

＊6　「みんな栄養不足でしたが」：同上。

＊7　本通商店街の二六店舗の中に残っていたが：広島本通商店街振興組合編『広島本通商店街のあゆみ』広島本通商店街振興組合、2000 年、50 頁。

＊8　四〇平方キロメートルが：John W. Dower, *Japan in War and Peace* (New York: New Press, 1995). 15（ジョン・W・ダワー『昭和――戦争と平和の日本』明田川融監訳、みすず書

房、2010 年）。

＊9　広島上空でも空襲があったが……ごく小規模の：『新修広島市史』第 1 巻、広島市、1961 年、560 頁。広島本通商店街振興組合編『広島本通商店街のあゆみ』51 頁。

＊10　「名古屋に B-29」：『中国新聞』昭和 20 年 3 月 20 日付。

＊11　八四〇一棟の建物が：『新修広島市史』第 2 巻、広島市、1958 年、701 頁。

＊12　二万三〇〇〇人を超える：同上。広島平和記念記念館の他の文献でも同じ数字が引用されている。

＊13　そこでの軍事訓練は：著者によるフランク・フクハラへのインタビュー、富山、1999 年 3 月 22 日。「とくに嫌ではなかったよ」：著者によるフランク・フクハラとの電話での会話、2006 年 5 月 22 日。

＊14　「いくら頑張っても無駄だね」：著者によるフランク・フクハラとの電話での会話、2007 年 1 月 19 日。

＊15　若い兵士のはかない命の象徴：Emiko Ohnuki-Tierney, *Kamikaze, Cherry Blossoms, and Nationalisms: The Militarization of Aesthetics in Japanese History* (Chicago: University of Chicago Press, 2002), 112, 135; John W. Dower, *War Without Mercy: Race & Power in the Pacific War* (New York: Pantheon Books, 1986), 212（ジョン・W・ダワー『容赦なき戦争――太平洋戦争における人種差別』斎藤元一訳、猿谷要監修、平凡社ライブラリー、2001 年）。「死刑宣告」：著者によるフランク・フクハラへのインタビュー、東京、2001 年 11 月 20 日。「僕にとって忘れられない日」：小牧市のフランク・フクハラから著者に宛てた手紙、2002 年 7 月 27 日付。

＊16　六〇〇万人を超える兵士：Pacific War Research Society, *The Day Man Lost: Hiroshima, 6 August 1945* (New York: Kodansha America, 1981), 80–81.（半藤一利、湯川豊『原爆の落ちた日』PHP 文庫、2015 年）。

＊17　一九四五年四月一〇日：Katsutoshi Fukuhara, military record, Hiroshima prefecture.〔広島県健康福祉局地域社会援護課管轄軍歴資料の福原克利〕。「一銭五厘」：Saburō Ienaga, *The Pacific War, 1931–1945* (New York: Pantheon Books, 1978), 52（家永三郎『太平洋戦争』岩波現代文庫、2002 年）。「これでもう終わりだと思ったね」：著者によるフランク・フクハラへのインタビュー、ホノルル、2008 年 3 月 4 日。

＊18　「卑劣な奴」：同上。「お前は二世だな」：著者によるフランク・フクハラとの電話での会話、2006 年 5 月 22 日、2008 年 8 月。

＊19　写真兵がカメラで構図をとらえ：1945 年 4 月 13 日にアメリカ軍が撮影した航空写真、広島平和記念資料館。

25　フィリピンでの極限状態

＊1　一〇〇人を超える二世語学兵：James C. McNaughton, *Nisei Linguists: Japanese Americans in the Military Intelligence Service during World War II* (Washington, DC: Department of the Army, 2006), 332.（J・C・マクノートン『もう一つの太平洋戦争――米陸軍日系二世の語学兵と情報員』森田幸夫訳、彩流社、2018 年）。

＊2　「バギオ周辺の山岳からなる地形は」：Quoted in the 33rd Infantry Division Historical

Committee, *The Golden Cross: A History of the 33rd Infantry Division in World War II* (Nashville, TN: Battery Press, 1948), 93.

＊3　前方部隊にいるかぎり：著者によるハリー・フクハラへのインタビュー、東京、2005年4月16日。日本兵の死者数のほうが：Allison B. Gilmore, *You Can't Fight Tanks with Bayonets* (Lincoln: University of Nebraska Press, 1998), 155.

＊4　アメリカ第六軍はルソン島で七二九七人の捕虜を得た：Ibid., 154.

＊5　投降勧告のビラを二五〇〇万枚も：Ibid.

＊6　「米軍既に沖縄の四分の一を」：『落下傘ニュース』昭和20年4月14日付、ハリー・フクハラ所蔵〔本文中の引用は『落下傘ニュース：米軍マニラ司令部発行』新風書房、2000年復刻版、19、20頁より。旧字体は新字体に修正してある〕。

＊7　「アメリカ兵よ、さらば！」：ハリー・フクハラ所蔵、日本軍の伝単。

＊8　「家族新聞」：ハリー・フクハラ所蔵、日本軍兵士への手紙。

＊9　衰弱した男たちは：著者によるハリー・フクハラへのインタビュー、1999年11月10日。

＊10　「激痛に苦しんでいたよ」：この遭遇についてはすべて著者によるハリー・フクハラへのインタビュー、東京、1999年11月10日、2004年4月17日、2006年7月5日。

＊11　憤懣やるかたない思いで：著者によるハリー・フクハラへのインタビュー、1999年11月10日。

＊12　「バギオを奪取せよ！」：33rd Infantry Division, *The Golden Cross*, 299.

＊13　いかにも「王様気分」：著者によるハリー・フクハラへのインタビュー、東京、2000年10月27日。「僕の腕はシマウマみたいだったよ」：著者によるハリー・フクハラへのインタビュー、ホノルル、2008年1月29日。さらに六月には：Harry Katsuharu Fukuhara, military records, National Personnel Records Center, St. Louis, MO. 1945年8月、ハリーにはブロンズスター勲章を再度受勲したことを示す樫葉章（オークリーフクラスター）も授与された。

＊14　「血み泥の」：『落下傘ニュース』昭和20年4月14日付、ハリー・フクハラ所蔵〔本文中の引用は『落下傘ニュース――米軍マニラ司令部発行』新風書房、2000年復刻版、19頁より。旧字体は新字体に修正してある〕。九万五〇〇〇人の民間人：John W. Dower, *War Without Mercy: Race & Power in the Pacific War* (New York: Pantheon Books, 1986), 212（ジョン・W・ダワー『容赦なき戦争――太平洋戦争における人種差別』斎藤元一訳、猿谷要監修、平凡社ライブラリー、2001年）。アメリカ軍の犠牲者は：John Toland, *The Rising Sun: The Decline and Fall of the Japanese Empire, 1936–1945* (New York: Modern Library, 2003), 726（ジョン・トーランド『大日本帝国の興亡』毎日新聞社訳、ハヤカワ文庫、2015年新版）。MISの二世一〇人が：Tad Ichinokuchi, *John Aiso and the M.I.S.: Japanese-American Soldiers in the Military Intelligence Service, World War II* (Los Angeles: Military Intelligence Ser vice Club of Southern California, 1988), 201.

＊15　「どう思うかね……」：著者によるハリー・フクハラへのインタビュー、ホノルル、2010年2月22日。

＊16　「地元のフィリピン人たちには」：著者によるハリー・フクハラへのインタビュー、

東京、2000年10月27日。
＊17　「二世は喧嘩をふっかけられても」：同上。
＊18　「敵の頭の中を覗けるようでなければならない」：Sidney Forrester Mashbir, *I Was an American Spy* (New York: Vantage Press, 1953), 33.
＊19　「敵は僕らと見た目はそっくりだ」：著者によるハリー・フクハラへのインタビュー、東京、1999年11月11日。「日本の土を踏んだら……」：著者によるハリー・フクハラへのインタビュー、東京、2006年4月19日。
＊20　写真が一枚出てきた：その写真はハリー・フクハラの収蔵品となった。

26　戦う兄弟
＊1　「上官たちは何もしなかったなあ」：著者によるフランク・フクハラへのインタビュー、ホノルル、2008年3月4日。
＊2　「夏に冬服だなんて」：著者によるフランク・フクハラへのインタビュー、ホノルル、2009年1月21日。
＊3　わずか三分の一しか：防衛省防衛研究所戦史研究センター史料室の専門職員による説明、東京、2001年10月19日。
＊4　「やれやれ」：著者によるフランク・フクハラへのインタビュー、2008年3月4日。
＊5　「なんで潜水艦を造らずに……」：Tomi Kaizawa Knaefler, *Our House Divided: Seven Japanese American Families in World War II* (Honolulu: University of Hawaii Press, 1991), 82（トミ・カイザワ・ネイフラー『引き裂かれた家族――第二次世界大戦下のハワイ日系七家族』尾原玲子訳、日本放送出版協会、1992年)。
＊6　「ひどく疲れていて」：著者によるフランク・フクハラへのインタビュー、ホノルル、2008年2月7日。
＊7　高貴なる敗北によって：この発想については、Ivan Morrisの古典的な書籍 *The Nobility of Failure: Tragic Heroes in the History of Japan* (London, Secker & Warburg, 1975)（アイヴァン・モリス『高貴なる敗北――日本史の悲劇の英雄たち』斎藤和明訳、中央公論社、1981年）で論じられている。
＊8　第二総軍：Donald M. Goldstein, and Katherine V. Dillon, and J. Michael Wenger, *Rain of Ruin: A Photographic History of Hiroshima and Nagasaki* (Brassey's: Washington, DC: 1995), 41. 一九四五年の七月半ばになると：Douglas J. MacEachin, *The Final Months of the War with Japan* (Washington, DC: Center for the Study of Intelligence, Central Intelligence Agency, 1998) 12, 17, 29. オンラインで閲覧可。
＊9　「半分も達成できなかった」：防衛研修所戦史室編『本土決戦準備――九州の防衛』戦史叢書、朝雲新聞社、1972年、557頁。
＊10　「タテガタサンカイ（縦型散開）！」：著者によるフランク・フクハラへのインタビュー、2008年3月4日、2010年2月17日。
＊11　「あのときは、心底恐ろしかったよ」：著者によるフランク・フクハラへのインタビュー、2010年2月17日。
＊12　近くの小倉にある主要な補給基地：防衛研修所戦史室編『本土決戦準備――九州の

防衛』558 頁。

＊13　「五分五分」：著者によるフランク・フクハラへのインタビュー、東京、1999 年 12 月 6 日、1999 年 6 月 20 日、また電話での会話、2008 年 8 月。「死ぬのはたいしたことじゃなかった」：著者によるフランク・フクハラへのインタビュー、1998 年 12 月 6 日。

＊14　「ウンメイ」：著者によるハリー、ピアス、フランク・フクハラへのインタビュー中のピアス・フクハラ、東京、1998 年 10 月 13 日。

＊15　「義は勇の相手にて裁断の心なり」：Inazo Nitobe, *Bushido: The Soul of Japan* (Philadelphia: Leeds & Biddle, 1900. 参照したのは、Rutland, VT, and Tokyo: Charles E. Tuttle, 1969, 23)（新渡戸稲造『武士道』矢内原忠雄訳、岩波文庫、2007 年改版、本文中の引用は同書 41 頁より）。

＊16　「本音を言えば死にたくはなかった」：小牧市のフランク・フクハラから著者に宛てた短信、2002 年 4 月 6 日付。「僕たちは一人残らず死んでゆく覚悟だった」：著者によるハリーとフランク・フクハラへのインタビュー中のフランク・フクハラ、東京、2005 年 4 月 16 日。

＊17　「敵が戦うのは生きるためではない」：著者によるハリーとフランク・フクハラへのインタビュー中のハリー・フクハラ、東京、2005 年 4 月 16 日。「日本人は男も女も子どもも皆」：著者によるハリー、ピアス、フランク・フクハラへのインタビュー中のハリー、東京、1998 年 10 月 13 日。

＊18　「沖縄の話」：同上。「五分五分」：著者によるハリー・フクハラへのインタビュー、東京、2000 年 10 月 27 日。

＊19　「日本の侵攻に自分が加わると思うとぞっとしたね」：著者によるハリー・フクハラへのインタビュー、東京、1999 年 11 月 11 日。

＊20　「三人とも部下のうちでも指折りの将校目前の二世」：Sidney Forrester Mashbir, *I Was an American Spy* (New York: Vantage Press, 1953), 252–53. 将校たちの名前にマッシュビルは触れていないが、マッシュビルの回顧録のことを一切知らずにインタビューを受けたハリーがこれと一致する説明をしている。

＊21　「なくてはならない存在だ」：Harry Fukuhara, interview, transcript, MIS Association, Norcal, Civil Liberties Public Education Fund Program (CLPEFP), San Francisco, 34.

＊22　「手を染めたくなかったんだ」：Ibid.

＊23　「感じがよかった」し、「その気持ちはよくわかるといったふうだったが、気を持たせることはなかった」：著者によるハリー・フクハラへのインタビュー、東京、2004 年 4 月 10 日、CLPEFP, 34.

＊24　「彼らはこのことを何週間も考えに考えていた」：Mashbir, *I Was an American Spy*, 253.

＊25　「また疑いようもなかった」：Ibid.

＊26　「どのみちうまくいくとは思ってなかったさ」：著者によるハリー・フクハラへのインタビュー、2004 年 4 月 10 日。

27　原子爆弾

＊1　六万枚のビラ：広島市編『広島原爆戦災誌』第 1 巻、広島市、1971 年、54 頁。市内

に向けて突っ込んでゆく：同上。

＊2　「火の雨」：『目でみる戦争とくらし百科』第4巻、早乙女勝元監修、日本図書センター、2001年、4頁。新聞は空襲を報じたが：Ben-Ami Shillony, *Politics and Culture in Wartime Japan* (New York: Oxford University Press, 1981), 81（ベン＝アミー・シロニー『Wartime Japan――ユダヤ人天皇学者が見た独裁なき権力の日本的構造』古葉秀訳、五月書房、1991年）。

＊3　四月の末に：Rinjirō Sodei and John Junkerman, *Were We the Enemy? American Survivors of Hiroshima* (Boulder, CO: Westview Press, 1998), 28（袖井林二郎『私たちは敵だったのか――在米被爆者の黙示録』岩波書店、1995年）。広島本通商店街振興組合編『広島本通商店街のあゆみ』広島本通商店街振興組合、2000年、51頁。それから京都：以下を参照。Otis Cary, "Mr. Stimson's 'Pet City'–The Sparing of Kyoto, 1945" (Kyoto: Amherst House, Doshisha University, 1987)（オーテス・ケーリ『爆撃を免れた京都――歴史への証言 秘録：原子爆弾日本投下計画』同志社アーモスト館、1987年）。

＊4　「心待ちにしていました」：Miyoko Watanabe, ed., "Still Surviving," in *Peace Ribbon Hiroshima: Witness of A-Bomb Survivors* (Hiroshima: Peace Ribbon, 1997), 30–34, in *Victims' Experiential Testimonies*, Hiroshima Peace Memorial Museum（定信多紀子「あの日から生き続けて」、ヒロシマ・平和のリボンの会編『ヒロシマ・平和のリボン――あしたにむかって』ヒロシマ・平和のリボンの会、1991年所収）〔似た内容はあるが、タキコ・サダノブ（定信多紀子さん）の「そのままの発話」は見つからない〕。「今のはBの爆音だ」：広島市編『広島原爆戦災誌』第1巻、本文中の引用は同書56頁より。「どうして広島に落とさんのかねぇ」：著者によるマサコ・ササキへのインタビュー、広島、2007年3月27日。

＊5　理由：Sodei, *Were We the Enemy?*, 28（袖井林二郎『私たちは敵だったのか――在米被爆者の黙示録』）。広島本通商店街振興組合編『広島本通商店街のあゆみ』51頁。

＊6　「明日死ぬかもわからん」著者によるマサコ・ササキへのインタビュー、2007年3月27日。

＊7　「誰にも聞こえませんでしたよ」：同上。

＊8　午後も遅くにヘトヘトになって：同上。

＊9　「本を燃やして」：同上。

＊10　「たしかにおっしゃるとおりなのですが」：同上。

＊11　「そしたら早う出んさい」：同上。

＊12　「からだに気いつけてな」：同上。

＊13　「最低限のことをしただけで……」：同上。

＊14　「おばさんは渾身の力を込めて押してくれました」：同上。

＊15　町内の友人たち：著者によるマサコ・ササキへのインタビュー、広島、1999年4月11日。

＊16　「オハヨウゴザイマス！」：同上。

＊17　一瞬の穏やかな風に：Eisei Ishikawa and David L. Swain, trans., *Hiroshima and Nagasaki: The Physical, Medical, and Social Effects of the Atomic Bombings* (New York: Basic Books, 1981), 77

（広島市・長崎市原爆災害誌編集委員会編『広島・長崎の原爆災害』岩波書店、1979年）。
＊18　「あっというまの出来事でした」：著者によるマサコ・ササキへのインタビュー、広島、2002年11月16日、2007年3月27日。
＊19　「おばさんはひどく取り乱して、たった一人で」：著者によるマサコ・ササキへのインタビュー、2002年11月16日。「人影」：著者によるマサコ・ササキへのインタビュー、2007年3月27日。
＊20　「何が起きたんか！」：同上。
＊21　「火の海」：著者によるトシナオ・ニシムラへのインタビュー、2001年3月24日。トシナオの妹キミコの話も同インタビューより。
＊22　「庭に爆弾が落ちたかと思いました」：著者によるチエコ・イシダへのインタビュー、福岡、1999年4月9日。
＊23　「タスケテクダサイ」：同上。
＊24　広島城の軍司令部にいた父親は：著者によるシゲル・マツウラへのインタビュー、広島、2002年11月16日。
＊25　二八五棟の建物のうち：広島市編『広島原爆戦災誌』第2巻、広島市、1971年、197頁、211頁。
＊26　工場は：ヴィクターが体験したことの記述は、時間をかけて家族の複数人に複数回インタビューすることで採集した。避難所に指定されていた小学校は：広島市退職校長会「戦中戦後における広島市の国民学校教育」編纂委員会編『戦中戦後における広島市の国民学校教育』広島市退職校長会、1999年、307頁。三篠にいる者は：広島市編『広島原爆戦災誌』第1巻、35頁。
＊27　このおぞましい光景は：著者によるアイコ・イシハラへのインタビュー、広島、1999年4月11日。
＊28　寒くなった：Eisei Ishikawa and David L. Swain, trans., *Hiroshima and Nagasaki,* 92（広島市・長崎市原爆災害誌編集委員会編『広島・長崎の原爆災害』）。あたると痛いような雨で：Hitoshi Takayama, ed., *Hiroshima in Memorium*(Hiroshima: Yamabe Books, 1969)（高山等編『広島の追憶と今日』郵研社、2015年）〔前者英語文献が先に発表され、その一部が日本語で出版された〕。Miyoko Watanabe, ed., "Still Surviving," in *Peace Ribbon Hiroshima,* 31, in Hiroshima Peace Memorial Museum（定信多記子「あの日から生き続けて」、ヒロシマ・平和のリボンの会編『ヒロシマ・平和のリボン――あしたにむかって』所収）。ちりと空気中の水滴と放射性の煤のおぞましい混合物：広島平和記念資料館、常設展示。マサコの布団：著者によるマサコ・ササキへのインタビュー、2007年3月27日。
＊29　「お化けみたい」：著者によるアイコ・イシハラへのインタビュー、1999年4月11日。
＊30　猛火と爆風をくぐり抜け：Eisei Ishikawa and David L. Swain, trans., *Hiroshima and Nagasaki*, 55–56（広島市・長崎市原爆災害誌編集委員会編『広島・長崎の原爆災害』）。「ちゃんと歩いていました」：著者によるアイコ・イシハラへのインタビュー、1999年4月11日。

＊31　「誰も彼もがここに来た」：同上。「まるで動物の吠える声のようであった」：Miyoko Watanabe, ed., "Still Surviving,"*Peace Ribbon Hiroshima*, 31（定信多紀子「あの日から生き続けて」、ヒロシマ・平和のリボンの会編『ヒロシマ・平和のリボン――あしたにむかって』所収）。
＊32　地元の病院：広島市編『広島原爆戦災誌』第2巻、888頁。一〇〇〇人を超える人々：同上、886頁。
＊33　山沿いの道は：同上、884頁。「誰もがすぐに思いましたから」：著者によるマサコ・ササキへのインタビュー、2007年3月27日。
＊34　「不思議なことに」：著者によるトシナオ・ニシムラへのインタビュー、2001年3月24日。
＊35　ずるずるに：同上。
＊36　綿や新聞紙を裂いたものや：*For Those Who Pray for Peace* (Hiroshima: Hiroshima Jogakuin Alumni Association, 2005), 20（広島女学院同窓会被爆60周年記念証言集編集委員会編『平和を祈る人たちへ――広島女学院同窓会被爆60周年証言集』広島女学院同窓会、2005年）。軟膏や薬として他に使われた材料については、同資料ならびに以下より。Miyoko Watanabe, ed., "Still Surviving," in *Peace Ribbon Hiroshima*, 32–34（定信多紀子「あの日から生き続けて」、ヒロシマ・平和のリボンの会編『ヒロシマ・平和のリボン――あしたにむかって』所収）。
＊37　「僕たちはキミコを落ち着かせようとしました」：著者によるトシナオ・ニシムラへのインタビュー、2001年3月24日。
＊38　動員されていたほぼ七二〇〇人もの生徒が：広島平和記念資料館編『動員学徒――失われた子どもたちの明日：広島平和記念資料館平成16年度第1回企画展』2頁の「動員学徒原爆犠牲者を出した学校」。「僕は幸運でした」：著者によるトシナオ・ニシムラへのインタビュー、2001年3月24日。
＊39　堂々たる錬鉄の門：広島市編『広島原爆戦災誌』第2巻、157、159、160、172、175頁。広島城内の建物について詳細に論じられている。
＊40　建物は一〇〇パーセント：広島本通商店街振興組合編『広島本通商店街のあゆみ』55頁。
＊41　避難所に着いたチエコは：著者によるチエコ・イシダへのインタビュー、1999年4月9日。
＊42　B-29が小倉に近づいたとき：著者によるフランク・フクハラへのインタビュー、東京、1999年6月20日。「新型爆弾」：Ben-Ami Shillony, *Politics and Culture in Wartime Japan* (New York: Oxford University Press, 1981), 107（ベン＝アミー・シロニー『Wartime Japan――ユダヤ人天皇学者が見た独裁なき権力の日本的構造』古葉秀訳、五月書房、1991年）。どちらも外国人：著者によるフランク・フクハラとの電話での会話、2008年8月。
＊43　隣人五一人の中の一団：飯島宗一、相原秀次編『写真集原爆をみつめる――1945年広島・長崎』岩波書店、1981年、149頁。広島市編『広島原爆戦災誌』第2巻、887頁。

＊44　八月から一一月に入るころまで：広島市編『広島原爆戦災誌』第2巻、889頁.
＊45　ヴィクターが家に戻ってくるまで：著者によるハリー・フクハラへのインタビュー、東京、2004年12月11日。「みんな命がけで歩いていました」：著者によるマサコ・ササキへのインタビュー、2007年3月27日。
＊46　わずかなカボチャやサツマイモ：広島市編『広島原爆戦災誌』第2巻、891頁。

VI　余波

28　ほろ苦い再会

＊1　「それについては誰もが喜んでいた」：著者によるハリー・フクハラへのインタビュー、ホノルル、2010年2月22日。
＊2　数万人が：原爆投下直後およびその後の死者の具体的な数字は今日まで広く幅がある。広島市の推定では、およそ14万人が1945年の終わりまでに死亡した。広島平和記念資料館編『図録ヒロシマを世界に――The Spirit of Hiroshima』広島平和記念資料館、1999年、41頁。さらなる詳細については、以下を参照。Eisei Ishikawa and David L. Swain, trans., *Hiroshima and Nagasaki: The Physical, Medical, and Social Effects of the Atomic Bombings* (New York: Basic Books, 1981), 113（広島市・長崎市原爆災害誌編集委員会編『広島・長崎の原爆災害』岩波書店、1979年）。「なおもわれわれの条件を受け入れなければ」：Donald M. Goldstein, Katherine V. Dillon, and J. Michael Wenger, *Rain of Ruin: A Photographic History of Hiroshima and Nagasaki* (Brassey's: Washington, DC: 1995), 62（この引用箇所は他の多くの文献にも掲載されている）。
＊3　三八名から三〇〇名と：James C. McNaughton, *Nisei Linguists: Japanese Americans in the Military Intelligence Service during World War II* (Washington, DC: Department of the Army, 2006), 384（J・C・マクノートン『もう一つの太平洋戦争――米陸軍日系二世の語学兵と情報員』森田幸夫訳、彩流社、2018年）。
＊4　「二世以外の連中だったら」：Sidney Forrester Mashbir, *I Was an American Spy* (New York: Vantage Press, 1953), 250.
＊5　「日を追う毎に」：「日本と戦った日系人～ＧＨＱ通訳・苦悩の歳月～」NHKハイビジョン特集、2006年8月10日放送。「ゲンシバクダン（原子爆弾）」：McNaughton, *Nisei Linguists*, 379（マクノートン『もう一つの太平洋戦争』）。同じ言葉が：Ben-Ami Shillony, *Politics and Culture in Wartime Japan* (New York: Oxford University Press, 1981), 108（ベン＝アミー・シロニー『Wartime Japan――ユダヤ人天皇学者が見た独裁なき権力の日本的構造』古葉秀訳、五月書房、1991年）。
＊6　「数千トンに相当」：Harry K. Fukuhara, "My Story, 50 Years Later," *Nikkei Heritage* 15, no. 1 (Winter 2003): 12.「原子爆弾とは何なのかも知らなかったからね」：著者によるハリー・フクハラへのインタビュー、ホノルル、2008年1月29日。広島には草木も生えないだろう："My Story, 50 Years Later," *Nikkei Heritage* 15, no. 1 (Winter 2003): 12. 広島の住民は、75年のあいだ、この街には人が住めないだろうと思っていた。Michihiko, Hachiya,

Hiroshima Diary: The Journal of a Japanese Physician, August 6–September 30, 1945 (Chapel Hill: University of North Carolina Press, 1995), 65（蜂谷道彦『ヒロシマ日記』日本ブックエース、日本図書センター、2010 年）。

＊7　言葉を失った捕虜たちは：著者によるハリー・フクハラへのインタビュー、東京、2006 年 7 月 5 日。

＊8　「耐え難きを耐え」：たとえば、以下で引用。John W. Dower, *Embracing Defeat: Japan in the Wake of World War II* (New York: Norton, 1999), 36（ジョン・ダワー『敗北を抱きしめて——第二次大戦後の日本人』三浦陽一、高杉忠明訳、岩波書店、2004 年増補版上下）。

＊9　太平洋戦域全体を：一五〇万人を超えるアメリカ兵については、"Army Reports Half Its Men Returned Home," *Pacific Stars and Stripes*, October 22, 1945 を、七五万人という数字については、James C. McNaughton, *Nisei Linguists*, 411（マクノートン『もう一つの太平洋戦争』）を。「戦争は終わった」："The *Guinea Pig* told it all," *The 33rd Infantry Division Newsletter for WWI and WWII Veterans* 17, no. 1 (March 2002): 1.

＊10　「そしたら戦争が終わったんだよ」：著者によるハリー・フクハラへのインタビュー、東京、2005 年 4 月 16 日。

＊11　「考えれば考えるほど」："My Story, 50 Years Later," *Nikkei Heritage*, 13.

＊12　「行ってもしかたないと思った」：著者によるハリー・フクハラへのインタビュー、2008 年 1 月 29 日。

＊13　水兵たちが："Japan Signs the Surrender," *Life*, September 17, 1945, 27–35. 二世の少尉が三人：彼らは、この降伏の儀式を取材する日本の記者たちに付き添うためにこの場にいた。ジェームズ・C・マクノートン博士からの短信、2015 年 4 月 13 日付。

＊14　「一国が完全な敗北によって面目を失った場面」：Thomas T. Sakamoto, "Witness to Surrender," *Nikkei Heritage* 15, no. 1 (Winter 2003): 8.

＊15　「私にしてみれば」：Ibid., 9.

＊16　「空気を吸い尽くしてしまった」：「日本と戦った日系人——GHQ 通訳・苦悩の歳月」NHK ハイビジョン特集、2006 年 8 月 10 日放送。

＊17　「僕らはあれに立ち向かうはずだったのか」：著者によるマス・イシカワへの電話インタビュー、2004 年 2 月 18 日。

＊18　「友だちみたいに見えました」：ヒデヨシ・ミヤコから著者に宛てた手紙、2004 年 8 月 6 日付。「シャボン玉がはじけるみたいに消えました」：同上。

＊19　「信じられなかったよ」：著者によるハリー・フクハラへのインタビュー、東京、1999 年 11 月 13 日。「責任がいくらかあると思ったね」：同上。

＊20　神戸の師団司令部に配属されたハリーは：Headquarters Sixth Army, Special Orders, Number 143, Extract, 31 May 1945, Harry Fukuhara collection; "WITH THE SIXTH ARMY IN JAPAN," undated fragment, Harry Fukuhara collection.

＊21　軍の報道管制は解かれたが："Censorship Is Cut for Press but Not Japs," *Pacific Stars and Stripes*, October 7, 1945, 8. ある兵士は三人の姉妹を見つけたが："Nisei Soldier Visits Hiroshima to Find Mother Atom Victim," *Pacific Stars and Stripes*, October 5, 1945, 4.「身内の者を見つける努力は」："After Service During War, Nisei Still Have Large Job," *Pacific Stars and*

Stripes, October 7, 1945, 2.

＊22　「どんなささいな報道も」：著者によるハリー・フクハラへのインタビュー、東京、2006年4月19日。「飢え死にしかけていた」：同上。「家族を探して徒労に終わるのが怖かったし」："My Story, 50 Years Later," *Nikkei Heritage*, 12.

＊23　「どうみてもありそうにないことだった」：著者によるハリー・フクハラへのインタビュー、東京、2006年7月5日。「ひょっとしたら」：同上。

＊24　カンナが青々と芽吹き：広島平和記念資料館編『図録ヒロシマを世界に——The Spirit of Hiroshima』、83頁。なぜこれほど多くの患者が："Oppose Hiroshima as Anti-War Shrine," *Pacific Stars and Stripes*, October 4, 1945, 4.

＊25　九月にまれに見る大型台風に襲われ：土砂崩れをはじめとする災害については、Eisei Ishikawa and David L. Swain, trans., *Hiroshima and Nagasaki: The Physical, Medical, and Social Effects of the Atomic Bombings*, 6, 80, 94, 505（広島市・長崎市原爆災害誌編集委員会編『広島・長崎の原爆災害』）。高須近辺では：広島市編『広島原爆戦災誌』第2巻、広島市、1971年、892頁。

＊26　ハリーのいとこたちが海岸に石を積みあげ：著者によるササキの親戚へのインタビュー、宮島、1999年4月11日。橋がしょっちゅう流されたこと：著者によるマサコ・ササキへのインタビュー、広島、2007年3月27日。

＊27　ハリーの運転手のチェスター："WITH THE SIXTH ARMY IN JAPAN," undated fragment. この文書は以下の新聞記事と類似している。「八年ぶりに母子再會」『神戸新聞』昭和20年10月22日付。「おっかなびっくりの」："My Story, 50 Years Later," *Nikkei Heritage*, 13.

＊28　「引き返すことなど頭になかったなあ」：著者によるハリー・フクハラへのインタビュー、2008年1月29日。

＊29　「間一髪」：同上。

＊30　「ただ立ってるだけでいいからね」：同上。

＊31　「あそこには入れません」：同上。午前一時を過ぎたころ：「八年ぶりに母子再會」『神戸新聞』昭和20年10月22日付。

＊32　「何もかも不気味で」："My Story, 50 Years Later," *Nikkei Heritage*, 13.

＊33　ほぼ一日がかりの旅：著者によるハリー・フクハラへのインタビュー、2006年4月19日、2008年1月29日。

＊34　扉の填めガラスが：著者によるピアス、フランク、ハリー・フクハラへのインタビュー中のハリー・フクハラ、東京、1998年10月13日。著者によるピアス・フクハラへのインタビュー、東京、1999年6月9日。

＊35　「僕は一人のアメリカ兵にしか見えなかったんだ」：「日本と戦った日系人～GHQ通訳・苦悩の歳月～」NHKハイビジョン特集、2006年8月10日放送。「お母さん」：「八年ぶりに母子再會」『神戸新聞』昭和20年10月22日付。

＊36　キヨが甥っ子だと気づいて：著者によるハリー・フクハラへのインタビュー、東京2005年4月19日。母と子は：「八年ぶりに母子再會」『神戸新聞』。

＊37　「あんた、ここで何しよるんか？」：著者によるハリー・フクハラへのインタビュー

2008 年 1 月 29 日。
＊38 「なんで母さんたらそんなこと言うのかな？」：著者によるハリー・フクハラへのインタビュー、東京、2006 年 4 月 19 日。
＊39 「兄はあまり話すことができなかったよ」：*Uncommon Courage: Patriotism and Civil Liberties* (Davis, CA: Bridge Media, 2001).
＊40 「爆弾が落ちたとき」：著者によるフランク・フクハラとの電話での会話、2006 年 12 月 15 日。
＊41 「いい顔はされなかったよ」：同上。
＊42 「僕と神戸に行かないかい？」：著者によるフランク・フクハラとの電話での会話、2006 年 6 月 9 日。
＊43 「兄さんの帰りをここで待っとらんといけんけえ」：著者によるチエコ・イシダへのインタビュー、福岡、1999 年 4 月 9 日。
＊44 「全滅しました」：著者によるハリー・フクハラへのインタビュー、東京、2001 年 4 月 26 日。「あの子は死にましたけえ」：著者によるフランク・フクハラとの電話での会話、2005 年 6 月 5 日。「ハリーの話に耳を貸そうともしなかったよ」：著者によるフランク・フクハラへのインタビュー、東京、1998 年 11 月 2 日。「しかたがないよ」：著者によるフランク・フクハラへのインタビュー、広島、1999 年 4 月 10 日。
＊45 「あの白人の青年を」：著者によるフランク・フクハラへのインタビュー、東京、1998 年 12 月 6 日。
＊46 「無事でよかった！」：著者によるマサコ・ササキへのインタビュー、2007 年 3 月 27 日。
＊47 「ハリーは兄と父親の両方兼ね備えていたようなものだったな」：著者によるフランク・フクハラとの電話での会話、2006 年 5 月 22 日。
＊48 「また会えるとは思っていませんでした」："WITH THE SIXTH ARMY IN JAPAN" undated fragment.

29 心乱す一通の手紙

＊1 「マジックカーペット」作戦：" 'Magic Carpet' to Take Vets Home: 2,000,000 Pacific Troops Due Boat Ride," *Pacific Stars and Stripes*, October 3, 1945, 1.「シカゴで会おうぜ！」：*Golden Cross: A History of the 33rd Infantry Division in World War II* (Nashville, TN: Battery Press, 1948), 369–70.
＊2 病がつぎつぎに顔を出した："Typhus Cases Highest In 32 Years Among Japanese," *Pacific Stars and Stripes*, March 13 1946, 1.
＊3 「タケノコ生活」：著者によるマサコ・ササキへのインタビュー、広島、2007 年 3 月 27 日。「タマネギ生活」：John W. Dower, *Embracing Defeat: Japan in the Wake of World War II* (New York: Norton, 1999), 95（ジョン・ダワー『敗北を抱きしめて——第二次大戦後の日本人』三浦陽一、高杉忠明訳、岩波書店、2004 年）。
＊4 「普段着のほうが、値が高くつきました」：著者によるマサコ・ササキへのインタビュー、広島、2002 年 11 月 16 日。卸値が：Dower, *Embracing Defeat*, 115（ダワー『敗北を

抱きしめて』)。

＊5 「将来に希望をもつ」：著者によるトシナオ・ニシムラへのインタビュー、東京、2001年3月24日。

＊6 メアリーの着物を：メアリーが最初に結婚したときに、キヌは娘に婚礼用の着物を送っていた。メアリーは夫と離れてから抑留されるまでのどこかで、それを紛失していた。メアリーのほかの着物については、誰も何も語った形跡がない。米一俵と引き換えに：著者によるマサコ・ササキへのインタビュー、2002年11月16日、2007年3月27日。

＊7 「ときおりヴィクターは話ができたよ」：著者によるフランク・フクハラへのインタビュー、ホノルル、2008年2月18日。

＊8 一九四六年三月一四日：Harry Katsuharu Fukuhara, military records, National Personnel Records Center, St. Louis, MO.「なんてこともなかったよ」：著者によるハリー・フクハラへのインタビュー、東京、2005年4月16日。

＊9 「カリフォルニアは最悪だったよ」：著者によるハリー・フクハラへのインタビュー、東京、2005年4月19日。

＊10 「ほとほと嫌になったよ」：著者によるハリー・フクハラへのインタビュー、東京、2001年4月26日。「一人のハクジンが空き缶をひきずった車で」：カリフォルニア州サンガーのベン・ナカモトから著者に宛てた手紙、2004年2月11日付。

＊11 「ハリーはすっかり道を見失っていましたね」：著者によるエイミー・ナガタへのインタビュー、ロサンゼルス、2003年3月21日。

＊12 「此の手紙が着き次第」：ヴィクター・フクハラからミセス・フレッド・イトウ方ハリー・フクハラ宛の日付のない手紙。

＊13 数行の文章すら書けないほど：著者によるハリー・フクハラへのインタビュー、東京、1999年1月9日。

＊14 「だいぶ帰りたい気持ちになっていたよ」：著者によるハリー・フクハラへのインタビュー、東京、2000年5月16日。

＊15 「何かすべきだと感じていたのだ」：同上。

30 平和、そして贖罪

＊1 「なるだけ早く戻ってきておくれ」：著者によるフランク・フクハラとの電話での会話、2007年1月19日。

＊2 「兄が逝ってしまったのが」：著者によるフランク・フクハラへのインタビュー、ホノルル、2008年3月4日。

＊3 白血球数が低下し：キヨの疾患についての情報は、著者によるトシナオ・ニシムラへのインタビュー、東京、2001年3月24日。「特権階級から無一文に」：著者によるマサコ・ササキへのインタビュー、広島、2007年3月27日。

＊4 午前三時三〇分：トウキチ・ニシムラの戸籍謄本、広島市。キヨの自死については、著者によるアイコ・イシハラとフランク・フクハラへのインタビュー。

＊5 死因のわずか〇・五パーセント：日本原水爆被害者団体協議会「原爆死没者に関す

る中間報告の概要」1987年11月9日、64–65頁。
＊6 「何より恥ずべきこと」：著者によるシゲル・マツウラへのインタビュー、広島、1999年4月10日。
＊7 のけ者扱いされていた：John W. Dower, *Embracing Defeat: Japan in the Wake of World War II* (New York: Norton, 1999), 59–60（ジョン・ダワー『敗北を抱きしめて——第二次大戦後の日本人』三浦陽一、高杉忠明訳、岩波書店、2004年）。
＊8 「多少なりとも」：著者によるシゲル・マツウラへのインタビュー、1999年4月10日。
＊9 「私のことを不憫に思ったに違いありません」：著者によるチエコ・イシダへのインタビュー、福岡、1999年4月9日。「一生懸命に生きていて」：同上。
＊10 「国籍喪失証明書」：名古屋のアメリカ副領事 Harvey J. Feldman からフランク・カツトシ・フクハラに宛てた手紙、1960年3月23日付を参照。この証明書の日付は1954年12月29日となっている。
＊11 「あの人は違っていましたよ」：著者によるヒデオ・ミワへのインタビュー、東京、1999年2月9日。「アメリカ軍から何を要求されても」：著者によるキヨシ・ハシザキへのインタビュー、富山、1999年3月22日。
＊12 ハリーを突き動かしたのは、罪の意識だった：著者によるハリー・フクハラへのインタビュー、東京、2006年4月19日。「第二次世界大戦中に起きたことに対しての、ある意味、罪悪感からそうする使命があったのだ」と語っている。
＊13 「ハリーが日本を好きになってきた」：著者によるフランク・フクハラとの電話での会話、2007年4月11日。「野心的な」：著者によるハリー・フクハラへのインタビュー、東京、2006年4月22日。
＊14 「ノー、ゴー！」：著者によるフランクとタミコ・フクハラへのインタビュー、ホノルル、2008年1月29日。
＊15 「アメリカで暮らすなら」：著者とジーン・フルヤとの会話、ホノルル、2008年1月27日。
＊16 「お母さんが死んだとき」：著者によるメアリー・イトウへのインタビュー中のリリアン・ラムの会話、トーランス、2001年3月24日。
＊17 「この時期を逃したら」：著者によるメアリー・イトウへのインタビュー、トーランス、2003年3月21日。
＊18 キヌがヒバクシャであることに：キヌは被爆者認定の二つの基準を満たしていた。高須は爆心地から指定距離内にあり、さらにキヌは原爆投下後二週間以内に爆心地周辺に出かけていた。「広島には行く気になれなかった」：「母と兄被爆……友を捕虜に」『中日新聞』1994年（平成6年）年9月26日付。
＊19 「ママのお墓にかならず参ってくれよ」：著者によるメアリー・イトウへのインタビュー、2001年3月24日。この逸話についてはすべて同上〔ただし、この段落について訳者は大幅な改変を強いられた〕。
＊20 「ミスター・MIS」：北カリフォルニアの陸軍情報部から授与された盾より。「日本の主要な民間ならびに軍の情報・保安機関とともに」：Harry Fukuhara “Biography,”

prepared by Harry Fukuhara.「彼らが何者でもなく何一つ持たなかった時代から」：著者によるスタンリー・ハイマンへのインタビュー、ワシントンDC、1999年7月22日。

＊21　ところが一九九〇年代の半ばから：著者によるハリー・フクハラへのインタビュー、東京、2006年7月5日。そうした夢は：著者によるハリー・フクハラへのインタビュー、ホノルル、2008年6月24日。ハリーとの会話、ホノルル、2009年10月20日。

エピローグ　ホノルルでの静穏な日々

＊1　「母の強さと変わらぬ愛情のおかげで」：カリフォルニア州トーランスのジーン・フルヤから著者に宛てた手紙、2006年11月。

＊2　「謎めいた人」：同上。上記の手書きの手紙に挿入されているタイプ打ちの箇所。

＊3　「あたしは天国に行くのだから」：ジーン・フルヤから著者への電子メール、2006年10月14日付。

＊4　「きょう、はじめてわかったわ」：タミコ・フクハラから著者に語られた言葉。MISの新年および就任昼食会、ホノルル、2009年2月1日。

一次資料

1.「英語のまま」転載する。ただし鍵となる固有名詞については、原註ないし本文に、日本語訳または元の日本語が記されている。
2. 原著では各項目は頭字のアルファベット順であり、カテゴライズはされていない。カテゴライゼーションは訳者によるものである。
3. 一例を挙げれば、カテゴリー「日本軍に加わったフクハラ兄弟の軍歴」は「広島県健康福祉局社会福祉課」に問い合わせたが、訳者による問い合わせについてはここでは一々記すことを避けた。
4.〔 〕によって訳者の補いを入れたが、ごくわずかなものにとどめている。

新聞

Tokyo Asahi Shimbun. July 1–3, 1924. Microfilm, National Diet Library, Tokyo.
Yokohama Bōeki Shimpo, November 29, 1933.
Chūgoku Shimbun, December 1935–October 1945. Microfilm, Japan Newspaper Museum, Yokohama.
Los Angeles Times, December 1941–May 1942. Online.
Tulare News. May–August 1942. Paper, National Archives and Records Administration, College Park, Maryland.
Gila News-Courier. September 1942–September 1945. Online, Densho Digital Archive.
Pacific Stars and Stripes, September 1945–April 1961, Tokyo.

新聞記事

"Hachinen buri ni Boshi Saikai." *Kobe Shimbun*, October 22, 1945.
"Nihon Shinchū no Nisei Shōi: Hachinenburi ni Boshi Taimen." *Chicago Tsūshin*, October 1945.
"Haha to Ani Hibaku . . . Tomo o Horyo ni." *Chūnichi Shimbun*, September 26, 1994.

雑誌

Yank magazine. August–September 1945. National Archives and Records Administration, College Park, Maryland.

雑誌記事

"Japan Signs the Surrender." *Life*, September 17, 1945.

年鑑（オーバーン・ハイスクール）

The Invader. Auburn, WA: Auburn High School, 1937

人名辞典
Zaibei Nihonjin Jinmei Jiten. San Francisco: Nichibei Shimbunsha, 1922.

アルバム
The MISLS Album. Nashville, TN: Battery Press, 1990.〔1946年刊行、1990年のものはリプリントである〕

戸籍謄本
Koseki Tohon. Family Registers for the Sasaki, Fukuhara, and Nishimura families. Hiroshima Prefecture.〔戸籍謄本の管理はもとより広島県庁でなく地域の役所（例えば福原家のものは広島市安佐南区役所）のレベルである〕

ハリー・カツジ・フクハラ（父）の遺言検認裁判記録（ワシントン州高等裁判所）
Harry Katsuji Fukuhara. Probate Court Records. Superior Court, State of Washington, King County, 1933.〔Harryの名は次男にひきつがれた〕

日本軍に加わったフクハラ兄弟の軍歴
Katsuhiro Fukuhara. Military Record. Hiroshima Prefecture.
Katsumi Fukuhara. Military Record. Hiroshima Prefecture.
Katsutoshi Fukuhara. Military Record. Hiroshima Prefecture.

ハリー・フクハラの所蔵資料
Harry Katsuharu Fukuhara. Collection of letters from 1933 to 1938, 1936 diary, books, and wartime Japanese and American letters and propaganda.

ハリー・フクハラの軍歴
Harry Katsuharu Fukuhara. Military Records. Paper, National Personnel Records Center, St. Louis, Missouri.

ハリー・フクハラへの（著者以外からの）インタビュー
Harry Katsuharu Fukuhara. Interview by Eric Saul and assistance by Lonnie Ding, January 7, 1986, transcript, National Japanese American Historical Society Oral History Project, San Francisco.
Harry Katsuharu Fukuhara. Interview, transcript, MIS Association, Norcal, Civil Liberties Public Education Fund Program (CLPEFP), San Francisco.
Harry Katsuharu Fukuhara. Interview by Sheryl Narahara, Undated, Transcript, National Japanese American Historical Society Oral History Project, San Francisco.

トゥーレアリ仮収容所の記録
Tulare Assembly Center, Records of Japanese-American Assembly Centers, ca. 1942–ca. 1946, RG 499, Records of U.S. Army Defense Commands (WWII) 1942–46, National Archives and Records Administration, College Park, Maryland.

ハリー・フクハラら3名の転住記録
Evacuee Case Files for Harry Katsuhara [*sic*] Fukuhara, Fred Hiroshi Ito, Harue Jean Oshimo, Jerry Takao Oshimo, and Mary Oshimo, RG 210, Records of the War Relocation Authority, National Archives and Records Administration, College Park, Maryland.〔Katsuhara がママとなっているが、これは「WRA による」誤りである〕

転住についての最終報告書
Final Report: Japanese Evacuation from the West Coast, 1942. Washington, DC: U.S. Government Printing Office, 1943.

陸軍情報部参謀第二部発行の資料（第四一師団）
G-2 Journals and Periodic Reports. RG 94, Adjutant General's Office, World War II Operation Reports: 1940–1948: 41st Infantry Division, National Archives and Records Administration, College Park, Maryland.

オーストラリア国立公文書館の記録
Registers containing "Service and Casualty" forms (Form A112) of enemy prisoners of war and internees held in camps in Australia MP1103/1, National Archives of Australia.

日本国外交史料館の記録
Diplomatic Archives. List of Passports Issued. File 3.8.5.8 Tabi 21, 38, 69 Microfilm, Ministry of Foreign Affairs, Tokyo.〔Tabi 38 は本書との関連を見出せなかった〕

日本国防衛研究所の記録
Military Archives. *Akatsuki Butai* and *Yuki Butai* Records, including field diaries for New Guinea. National Institute for Defense Studies, Tokyo.〔この表記では該当資料は複数見受けられる〕

［著者］
パメラ・ロトナー・サカモト（Pamela Rotner Sakamoto）
1962年にノースカロライナ州に生まれる。アマースト大学卒業。1984年に「アーモスト・同志社フェロー」として来日。以降、京都と東京で通算17年間を過ごす。タフツ大学フレッチャー法律外交大学院でPh.D.を取得。杉原千畝の研究書Japanese Diplomats and Jewish Refugees: A World War II Dilemma, Praeger,1998を刊行する。長年にわたり米国ホロコースト記念博物館における日本関係のプロジェクトで専門コンサルタントを務めている。2007年にハワイに移住。ハワイ大学と名門私立校プナホウ・スクールで歴史を教える。現在、後者の社会科の責任者を務める。

［訳者］
池田年穂（いけだ としほ）
1950年横浜市生まれ。慶應義塾大学名誉教授。移民史、移民文学なども講じてきた。ティモシー・スナイダーの日本における紹介者として、『自由なき世界』『暴政』『ブラックアース』『赤い大公』（2020年、2017年、2016年、2014年）を、タナハシ・コーツの紹介者として『世界と僕のあいだに』（2017年）を翻訳している（出版社はいずれも慶應義塾大学出版会）。ほかに、アダム・シュレイガー『日系人を救った政治家ラルフ・カー』（2013年、水声社）など多数の訳書がある。

西川美樹（にしかわ みき）
翻訳家。東京女子大学文理学部英米文学科卒。訳書にメアリー・ルイーズ・ロバーツ『兵士とセックス』（共訳、明石書店、2015年）、ニール・バスコム『ヒトラーの原爆開発を阻止せよ！』（亜紀書房、2017年）、ジェイムズ・Q・ウィットマン『ヒトラーのモデルはアメリカだった』（みすず書房、2018年）など。

黒い雨に撃たれて（下）
――二つの祖国を生きた日系人家族の物語

2020年7月20日　初版第1刷発行

著　者――――パメラ・ロトナー・サカモト
訳　者――――池田年穂・西川美樹
発行者――――依田俊之
発行所――――慶應義塾大学出版会株式会社
〒108-8346　東京都港区三田2-19-30
TEL〔編集部〕03-3451-0931
〔営業部〕03-3451-3584〈ご注文〉
〔　〃　〕03-3451-6926
FAX〔営業部〕03-3451-3122
振替　00190-8-155497
http://www.keio-up.co.jp/
装　丁――――耳塚有里
印刷・製本――萩原印刷株式会社
カバー印刷――株式会社太平印刷社

Printed in Japan　ISBN978-4-7664-2686-1